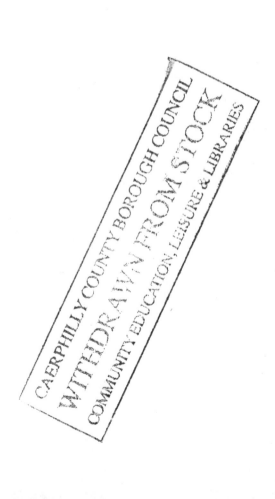

Ar Drywydd y Duwiau

Emlyn Gomer Roberts

Gwasg
Gwynedd

Argraffiad Cyntaf — Mawrth 2010

ISBN 978 0 86074 260 9

Mae'r cyhoeddwyr yn cydnabod cefnogaeth ariannol
Cyngor Llyfrau Cymru.

PO
10162263
Jan 2011

*Cyhoeddwyd gan
Wasg Gwynedd, Pwllheli*

I MANON

1

'Be 'dan ni'n mynd i' neud rŵan 'ta, hogia?' holodd Lenia.

Roedd y tri ffoadur eisoes wedi gweld ambell gip ar y mur anferth o'u blaenau drwy goed Parc Marlis, ond wrth iddynt gamu'n ofalus o gysgod y coed fe'u syfrdanwyd gan ei faint.

'I feddwl nad oedd hwn yma rai wythnosau'n ôl,' ebychodd Sbargo.

'Mur Mawr y Gattws,' ochneidiodd Merfus.

'Wyddwn i'm fod 'na gymaint o gerrig yn y Crombil,' meddai Sbargo.

'Olreit,' meddai Lenia gan weld nad oedd neb am ei hateb, 'sgwrsiwch chi – mi wela i chi'r ochor draw i'r wal, iawn?' A dechreuodd redeg i gyfeiriad gatiau anferth y parc.

'Lenia, callia!' galwodd ei brawd arni. 'Tyd Merfus, rhag ofn iddi neud rwbath gwirion.'

Rhedodd y ddau fachgen ifanc ar ei hôl nerth eu traed.

'Gwranda arna i, *plis*, Lenia' erfyniodd Sbargo, ond ni chymerai ei chwaer unrhyw sylw ohono. Brasgamodd yn ei blaen drwy'r gatiau haearn a throi i gyfeiriad Pont Sidian, gyda Sbargo a Merfus yn hanner cerdded, hanner trotian y tu ôl iddi.

'Lenia . . .' dechreuodd Sbargo eto, ond torrodd Lenia ar ei draws.

'Chdi oedd isio hyn – chdi a dy syniad mawreddog o f'achub i. Wel, os nag 'di dy galon di ynddo fo, mi a' i yn 'y mlaen fy hun hebddoch chi. Dwn 'im be *ti*'n neud yma beth bynnag, Merfus . . .'

Tawelodd y storm wrth i Lenia ddifaru dweud y geiriau diwethaf yna.

'Dim ond eisiau helpu oeddwn i,' meddai Merfus yn dawel.

Edrychodd Lenia'n dosturiol arno.

'Dwi'n gwbod,' meddai.

Erbyn hyn roeddynt ar y bont, a syllodd Lenia i'r dŵr tywyll oddi tanynt.

'Ella na dwi'm gwerth 'yn helpu, 'sti.'

'Be wyt ti'n ei feddwl?' holodd Merfus yn ddiniwed.

Ond atebodd y ferch ifanc mohono – dim ond dal i syllu i afon Sidian fel petai hi'n disgwyl i honno gynnig yr atebion iddi.

'Lenia,' meddai Sbargo'n dawel.

Trodd Lenia yn araf o'i breuddwyd i edrych ar ei brawd. Yn yr eiliad honno, sylweddolodd Sbargo fod ei chwaer yn edrych fel petai ar goll yn llwyr.

'Tyd,' meddai'n dyner. 'Awn ni i gysgodi wrth fedd Torfwyll.'

Croesodd y tri'r ffordd i ganol y bont. Yno, dan gofgolofn ysblennydd, gorffwysai Torfwyll Fawr, arweinydd cyntaf Mirael. Y dyn cyntaf a'r cyntaf ymhlith dynion.

Arwr o'r iawn ryw, meddyliodd Sbargo iddo'i hun. Tipyn gwahanol i'r arweinydd presennol.

'Mi fyddai Torfwyll yn gwybod beth i'w wneud,' meddai Merfus.

Fyddai Torfwyll ddim wedi meddwl am godi wal i rannu'r ddinas yn y lle cyntaf, meddyliodd Sbargo. Sbeciodd o gwmpas y golofn. Roeddynt yn ddigon agos bellach i weld y milwyr yn eu lifrai coch a du fel morgrug o amgylch y porth trawiadol ym môn y wal. Y Fyddin Sanctaidd.

'Y Cira Seth!' chwyrnodd Sbargo. 'Ma'r lle 'ma'n berwi ohonyn nhw'.

'Sy'n dod â ni'n ôl at 'y nghwestiwn gwreiddiol i,' meddai Lenia'n ddi-hid. 'Be 'dan ni'n mynd i' neud?'

Syllodd y ddau fachgen yn fud arni, heb fath o syniad sut i'w hateb.

'Reit,' meddai Lenia, a thinc o banig yn ei llais. 'Dowch i ni weld be 'di'r dewis, ia? Allwn ni ddilyn afon Sidian yn ôl drwy Barc Marlis i Fryn Crud . . .'

'Na!' meddai'r ddau arall gyda'i gilydd.

'Olreit – mi allwn ni ddilyn y wal newydd 'ma y naill ffordd neu'r llall i'w phen draw.'

'Ei phen draw fydd un o waliau'r Crombil,' meddai Sbargo'n ddigalon. ''Di hynna ddim yn ddewis.'

'Wel, un dewis sy ar ôl, felly,' meddai ei chwaer. 'Croesi'r wal a chymryd ein siawns yn y Gattws. Efo'r anwariaid!' meddai'n ffugfygythiol, wrth weld yr olwg ofnus ar wyneb Merfus.

Sylwodd Sbargo hefyd ar gyflwr bregus ei gyfaill.

'Gwranda, Merfus,' meddai'n dyner. 'Rwyt ti 'di bod yn fwy na thriw yn dŵad efo ni cyn belled â hyn. Nid dy broblem di ydi hon. Mi fydda'n gallach i ti droi'n d'ôl rŵan cyn ei bod hi'n rhy hwyr.'

'Mae Sbargo'n iawn – dydi hi'm yn rhy hwyr,' meddai Lenia.

'Ond beth amdanat ti?' holodd Merfus.

'Mae'n rhy hwyr i mi erstalwm,' meddai Lenia'n chwerw.

'Does 'na'm angen i ti fentro i'r Gattws, Merfus,' meddai Sbargo. 'Dos adra.'

Gwyddai Merfus, fel trigolion eraill ardaloedd llewyrchus Bryn Crud, am enw drwg y Gattws. Hon oedd yr ardal lle byddai'r rhai llai derbyniol yn y gymdeithas yn cael eu gyrru iddi. Hon oedd yr ardal y siarsiwyd plant bach da Bryn Crud fyth i sbio arni, heb sôn am fentro i mewn iddi. Hon oedd y ploryn ar wyneb hawddgar Mirael, y Ddinas Aur. Yn ardal y Gattws yr oedd trythyllwch a diffyg moesau yn gwneud eu safiad olaf yn erbyn y Grefydd Newydd.

Ond yr Archest – y Testun Sanctaidd – a orfu. Bellach roedd trigolion y Gattws a'u harferion afiach y tu ôl i fur caeedig, yn ddigon pell o Fryn Crud, a'i heddwch a'i barch at foesoldeb.

'Rydw i'n dod hefo chi,' meddai Merfus, gan syllu'n benderfynol ar y llawr o'i flaen.

'Merfus, mi wyt ti wedi gwneud mwy na digon yn barod,' meddai Sbargo. 'Mi fydd dy rieni'n poeni'u henaid amdanat ti.'

'Paid â meddwl nad ydw i wedi ystyried hynny,' atebodd Merfus, 'ond mi fydd fy rhieni'n saffach heb fod yn gwybod dim. Petawn i'n mynd yn fy ôl, mi fyddai'ch tad a'i Gira Seth yn sicr o wasgu'r wybodaeth ohona i – efallai drwy ddefnyddio fy rhieni.'

'Be ti'n awgrymu?' gofynnodd Lenia a'i llygaid yn syn. 'Arteithio?'

Edrychodd Merfus a Sbargo'n euog ar ei gilydd.

'Ond mae'r Archest yn gwahardd . . .'

Tawodd. Gwyddai Sbargo'r eiliad honno fod ei chwaer yn meddwl am bethau eraill roedd yr Archest yn eu gwahardd.

Torrwyd ar eu meddyliau gan Merfus.

'Draw fancw!'

Trodd y ddau arall i edrych i'r cyfeiriad yr oedd Merfus yn pwyntio ato.

'Ti'm o ddifri!' ochneidiodd Sbargo.

Roedd Lenia wedi'i harogli cyn iddi droi i'w gweld. Chwarddodd.

'Y wagan gachu! Jîniys, Merfus!'

Rhowliai'r cerbyd trwsgl tuag atynt, a'i grombil metel yn taflu arogleuon anghynnes i bob cyfeiriad. Doedd dim disgwyl i drigolion sanctaidd Bryn Crud ddelio â'u carthffosiaeth eu hunain, wrth reswm. Roedd hi'n haws symud y broblem i'r Gattws. A dyna orchwyl y cerbyd carthffosiaeth – neu'r 'wagan gachu', fel y'i gelwid ar lafar.

Edrychodd Sbargo'n boenus ar y ddau arall ond gwelai yn eu hwynebau eu bod eisoes wedi gwneud eu penderfyniad. Edrychodd eto ar y wagen yn nesáu.

'Awê 'ta,' galwodd.

Arhosodd y tri nes bod colofn Torfwyll rhwng y wagen a'r milwyr, cyn rhedeg yn sydyn at gefn y wagen. Symudai honno mor araf fel nad oedd yn anodd dringo'r ysgol fechan ar ei chefn. Sbargo oedd y cyntaf i fyny. Agorodd un o'r caeadau metel a thrawyd ef fel slap gan y drewdod.

'O mam bach,' ebychodd, gan edrych ar ei chwaer yn ymbilgar, ond doedd dim cydymdeimlad yn llygaid Lenia. Unrhyw funud, byddai'r wagen yn dod yn ôl i olwg y Cira Seth.

'Tyd 'laen!' sibrydodd Lenia'n chwyrn.

Ildiodd Sbargo, a'i ollwng ei hun i mewn i'r llysnafedd drewllyd gan geisio rheoli hyrddiadau ei stumog. Roedd Lenia ar ei ôl mewn chwinciad, a Merfus – ychydig yn fwy petrus ond yr un mor benderfynol – i mewn ar ei hôl hithau, gan gau'r caead fel roedd y wagen yn dod i olwg y milwyr o'r tu ôl i Fedd Torfwyll.

Safai'r tri yn y tywyllwch, at eu canol mewn carthion a dyn a ŵyr beth arall, tra rhowliai'r wagen yn nes at Fur Mawr y Gattws a'r Cira Seth oedd yn ei wylio.

2

Yr oedd y Gair yn uniawn; yr oedd y Gair yn gyfiawn.

COFANCT: PENNOD 1, ADNOD 2

Pefriai llygaid yr Uwch-archoffeiriad wrth iddo edrych o amgylch yr ystafell foethus. Gwyddai wrth edrych ar y chwech arall, a chyn iddo agor ei geg, fod y bleidlais eisoes yn saff. Roedd popeth yn ei le.

'Barchedig gyfeillion,' anerchodd nhw'n hyderus. 'Gelwais chwi ynghyd cyn y gwasanaeth heddiw i bwrpas penodol.'

Edrychodd chwe phâr o lygaid arno'n ddisgwylgar.

'Fel y gwyddoch, Brif Weinidog, mae'r bobl wedi llefaru. Eu hewyllys hwy oedd trosglwyddo awenau Mirael i'r arweinydd ysbrydol.'

Fe wyddai'r Prif Weinidog hynny'n iawn – doedd yr Uwch-archoffeiriad byth yn colli'r cyfle i'w atgoffa o'r ffaith. Ceisiodd ateb mor raslon ag y gallai.

'Mae'n rhaid ufuddhau i ewyllys y bobl bob amser, Engral fab Sargel.'

Gwenodd Engral arno.

'Uwch-archoffeiriad,' cywirodd ef yn gwrtais, ond heb dynnu'i lygaid oddi arno. Ar ôl syllu i lygaid Engral am ennyd, ildiodd hwnnw.

'Uwch-archoffeiriad. Ymddiheuriadau,' meddai'r Prif Weinidog, gan ymdrechu i'r eithaf i gadw rhyw fath o wên ar ei wyneb.

'Mae'r Archest wedi puro ein cymdeithas, ein ffordd o fyw, ein ffordd o feddwl,' meddai Engral. 'Mawl fyddo i'r Archest.'

'Mawl fyddo i'r Archest,' porthodd y chwech arall.

'Bellach mae safon byw wedi codi ym Mryn Crud, yn sgil ufuddhau i'r Testun Sanctaidd. Fe'n galluogodd ni i edifarhau oherwydd ein ffyrdd anysbrydol; galluogodd ni i adnabod y gelyn ac i adeiladu rhagfur i'n hamddiffyn rhagddo . . .'

Torrwyd ar ei draws gan lais oedrannus, dirmygus.

'Mae dy eirfa di'n mynd yn fwy eithafol gyda threiglad pob cylchdro, Uwch-archoffeiriad. Chlywais i mohonot ti'n disgrifio trigolion y Gattws fel 'y gelyn' cyn codi'r mur – mur, fel yr hoffwn atgoffa'r cwmni presennol, y gwnes i, y Prif Weinidog, a sawl un arall sydd am ryw reswm yn absennol, bleidleisio yn ei erbyn.'

Trodd Engral yn araf i edrych ar y siaradwr, ond nid oedd hwnnw am gael ei fygwth.

'Mae gan lawer ohonom deuluoedd yn y Gattws, ac mae eraill ohonom yn ddisgynyddion i'w thrigolion. Sut felly eu bod yn elynion un ac oll?'

Daeth ateb yr Uwch-archoffeiriad yn chwyrn.

'Oherwydd eu bod yn mynnu glynu wrth yr Hen Grefydd, Castel Iddanos. Oherwydd bod eu Duwiau lluosog yn elynion i'r Un Gwir Dduw ac i'r Archest. Mae unrhyw un sy'n elyn i'r Testun Sanctaidd yn elyn i ni.'

'Ond mae rhai o ddilynwyr yr Hen Grefydd yn trigo yma ym Mryn Crud o hyd. Mi fyddwn yn fodlon dadlau fod yna fwy o ddilynwyr y Cofanct yn y rhan hon o'r ddinas nag sydd yn y Gattws. Gyda phob dyledus barch, Uwch-archoffeiriad, mae'n lled wybyddus fod dy fab dy hun yn gyfaill pennaf i un o ddilynwyr y Cofanct.'

Brwydrodd Engral i reoli'i dymer, a gwenodd ar Castel Iddanos.

'Fe glywais innau'r awgrym hefyd. Ond na phoener – dyna pam y'ch gelwais chi ynghyd. Gyda'ch bendith, heddiw fe roddaf orchymyn ar i bob copi o'r Cofanct gael ei gasglu, trwy rym os oes rhaid, o bob cartref ac yna i'r cyfan gael ei ddwyn ynghyd i Sgwâr y Cosbi.'

'Sgwâr y Tadau,' cywirodd Iddanos.

'O diar, oeddech chi'n absennol pan ailenwyd ef, Castel

Iddanos?' holodd Engral yn ddiniwed. Gwgodd yr hen ŵr arno ond gwyddai ei fod yn ddi-rym.

'Wedi eu dwyn ynghyd i Sgwâr y Cosbi,' aeth yr Uwch-archoffeiriad yn ei flaen, 'byddant yn cael eu llosgi gerbron y bobl, er mwyn eu diogelu hwy a chenedlaethau'r dyfodol. A gawn ni symud i bleidlais?'

'Na chawn!' Roedd Castel Iddanos ar ei draed. 'Ydi'r grym 'ma wedi mynd i dy ben di, Engral?

Ceisiodd y gŵr a eisteddai'n nesaf ato ei berswadio i eistedd. 'Hybarch Iddanos, ni chaniateir i chi siarad â'r Uwch-archoffeiriad yn y fath fodd!'

'Mi ddylai rhywun fod wedi gwneud hynny erstalwm!' rhuodd Iddanos. 'Rwyf yn ei gofio'n fyfyriwr yn astudio'r Cofanct y mae mor awyddus i'w ddinistrio yn awr. Roedd yn fachgen uchelgeisiol bryd hynny ond heb ddigon o ymroddiad i'w bwnc – yn rhy awyddus i ddod ymlaen yn y byd!'

'Dyna ddigon,' meddai Engral gyda gwên.

'Dim hanner y dyn oedd ei frawd . . .'

'Dyna ddigon!'

Bu tawelwch. Cymerodd Engral eiliad i gael ei wynt ato.

'Wel, wel,' meddai ymhen ychydig. 'Castel Iddanos. Gŵr y bu gennyf y parch mwyaf tuag ato.'

Chwarddodd Iddanos yn sarrug ond anwybyddodd Engral ef.

'Ond bellach, wedi dangos inni ei wir liwiau fel dilynydd y Cofanct.'

'Diddordeb astudiaethol, Engral, fel y gwyddost yn iawn. Trueni na fyddet tithau wedi ymroi ychydig mwy yn ystod dy ddyddiau coleg.'

Roedd golwg beryglus yn llygaid yr Uwch-archoffeiriad bellach. Ceisiwyd tawelu Iddanos unwaith eto ond ni ellid ymresymu ag ef bellach.

'Ac mi ddyweda i rywbeth arall . . .'

'Na wnei, hen ddyn!' cyfarthodd Engral arno. 'Rwyt eisoes wedi dweud mwy na digon.'

Trawodd y llawr yn galed â'i wialen aur, a daeth dau aelod o'r Cira Seth i mewn drwy'r drws.

'Arestiwch Castel Iddanos,' gorchmynnodd Engral.

'Ar ba sail?' gwaeddodd y Prif Weinidog.

'Cabledd!' gwaeddodd Engral. 'Codi'i lais yn erbyn yr Archest!'

'Yr Archest?!' meddai Iddanos gyda dirmyg. 'Ac o ble ymddangosodd hwnnw dros nos, ysgwn i? Gair Duw ynteu gair dyn sy'n crefu am y grym i ymddwyn fel duw?'

'Fe glywsoch ei eiriau!' meddai Engral. 'Cabledd! Ymaith ag ef!'

Gafaelodd y milwyr yn Iddanos a chludwyd ef allan. Wrth iddo fynd drwy'r drws, edrychodd i lygaid yr Uwch-archoffeiriad.

'Gwae fi,' meddai, 'fy mod wedi byw yn ddigon hir i weld yr hyn a wnaethost i ddinas ein cyndadau.'

Neidiodd un o'r gwŷr a oedd o amgylch y bwrdd ar ei draed.

'Mae hyn yn ymddygiad gwarthus! Nid carchar yw priod le Iddanos ond y gell ddienyddio!'

'Gan bwyll, Paruch,' meddai Engral yn dawel. 'Nid anwariaid mohonom.'

Arweiniwyd Iddanos ymaith. Ar ôl ennyd o dawelwch, a phawb yn dal i syllu tua'r drws, trodd Engral i wynebu'r pump oedd ar ôl o amgylch y bwrdd.

'O'r gorau. Y bleidlais?'

3

Weithiau yr oedd y Gair yn ddau Air, ond yn wastadol yn deisyf bod yn gymysg ac yn Un, canys dau hanner oeddynt pan ar wahân.

COFANCT: PENNOD 1, ADNOD 3

Roedd y wagen wedi oedi'n hir. Yn rhy hir, meddyliodd Sbargo. Mae'n rhaid fod y Cira Seth yn awyddus i'w harchwilio. Efallai fod y gair eisoes wedi mynd ar led eu bod ar goll. Synhwyrai fod Merfus yntau'n anesmwytho. Roedd Lenia, ar y llaw arall, yn llonydd fel delw – prin y gallai Sbargo synhwyro ei bod yna o gwbl.

Clywsant sŵn traed mewn esgidiau trymion yn cerdded at gefn y wagen, yna fflachiodd golau dydd i'w hwynebau. O, dyma ni, meddyliodd Sbargo – yn y cachu mewn mwy nag un ystyr. Ond yr unig beth a glywsant oedd llais un o'r gweithwyr yn datgan ei ffieidd-dod at yr arogl.

'Mae o'n deud y gwir! Ymlaen â ni – yn sydyn hefyd!'

Yna aeth yn dywyll eto, ac ymhen eiliad neu ddwy roeddynt yn symud. Dychmygai Sbargo nhw'n mynd drwy'r drws yn y mur. Pa mor hir y dylent aros, tybed, nes byddai'r wagen o olwg y Cira Seth? Penderfynodd fod yn amyneddgar.

Wedi peth amser, gwaeddodd Sbargo uwch sŵn y wagen.

'Dach chi'n meddwl 'i bod hi'n saff i ni agor y caead 'ma rŵan?'

Wrthwynebodd neb, felly estynnodd Sbargo a Merfus am un ochr i'r caead a'i wthio ar agor. Llanwyd y cefn â golau unwaith eto, a hwnnw'n gymysg ag awyr – os nad yn iach, yn sicr yn fwy ffres na'r hyn y buont yn ei anadlu am y chwarter cylchdro diwethaf.

Dringodd Sbargo i fyny un o'r ochrau nes gallai weld

16

allan. Roedd y mur gryn bellter y tu ôl iddynt erbyn hyn. Mae'n rhaid bod eu synnwyr amser wedi drysu tra oeddynt yn dioddef yn y tywyllwch y tu mewn i'r wagen. Bellach, dylent fedru dianc o'r wagen heb dynnu gormod o sylw atynt eu hunain. Yn anffodus, byddai'r olwg arnynt – a'u harogl – yn denu mwy na digon o sylw wedyn.

Edrychodd o'i gwmpas. O'i flaen arweiniai'r ffordd at agoriad mawreddog, a cherflun urddasol yn nelwedd dyn neu Dduw yn ei ganol. Daliai'r hyn a edrychai fel planed yn un llaw, a tharian yn amddiffynnol dros y blaned yn y llaw arall.

'Hei, Merfus!' galwodd Sbargo. 'Ti 'di boi y Cofanct.'

Dringodd Merfus ato ac edrych ar y golofn a dyfai'n fwy bob eiliad.

'Tormon fab Amoth,' meddai'n bendant.

'Duw Gwyddoniaeth?'

'Ia. Sgwâr y Seiri ydi hwn felly.'

'Sut gwyddost ti?'

'Cofio fy nhad yn deud pan oeddwn yn blentyn. Rywle yn ymyl y fan yma y cafodd ei fagu cyn symud i Fryn Crud. Fan yma roedd yr adeiladwyr gorau i gyd yn byw.'

'Pam mae Tormon yn dal tarian uwchben planed?'

'Nid tarian ydi hi go iawn,' atebodd Merfus.

'Sori?'

'Symbol ydi'r darian.'

'O be?'

Dechreuodd Merfus ddyfynnu: '"Tormon fab Amoth a gymerth lwch aur ac a ffurfiodd . . ."'

'Y Gromen Aur!' meddai Sbargo, gan gofio.

'Mae'r Gromen Aur yn un o'r creadigaethau mwyaf gwyrthiol a grëwyd erioed,' meddai Merfus yn bendant.

'Ma hi'n un o'r rhai mwya, ma hynny reit saff, os oes 'na ronyn o goel ar dy Gofanct di.'

Edrychodd Merfus yn glwyfedig arno.

'Mae mwy o goel ar un paragraff o'r Cofanct nag sydd ar yr Archest i gyd.'

'Ia, wel, dwyt ti'm yn gwbod hynna chwaith, nagwyt Merfus? Does 'na neb yn gwbod.'

'Mi wn fod yr Wyneb yn bodoli, ac mai o'r fan honno y daethom ni.'

Doedd Sbargo ddim eisiau dechrau dadl. Edrychodd yn ôl i mewn i'r wagen a'i drewdod.

'A sbia arnan ni rŵan,' meddai'n goeglyd.

Gwenodd Merfus. Edrychodd Sbargo unwaith eto ar y darian enfawr uwch ei ben.

'I be oedd y Gromen yn da, 'ta?' holodd.

'I amddiffyn planed Ergain rhag yr haul,' meddai Merfus yn syml. 'Fel arall, byddai popeth yn marw.'

'Ond 'dan ni'n byw dan ddaear!' meddai Sbargo.

'Ond nid felly'r Duwiau. Na ninnau tan yr Alltudiaeth. Faint o'r Cofanct oeddech chi'n ei astudio yn eich tŷ chi?' ebychodd Merfus, cyn sylweddoli beth oedd yn ei ddweud, a chymryd ato.

'Flin gen i dorri ar draws y seiat,' meddai Lenia oddi tanynt, 'ond ma hi'n drewi 'ma braidd os nag dach chi 'di sylwi, hogia!'

'Mynadd, hogan!' hisiodd Sbargo arni. 'Allwn ni'm cerddad o gwmpas y lle 'ma'n garthion i gyd.'

'Pam lai?' meddai Lenia'n ddi-hid. Yna gollyngodd ei hun dros ei phen i mewn i'r gymysgedd ffiaidd nes ei bod o'r golwg yn gyfan gwbl. Arhosodd o'r golwg am rai eiliadau nes bod Sbargo wedi dechrau anesmwytho nad oedd am ddod yn ôl i'r wyneb. Yna ailymddangosodd, gan ysgwyd ei phen a chwythu nes tasgu'r carthion i bob cyfeiriad o'i hamgylch. Edrychodd ar ei brawd. 'Wedi'r cwbwl, 'dio ddim fel tasa neb yn medru dod yn ddigon agos aton ni i neud niwad i ni, nacdi?'

Syllodd Sbargo arni'n fud a'r dagrau'n cronni yn ei lygaid.

4

*Yr oedd y Gair ers dechrau amser, canys y Gair a roddodd fod i
bopeth sydd yn bod.*

COFANCT: PENNOD 1, ADNOD 4

Roedd y Gadeirlan yn orlawn, fel yr oedd ym mhob
gwasanaeth bellach. Byddai'n rhaid ei dymchwel ac adeiladu
un fwy, meddyliodd Engral. Yn enwedig gan fod iddi'r gair
o fod wedi'i modelu ar Gadeirlan y Duwiau ar Fynydd
Aruthredd. Eglwys a berthynai i'r Cofanct cableddus oedd
hi yn ei hanfod, felly; roedd Eglwys yr Archest yn haeddu
gwell.

Edrychodd dros ei gynulleidfa a gweld môr o wynebau
eiddgar yn disgwyl am arweiniad. Roedd yr Archest wedi
rhoi pwrpas newydd i'w bywydau. Diolch amdano.

'Fy mhlant!' anerchodd Engral. 'Edifarhewch! Canys y mae
llid yr Un Gwir Dduw yn agos. Oherwydd i ni ei anwybyddu
cyhyd yr ydym i gyd yn bechaduriaid. Am droi i ffyrdd estron
a chableddus nid oes maddeuant. Ond i'r rhai a edifarhânt,
fe rydd yr Un Gwir Dduw faddeuant. Edifeirwch yw'r unig
lwybr i fywyd tragwyddol! Pwy bynnag a gred mewn mwy
nag un Duw a ddifethir yn llwyr gan yr Un Gwir Dduw.
Oherwydd *un* Duw sydd – y Duw sydd wedi'n hachub ni
rhag y llwybr i ddistryw. Y Duw sydd wedi dangos i ni pwy
yw'r gelyn ac wedi rhoi inni'r nerth a'r ewyllys i'n
hamddiffyn ein hunain rhagddo. Drwy hynny byddwn yn
gadwedig, fy mhlant! Ofnwch yr Un Gwir Dduw! Ofnwch
eich gelynion! Na chamwch o'r llwybr a osodwyd ger eich
bron yn yr Archest! Yn awr, dywedwch wrthyf, fy mhlant –
pwy sydd yn edifarhau?'

Roedd bonllefau'r dorf yn fyddarol. Pe na bai gafael yr

Archest mor gryf arnynt gallai rhywun gredu bod anhrefn ar fin digwydd. Taflodd un aelod o'r gynulleidfa dorch o flodau at draed Engral, ac ymgrymodd yntau'n wylaidd gerbron y dorf. Aeth hyn ymlaen am gryn amser ond nid oedd neb fel petai'n blino ar y sefyllfa. Wedi'r cwbl, onid ef oedd cynrychiolydd yr Un Gwir Dduw ar y blaned Ergain?

5

Ac Ea ydoedd Dduw'r ffurfafen, a Hara ydoedd Dduwies y dyfroedd sydd yn puro pob peth. A dedwydd oeddynt. Hyd nes i'r Gair yngan y geiriau 'Bydded Goleuni'.

COFANCT: PENNOD 1, ADNOD 5

Gwyddai Lenia'n union beth oedd yn mynd drwy feddwl ei brawd wrth iddo syllu arni. Roedd yn chwarae'r un olygfa yn ei ben eto, yn ei ffieiddio ac yn tosturio wrthi yr un pryd. Druan ohono: roedd mor naïf ar lawer ystyr, er ei fod yn hŷn na hi. Petai'n gwybod pa mor hir y bu'r pethau hyn yn digwydd cyn iddo fo sylweddoli hynny, byddai'n ffieiddio fwy fyth. Fedrai ei feddwl cymharol anaeddfed fyth ddirnad sut y dirywiodd cariad diniwed tad at ei ferch yn rhywbeth llawer mwy dinistriol.

Fe wyddai Lenia'n reddfol nad oedd ei gyffyrddiadau bychain yn briodol, ond roedd ei thad mor siomedig pan ddywedai hi 'Na' fel y teimlai'n euog o amau ei gymhellion. Roedd ei thad yn ddyn da – dyn da â'i galon wedi'i rhwygo ar ôl colli'i wraig wrth iddi roi genedigaeth iddi hi, Lenia. O'r herwydd, teimlai Lenia'n rhannol gyfrifol am ei unigrwydd. Roedd ganddo hawl i rywfaint o gysur, doedd bosib?

Ac felly y dechreuodd pethau.

Bron yn ddiarwybod iddi, roedd hi wedi bod yn fwy o fam nag o chwaer i Sbargo yn ddiweddar. Paratoi'i fwyd, golchi'i ddillad, ambell gerydd, ambell ddadl – hi oedd yn rheoli palas yr Uwch-archoffeiriad. Cyn belled na ddeuai Sbargo i wybod ei chyfrinach, byddai popeth yn iawn, dywedai wrthi'i hun.

Ond ni fedrai beidio â sylwi bod y tensiwn yn cynyddu

rhwng ei brawd a'i thad. Roedd ofn ar Lenia, a beiai ei hun am yr oerni rhwng y ddau. Petai ond wedi sylweddoli mai glaslanc yn gwrthryfela yn erbyn gwerthoedd ei dad oedd y prif reswm dros yr oerni, byddai wedi bod yn llawer llai o boen arni. Ond gyda Sbargo'n herio'r Archest fwyfwy yng ngŵydd ei dad, roedd awyrgylch y palas yn suro fesul diwrnod.

Ceisiodd gyfleu hyn i'w thad un noson tra oedd yn ei freichiau, ond doedd dim arwydd o awydd cymodi ynddo. Yn hytrach, datgelodd Engral iddi wybodaeth am Sbargo a oedd, yn ei dŷb ef, yn esbonio pam na fu erioed yn blentyn mor gariadus â hi. O ganlyniad, ceisiodd Lenia wneud ymdrech i dosturio mwy wrth Sbargo pan fyddai'n tynnu'n groes i'w dad. Neu, fel y digwyddai'n amlach y dyddiau hyn, iddi hi, gan ei bod er ei gwaethaf yn tueddu i ochri efo Engral.

Am ei bod yn caru'i thad yn fwy na'i brawd.

Ei garu a'i gasáu. Wrth iddi dyfu, fe gynyddai ei hargyhoeddiad fod yr hyn yr oedd hi'n ei wneud yn bechadurus. Ond roedd ei thad – ei charwr – yn ei sicrhau nad oedd dim o'i le ar yr hyn a wnaent, a golygai ei safle mai fo bellach oedd yn penderfynu beth oedd yn iawn. Ond pan dyfodd Lenia'n ddigon hen i ddeall yr hyn a ddarllenai yn yr Archest, gwelodd y gwirionedd mewn du a gwyn. Roedd hi'n pechu. Doedd dim gobaith iddi.

Ceisiodd dweud wrth ei thad dro ar ôl tro, ond roedd dawn hwnnw gyda geiriau yn llwyddo i droi ei byd yn ôl â'i ben i waered bob tro. Roedd ei resymau fel petaent yn gwneud synnwyr ar y pryd, ond yna, yng ngolau dydd, byddai ei meddwl a'i bywyd ar chwâl eto. A dyna fu'r patrwm am amser maith, gyda Lenia'n ei ffieiddio'i hun ychydig mwy bob dydd, ac yn aros yn reddfol am yr anochel.

Nes iddo ddigwydd.

Ni chofiai lawer – dim ond mai hi oedd yn ceisio plesio, a sŵn tician y cloc yn y lled-dywyllwch yn gyfeiliant i ochneidiau ei thad. Yna'n sydyn gwelodd y drws yn symud, a llygaid hunllefus ei brawd. Yr unig gysur oedd ganddi oedd na fedrai Sbargo ei ffieiddio'n fwy nag y ffieiddiai hi ei hun eisoes – ac nad oedd ei thad, yn ôl pob golwg, wedi sylwi ar ei fab yn y drws.

Roedd Sbargo eisiau ei hachub, wrth gwrs, ac roedd hithau'n fodlon cytuno â hynny er mwyn ei gadw'n hapus.

Ond gwyddai nad oedd achubiaeth iddi bellach. Yng nghrombil y wagen, yn garthion o'i chorun i'w sawdl, roedd hi'n edrych yn union fel roedd hi'n teimlo.

6

Ac Ea-Hara a greodd saith Is-dduw er gwarchod Ei greadigaeth.

COFANCT: PENNOD 2, ADNOD 1

Torrwyd ar feddyliau Lenia a Sbargo gan Merfus.

'Fancw! Dowch!'

Trodd Sbargo i edrych, a gweld pistyll yn ffrydio dros gerfluniau marmor. Ar wahân i blentyn neu ddau yn chwarae yn y stryd, nid oedd neb o gwmpas.

'Barod, Lenia?' gofynnodd Sbargo'n betrus.

'Awê,' meddai hithau, a dringo heb weld beth oedd yn eu disgwyl. Glaniodd y tri'n slwts ar y stryd, rhedeg draw at y pistyll a thaflu eu hunain oddi tano. Roedd y dŵr yn oer ond yn lân a golchwyd y rhan fwyaf o'r baw oddi arnynt, ond medrent weld bod eu dillad wedi'u staenio am byth.

Safodd y tri am ennyd, fel tri meddwyn yn ceisio sobri.

'Stryd gefn,' meddai Sbargo'n sydyn, a dechrau anelu tuag ati.

'I be?' meddai Merfus.

'Lein ddillad,' galwodd Sbargo.

Rhedodd y tri i fyny'r stryd gan geisio dod o hyd i ddillad yn hongian ar lein. Cyn hir roedd Sbargo wedi gweld un a chynfasau gwely nobl yn crogi arni.

''Ma hi!' sibrydodd. Sleifiodd y tri'n llechwraidd tuag ati, ac wedi gwneud yn siŵr nad oedd neb o gwmpas, tynnodd Sbargo'r cynfasau a rhoi un bob un i Merfus a Lenia. Cyn pen dim roedd y cynfasau'n socian a'r tri ifanc yn gymharol sych. Heb feddwl, roedd Lenia wedi dechrau tynnu'i dillad gwlyb pan sylweddolodd fod Merfus yn syllu arni'n gegrwth.

'Merfus bach, ti rioed 'di gweld hogan hannar noeth o'r blaen?' holodd.

24

'Naddo,' atebodd Merfus yn dawel.

'O,' meddai Lenia. 'Sori.' A rhoddodd y dillad yn ôl amdani, ychydig yn hunanymwybodol.

'Reit,' meddai Sbargo, o weld fod pawb yn gymharol barod. 'Siop ddillad.'

'Oes ganddon ni arian?' holodd Merfus.

'Oes, digon – os chydig yn damp,' atebodd Sbargo.

Yn ôl â nhw i lawr y stryd gul nes cyrraedd y stryd fawr. I'r dde iddynt, medrent weld colofn enfawr Tormon ar Sgwâr y Seiri, a'r tu hwnt iddi Fur y Gattws ac adeiladau ysblennydd Bryn Crud yn y goleuni yr ochr draw i'r mur. I'r chwith amdani, felly.

Roedd chwilio am y siop yn gyfle i'r tri edrych o'u cwmpas yn iawn am y tro cyntaf. Sylwodd Sbargo mor sydyn yr oedd wyneb llyfn y stryd wedi troi'n greigiog a garw. Yr hyn a drawodd Lenia oedd cymaint is a mwy blêr oedd adeiladau'r Gattws – dim ond un neu ddau oedd yn dod yn agos at uchder unrhyw un o dai Bryn Crud. Teimlai Merfus fod y sŵn yn cynyddu fwyfwy a'r goleuni'n pylu po bellaf y cerddent o gyfeiriad ei gartref.

Roedd y stryd, er nad oedd mor daclus, yn brysurach o gryn dipyn bellach. Roedd llawer mwy o liw i'w weld yn y rhan yma o'r dref, a mwy fyth o sŵn. Llifai pob mathau o arogleuon o ffenestri'r adeiladau blêr, a chlywid sŵn ambell nodyn cerddorol yn awr ac yn y man. Er bod Sbargo a Lenia, ac yn enwedig Merfus, yn teimlo'n hynod hunanymwybodol, nid oedd fawr neb fel petai'n dangos unrhyw ddiddordeb anghyffredin ynddynt.

Toc trodd y stryd yn sgwâr arall, yn llawn stondinau, siopau a pherfformwyr stryd. Roedd y sŵn yn fyddarol a'r brwdfrydedd yn heintus.

'Sgwâr y Fargen,' meddai Merfus.

'Paid â deud wrtha i – roedd dy dad yn arfar dŵad i fama hefyd pan oedd o'n hogyn,' meddai Sbargo'n sych.

'Oedd,' meddai Merfus, heb sylwi ar yr eironi. 'Fan yma oedd ei baradwys o. Fan yma y gwnaeth o gyfarfod fy mam.'

'Gath o fargan?' holodd Lenia.

Edrychodd Merfus ar ei esgidiau.

Roedd sylw Sbargo ar y cerflun mawr yng nghanol y sgwâr.

'Pwy 'di honna 'ta?' holodd. Roedd y Dduwies a naddwyd o graig yn drymlwythog gan flodau a ffrwythau, ac yn ymddangos fel petai hi'n feichiog.

'Fedra i ddim bod yn siŵr,' atebodd Merfus. 'Yr unig Dduwies addas alla i feddwl amdani ydi Pelora, Duwies Ffrwythlondeb.'

'Wel ia, mi fasa hynny'n gneud sens,' meddai Sbargo.

Edrychodd eto o amgylch y sgwâr byrlymus.

'Reit, dowch. Os na ddown ni o hyd i ddillad yn fama, 'dan ni'm llawar o betha.'

7

*Ergan, Saraff, Amoth a Mestar a benododd yn Dduwiau
Creadigaeth, Dysg, Marwolaeth a Doethineb.*

COFANCT: PENNOD 2, ADNOD 2

O'r diwedd roedd y dorf wedi dychwelyd i'w cartrefi, yn
llawn o sêl yr Archest. Edrychodd Engral yn fodlon ar y seti
gweigion. Byddai, meddai wrtho'i hun, mi fyddai'n rhaid
meddwl am baratoi lle i fwy o bobl.

'Methu credu, Barchedig Un?' meddai llais wrth ei ymyl.
Gwenodd Engral.

'Pwy fyddai'n meddwl, Paruch?' meddai.

'Pwy yn wir?' atebodd Paruch. 'Pan oedd Mardoc eisiau
dyrchafu'r Cysgodion i safleoedd pwysig yn y gymdeithas,
dwi'n siŵr na freuddwydiodd o hyd yn oed y byddai aelod
o'r gell yn Uwch-archoffeiriad!'

'Wel naddo, wrth reswm,' atebodd Engral. 'Wedi'r cwbl,
doedd y swydd ddim yn bodoli bryd hynny.'

Chwarddodd Paruch. 'Fe wyddost be ydw i'n ei feddwl –
y dyn mwyaf pwerus yn ninas Mirael.'

'A'r ail mwyaf pwerus yn gwmni i mi,' meddai Engral.

Edrychodd Paruch mewn penbleth arno. 'Dydw i ddim yn
deall,' meddai.

'O,' meddai Engral yn ddiniwed. 'Rhag fy nghywilydd. Fe
anghofiais dy longyfarch ar gael dy ddyrchafu'n Brif
Weinidog!'

Edrychodd Paruch arno gyda chymysgedd o fraw a
gorfoledd.

'O ddifri? Ond . . .'

'Y Prif Weinidog? Yn y carchar gydag Iddanos. Wnaeth o
ddim cymaint o stŵr, ond mae hi wedi bod yn gwbl amlwg

27

erstalwm na chaem ni fawr o gydweithrediad ganddo. Dwi'n cymryd y derbyni di'r swydd?'

Roedd pen Paruch yn chwyrlïo. Aeth ias trwyddo wrth sylweddoli fod gan Engral bellach y pŵer o fewn anadliad i ddiswyddo, carcharu, ac yn ôl pob tebyg i ddienyddio y gŵr nesaf ato o ran grym.

'Yn ddiolchgar, Uwch-archoffeiriad,' meddai Paruch yn wylaidd gan ymgrymu o'i flaen, gweithred a roddodd gryn bleser i Engral o ystyried mai Paruch, ac nid ef, oedd yr etholedig un o blith y Cysgodion pan roddwyd y cynllun ar waith yn wreiddiol.

8

Caras, Pelora a Danell a benododd yn Dduwiesau Cariad, Ffrwythlondeb a Goleuni. A thrwy eu llaw, dan Ei oruchwyliaeth, creasant fydysawd o ryfeddodau.

COFANCT: PENNOD 2, ADNOD 3

Roedd y dillad o ddefnydd llai cyfforddus na'r hyn roeddynt wedi arfer ag ef, ond yn fwy addas ar gyfer teithio trwy'r Gattws. Yn bwysicach na hynny, roeddynt yn sych. Edrychodd y tri ar ei gilydd y tu allan i siop y teiliwr, a chwerthin. Meddyliodd Sbargo nad oedd wedi gweld Lenia'n chwerthin ers dechrau'r daith, a gobeithiodd fod hynny'n arwydd da.

'Welsoch chi wyneb y teiliwr yn ceisio gwahanu'r pres gwlyb yna?' chwarddodd Merfus.

'Pres 'di pres, yndê?' meddai Sbargo.

Edrychodd Lenia o'i chwmpas.

''Sa'n well i ni symud. 'Dan ni'm isio tynnu sylw os 'di'r gair yn mynd o gwmpas fod gennon ni bres i'w ddwyn, gwlyb neu beidio.'

Sobrodd y ddau. Edrychodd Merfus o'i gwmpas yn ofnus.

''Sa rywun 'blaw fi isio bwyd?' holodd Sbargo.

Crwydrodd y tri yn eu blaenau gan fynd yn ddyfnach i'r Gattws am ryw hanner cylchdro arall. Roedd yr anesmwythyd a deimlent o fod mewn lle anghyfarwydd wedi cilio rhywfaint, a blinder wedi tawelu tipyn ar eu nerfau. Serch hynny, roeddynt yn dal i deimlo fel estroniaid yn eu dinas eu hunain.

'Fama,' meddai Sbargo toc, a'u harwain at adeilad ychydig islaw lefel y stryd, ag arogleuon melys, chwerw a myglyd yn codi ohono. Clywid sŵn chwythbib a bacsen deirtant yn

29

canu yn y cefndir. Ar ochr yr adeilad crogai arwydd lliwgar a llun cromen aur arno.

'Dacw hi'r Gromen Aur!' meddai Sbargo. 'Gawn ni weld rŵan os 'di hi mor fawr â ti'n deud, Merfus.'

Nid ymatebodd Merfus. Syllai'n fud ar yr adeilad.

'Tafarn,' meddai ag arswyd yn ei lais.

Roedd wedi clywed am fodolaeth llefydd o'r fath – ond yn ei isymwybod, roedd wedi dychmygu y byddai'r rhan fwyaf ohonynt, os nad y cwbl, wedi diflannu dan y grefydd newydd. Tai gwagedd a thrythyllwch oeddynt, ac ni ddeuai dim daioni ohonynt. Tai a gyflwynai i'r pererin ddiod y sarff, a frathai'r ymennydd ac a ddatgymalai'r ewyllys gam wrth gam.

'Maen nhw hefyd yn gwerthu bwyd,' meddai Sbargo, fel petai'n medru darllen ei feddyliau.

Roedd Merfus yn dal yn betrus.

'Oes raid . . .?' gofynnodd.

'Oes,' meddai Lenia, gan afael yn ei law. 'Dowch 'laen, wir – dwi'n llwgu.'

9

A chwech o'r saith a gyplysasant, ond Saraff oedd ddigymar. A
Saraff a deimlodd yn alltud o deulu'r Duwiau, a chymylodd ei
enaid.

COFANCT: PENNOD 2, ADNOD 6

Roedd yr ystafell yn wahanol i unrhyw ystafell a welsai
Merfus erioed. Nid colofnau o garreg lefn fel marmor oedd
yn cynnal pwysau'r adeilad, ond yn hytrach ryw ddeunydd
anwastad, blêr. Yr oedd yr un peth yn wir am y nenfwd –
rhesi o'r un deunydd anwastad ei drwch a'i natur, yn dyllog
a phatrymau afreolaidd yn rhedeg drwyddo.

'Pren,' sibrydodd. Roedd wedi darllen am y deunydd yn y
Cofanct, ond ni thybiodd erioed y byddai'n byw i'w weld â'i
lygaid ei hun gan mai deunydd o'r Wyneb ydoedd. Ond pren
ydoedd, heb unrhyw amheuaeth. Roedd y cnotiau, y graen
a'r lliw yn cyfateb yn berffaith i'r disgrifiad.

'Mae'r Wyneb yn bodoli, felly,' meddai, a'i galon yn llawn
hapusrwydd. Dim ond yn y Cofanct y ceid unrhyw gyfeiriad-
aeth at yr Wyneb; nid oedd yr Archest yn cydnabod ei
fodolaeth.

'Be ti'n rwdlan?' brathodd Sbargo. 'Tyd, yn lle sefyll fanna'n
tynnu sylw atat dy hun.'

Roedd y dafarn tua hanner llawn, gyda'r rhan fwyaf o'r
cwsmeriaid yn eistedd o gwmpas byrddau, a chriw bychan
(dynion gan fwyaf) yn sefyll o amgylch y cownter uchel.
Roedd yr awyrgylch yn flêr ac ychydig yn fygythiol, ond
roedd yn rhaid i hyd yn oed Merfus gyfaddef bod arogl y
bwyd yn ddeniadol tu hwnt.

Aethant i eistedd at fwrdd heb fod yn rhy agos at y criw
swnllyd wrth y cownter. Yn ffodus, doedd hi ddim yn

ymddangos fel petai gan neb lawer o ddiddordeb ynddynt, er bod un neu ddau wedi taflu cipolwg i'w cyfeiriad pan ddaethant drwy'r drws.

Ond ychydig a wyddent fod pâr o lygaid yn eu gwylio â diddordeb o ben pellaf yr ystafell fyglyd.

'Be 'di'r drefn?' holodd Sbargo.

Wedi iddi ddod i mewn i'r dafarn, roedd Lenia wedi bod yn gwylio'r bobl ar fwrdd cyfagos. Roedd un newydd godi a mynd at y cownter. Edrychodd ar y llechen ar y bwrdd o'i blaen a rhestr o brydau wedi'i hysgrifennu arno.

'Dwi'n meddwl dy fod ti'n penderfynu be tisio i' fyta, ac wedyn yn mynd at y cowntar i ofyn amdano fo.'

'Ma hynna'n gneud synnwyr,' meddai Sbargo. 'Mi a' i.'

Penderfynwyd mai cawl oedd y peth doethaf iddynt ofyn amdano dan yr amgylchiadau: roedd angen gwneud i'w harian bara mor hir â phosib. Cododd Sbargo a cherddodd at y cownter. Sylwodd fod un neu ddau o'r criw a safai wrth ei ymyl yn codi'u lleisiau fwy nag oedd raid. Maen nhw dan ddylanwad y sarff, meddyliodd gyda braw.

'Ia, syr?'

'T-tri chawl chwyddgig,' meddai Sbargo. 'Os gwelwch yn dda.'

'Ac i yfad?'

Doedd Sbargo ddim wedi meddwl am hynny. Taflodd gipolwg at Merfus a Lenia ond roedd y ddau'n siarad â'i gilydd.

'Ym . . . dŵr?'

'Dŵr?' meddai'r dyn mawr y tu ôl i'r cownter mewn anghrediniaeth. 'Tafarn 'di hon. 'Sna'm dŵr i'w gael yn fama.'

'O. Y . . .' Roedd Sbargo ar goll yn llwyr. Ebychodd y gŵr mawr.

'Cwrw, Gwin, Gwirod, neu Bethau Gwirion Iawn,' meddai'n amyneddgar.

Roedd pob un o'r rheiny'n swnio'n beryglus i Sbargo.

'Neith cwrw'r tro?' holodd y gŵr mawr, yn dechrau colli'i synnwyr digrifwch erbyn hyn. Yn waeth na hynny, roedd un neu ddau o'r cwmni swnllyd wedi dechrau sylwi ar yr hyn oedd yn mynd ymlaen. Dechreuodd Sbargo chwysu. Nid oedd yn awyddus i ddenu cynulleidfa.

'Ym . . . 'sa well i ni beidio. 'Dan ni'm digon hen . . .'

Edrychodd y gŵr mawr yn hurt arno.

'Dach chi'n ddeuddeg oed?'

'Yndw.'

'Dach chi'n ddigon hen felly. Tri chwrw.'

Roedd Sbargo'n rhy ffwndrus i ddadlau, ac roedd yn awyddus i ddianc rhag sylw'r cyfeillion wrth y cownter cyn i un ohonynt benderfynu tynnu sgwrs gyda'r dieithryn oedd yn amlwg o'r tu hwnt i'r Gattws. Talodd i'r gŵr mawr a chario'r tri gwydraid o ddiod melyngoch yn ôl at y bwrdd.

Roedd Merfus yn gegrwth.

'Be ti'n neud?'

'Stori hir. Yfa fo.'

'Ond y sarff!'

'Dwi'n meddwl bo ti'n gorfod yfad sawl un cyn i'r sarff dy frathu di,' meddai Sbargo'n flinedig, ac estyn am ei wydr.

10

Ac enaid Saraff a drodd yn fustl chwerw, ac efe a ddywedodd:
'Pe creasid wyth Duw, byddai imi gymar. Paham mai saith Duw
a greodd Ea? Myfi yw Saraff, Duw Dysg. Paham nad oes i Dduw
Dysg holl wybodaeth Ea?'

COFANCT: PENNOD 2, ADNOD 8

Roedd y bwyd, er yn blaen, yn hyfryd, ac wedi'u hadfywio.
Ac nid oedd yfed y cwrw wedi bod yn brofiad mor beryglus
ag yr ofnai Merfus ychwaith. Roedd y tri wedi ymlacio'n braf
ac yn ddigon cartrefol o fewn muriau pren y dafarn. Ond
roedd yn rhaid iddynt fwrw ymlaen â'u taith – er nad oedd
neb yn siŵr pryd a lle y dylent aros i roi eu pennau i lawr.

'Esgusodwch fi,' meddai llais oedd fel petai wedi darllen
eu meddyliau. Yno uwch eu pennau roedd bachgen fawr hŷn
na nhw eu hunain, a golwg dlodaidd arno ond â llygaid
bywiog. 'Rydach chi'n edrych fel tri sy'n chwilio am le i
orffwys.'

'Ydyn ni?' holodd Merfus.

'Mae 'na olwg flinedig ar y ferch ifanc,' meddai'r llanc.
'Pardog ydi'r enw, gyda llaw. Ro'n i wedi sylwi arnoch chi
pan ddaethoch chi i mewn ond doeddwn i ddim isio torri ar
eich traws cyn i chi orffan byta.'

'Chwara teg i chi,' meddai Sbargo.

'Dim ond isio i chi gael gwbod fod yna le rhad a chynnas
i'w gael nid nepall o fama, rhag ofn i chi wario'n wirion heb
fod angan. Mae 'na lot o dwyllwyr yn yr ardal yma, wchi.'

'Chwarae teg i chi, Pardog,' meddai Merfus.

Edrychodd Sbargo ar Lenia. Roedd Pardog yn dweud y
gwir – mi oedd hi'n edrych fel petai cyffro'r dydd a'r holl
deithio bron â'i llethu.

'Allwch chi ddeud wrthan ni sut i gyrraedd y lle 'ma?' holodd yn ofalus.

'Alla i wneud mwy na hynny. Am glenc mi ddangosa i'r ffordd yno i chi fy hun.'

'Iawn, Pardog,' meddai Merfus, cyn i Sbargo gael cyfle i ddeud dim. "Di clenc yn ddim byd, nacdi Sbargo?'

Daliodd Sbargo'i dafod. Efallai nad oedd clenc yn ddim byd i drigolion Bryn Crud, ond pwy a ŵyr beth oedd gwerth clenc i rywun oedd yn gorfod byw o ddydd i ddydd yn y Gattws. Nid fel yma roedd gwneud ffrindiau, Merfus, meddyliodd. Ond nid oedd Pardog fel petai wedi sylwi.

'Iawn,' meddai. 'Dilynwch fi.'

Arweiniodd nhw allan o'r dafarn, ac i lawr y stryd am tua chan brasgam. Yna trodd i'r chwith i lawr llwybr cul a thywyll gyda Merfus, Lenia a Sbargo'n ei ddilyn. Po bellaf y cerddent, y tywyllaf yr âi, a'r mwyaf y teimlai Sbargo'n anesmwyth. Tybiodd fwy nag unwaith iddo glywed sŵn traed ysgafn yn eu dilyn, ond pan droai i edrych nid oedd golwg o neb rhyngddynt a'r stryd.

Roedd hi'n dywyll iawn bellach, bron yn rhy dywyll i Sbargo weld Lenia o'i flaen heb sôn am Merfus a Pardog y tu hwnt i hynny. Yna'n sydyn clywyd gwaedd gan Merfus, yn cael ei dilyn gan sgrech o gyfeiriad Lenia. Cyn i Sbargo sylweddoli beth oedd yn digwydd, roedd ar ei hyd ar lawr a lleisiau Pardog a dyn arall nad oedd yn ei adnabod yn gweiddi ar draws ei gilydd.

'Reit, dowch â'ch pres – sydyn rŵan!'

'Dowch 'laen – gin i gyllall yn fama!'

Teimlai Sbargo ddyrnau'n ei daro. Ceisiodd droi i ymladd yn ôl ond roedd yn methu codi. Clywodd lais Pardog.

'Sortia di hwn 'ta, Dad – gymra i'r un llywath.'

Clywodd Merfus yn gweiddi mewn poen. Dim ond un pâr o ddyrnau oedd yn colbio Sbargo bellach, ond yn anffodus dyrnau'r cryfaf o'r ddau oedd y rheiny. Roedd yn methu troi i ergydio'n iawn ei hun.

Yna'n sydyn gwelodd rywbeth yn plannu i mewn i'w ymosodwr a'i daflu oddi ar ei draed. Nid oedd Sbargo angen ail gyfle. A'i lygaid wedi cynefino â'r tywyllwch, gwelai Pardog yn cael ei lusgo oddi ar Merfus a'r ymosodwr dirgel yn ei gicio, ei frathu a'i gripio â'i ewinedd, a Lenia'n ymuno â'r ffigwr bychan i ymosod arno. Penderfynodd yntau ymosod ar y tad tra oedd hwnnw'n dal i fod oddi ar ei echel. Dyrnodd a chiciodd mor galed ag y gallai, nes gwaeddodd hwnnw ar ei fab: 'Tyd! Mae 'na ormod ohonyn nhw!'

Trodd y ddau a'i heglu hi.

Safodd pawb gan anadlu'n ddwfn am funud neu ddau. Yna daeth llais y newydd-ddyfodiad drwy'r tywyllwch.

'Well i ni beidio ag aros yn rhy hir. Dowch.'

11

'Myfi a ddialaf ar Dduw'r Ffurfafen. Myfi a hudaf ei hanner
amgen a'i halogi, a thrwy hynny ennill ei holl wybodaeth i mi
fy hun. Myfi a ddyrchafaf fy hun yn Frenin y Duwiau, a hwy a
dalant wrogaeth i mi, Un ac Oll.'

Cofanct: Pennod 2, Adnod 9

Roedd ei llais yn galed, ond heb fod yn fygythiol.

P'un ai am ei bod wedi'u helpu, neu oherwydd ei bod yn dweud y gwir ac na ddylent loetran yno eiliad yn hwy, dilynodd y tri hi'n dawel ac ufudd yn ôl i lawr yr ale. Wrth iddynt nesu at y stryd a'u llwybr yn graddol oleuo, sylwodd Sbargo ei bod yn droednoeth. Dyna sut roedd hi wedi llwyddo i gadw mor ddistaw gynnau, meddyliodd.

Cyn iddynt gyrraedd goleuni'r stryd fawr, trodd y ferch yn sydyn i'r chwith i lawr ale dywyll arall. A golau'r stryd mor agos, roedd Sbargo braidd yn gyndyn i gamu i'r tywyllwch eto. Safodd y tri am eiliad, gan geisio penderfynu beth i'w wneud.

Cyn iddynt gael cyfle i benderfynu dim, camodd y ferch yn ôl o'r ale i'r golau, a gwelodd Sbargo ei hwyneb am y tro cyntaf. Amcangyfrifai Sbargo ei bod tua'r un oedran â nhw, ond roedd yr harddwch caled a welai yn ei hwyneb yn awgrymu rhywun llawer hŷn. Fflachiodd ei llygaid tanbaid yn y lled-dywyllwch.

'Pa ran o "dowch" dach chi'm yn ddallt?' meddai, a diflannu eilwaith i'r tywyllwch.

Edrychodd y tri ar ei gilydd eto. Ochneidiodd Sbargo.

'Mi glywsoch y ddynas,' meddai, a brysiodd y tri ar ei hôl.

Buont yn troelli drwy labyrinth o strydoedd cefn, gan basio aml i gymeriad amheus a sawl un meddw. Er na cheisiodd neb ymosod ar y tri o Fryn Crud, ar un achlysur fe afaelodd dyn bochgoch tew yn y ferch o'u blaenau, a sibrwd rhywbeth aflednais na fedrai'r un o'r tri ei glywed yn iawn. Cafodd ganddi gefn llaw a fu bron â'i lorio.

'Twll dy din di 'ta'r hwran ddiawl,' gwaeddodd ar ei hôl.

Bonheddig iawn, meddyliodd Sbargo.

Toc roeddynt wedi cyrraedd sgwâr bychan a amgylchynid gan adeiladau oedd yn edrych fel siopau. Cerddai ambell un o gwmpas y sgwâr – dynion bron i gyd – yn syllu drwy'r ffenestri. A hwythau ar gau? meddyliodd Sbargo. Rhyfedd. Yna sylwodd ar y wawr goch o amgylch y ffenestri, ac wedyn ar y merched oedd yn eistedd ynddynt yn eu dillad isaf.

Sgwâr y Cnawd, meddyliodd Sbargo. Clywsai sôn amdano yn yr ysgol ond ni chredai fod y fath beth yn bosib. Merched yn eu gwerthu'u hunain am ychydig glenciau? Roedd y peth y tu hwnt i'w ddeall. Ac os oedd Sbargo'n cael trafferth i ddeall, roedd Merfus yn y niwl yn llwyr. Dim ond Lenia a edrychai o'i chwmpas yn dawel a diffwdan.

Roedd eu tywysydd yn eu harwain yn syth tuag at un o'r siopau. Cododd ei llaw ar y ferch hanner noeth oddi mewn a chamu drwy'r drws gwydr, yna amneidiodd â'i phen i gyfeiriad y tri a nodiodd y ferch mewn dealltwriaeth. Gwahoddwyd nhw drwy'r drws a'r golau coch yn tywynnu'n ysgafn arnynt.

'Mae o 'di bod yn chwilio amdanat ti eto,' meddai'r ferch hanner noeth.

Nodiodd y ferch arall a'u harwain drwodd i'r cefn, gan adael yr un hanner noeth yn eistedd ar ei stôl i aros am ei chwsmer nesaf.

Yn y cefn roedd cyntedd a nifer o ystafelloedd bob ochr iddo. Roedd un drws ar agor a gwelai Sbargo mai ystafell hollol blaen oedd yno ag un gwely, un gadair ac un gornel i ymolchi. Roedd arogl cemegau glanhau'n brwydro yn erbyn yr arogl cnawdol oedd yn hofran yn yr awyr. Arweiniodd y ferch nhw yn syth i lawr y coridor, i'w ben draw, ac agor y drws. Yno roedd iard wedi'i hamgylchynu gan waliau cerrig. Caeodd y ferch y drws ar eu hôl. Be goblyn 'di hyn? meddyliodd Sbargo. Trap arall?

Yn sydyn, dechreuodd y ferch ddringo'r wal. Er nad oedd fawr o afael rhwng y cerrig, symudai'n osgeiddig a rhwydd. Gwelai Sbargo ei bod yn anelu at fwlch tywyll uwchben y drws cefn. Ymhen eiliad, roedd wedi diflannu drwyddo fel pry cop.

Ydi hi'n disgwyl i ni fedru dringo ar ei hôl hi? meddyliodd Sbargo, gan edrych ar Merfus yn amheus.

Yna chwibanodd rhywbeth heibio'u clustiau, a tharo'r llawr yn ysgafn. Roedd y ferch wedi taflu ysgol raff i lawr atynt.

'Dowch!' sibrydodd.

Perswadiwyd Merfus i fynd yn gyntaf. Nid oedd yn ddringwr naturiol ond llwyddodd i gyrraedd heb ormod o ffwdan. Roedd Lenia'n dipyn mwy ystwyth nag o. Wedi i Sbargo gyrraedd y top, tynnodd y ferch yr ysgol raff i fyny ar eu hôl.

Gwelai Sbargo fod y bwlch yn arwain at ddrws. Aethant drwyddo'n dawel a'i gau y tu ôl iddynt. Roedd hi'n dywyll fel bol buwch. Yna clywyd sŵn swits ac fe'u boddwyd mewn goleuni.

'Gnewch eich hunain yn gyfforddus,' meddai'r ferch.

Doedd hi ddim yr ystafell hawsa yn y byd i rywun wneud ei hun yn gyfforddus ynddi. Sylwodd Merfus eto mai pren oedd deunydd y llawr a'r nenfwd, a'u bod mewn rhyw fath o atig a'r to'n big uwch eu pennau. Ychydig iawn o ddeunydd i eistedd arno oedd yno: ambell sachaid o ddefnydd, a dwy fatres.

'O ia, esgusodwch y sŵn,' ategodd y ferch. 'Mi ddowch i arfar efo fo.'

Fedrai Sbargo ddim clywed unrhyw sŵn am funud gan fod y gwaed yn dal i ruo yn ei glustiau. Ond yn raddol clywai'r ochneidio a'r synau o foddhad yn treiddio trwy bren y lloriau.

'Ma nhw reit o danon ni yn fama,' meddai'r ferch. 'Pawb â'i gân ei hun.'

Roedd Merfus yn welw. Penderfynodd Sbargo y byddai'n well iddynt ddangos ychydig o ddiolchgarwch ar waethaf yr amgylchiadau annisgwyl.

'Diolch am ein helpu ni. Doedd dim rhaid i chi.'

Edrychodd y ferch arno.

'Gwbod,' meddai'n ddiemosiwn.

'Be 'di'ch enw chi?' holodd Sbargo.

Am ennyd, dechreuodd gwên awgrymog ledu dros wyneb y ferch. Yna, fel petai'n sylweddoli rhywbeth, diflannodd y wên a difrifolodd hithau.

'Pili,' atebodd.

'Enw tlws,' meddai Lenia.

'Ydi o?'

'Lenia ydw i, a dyma Sbargo 'mrawd.'

Cymerodd Pili fwy o ddiddordeb ynddynt yn wyneb y ffaith newydd yma.

'A dyma Merfus, ffrind gorau Sbargo,' meddai Lenia.

Estynnodd Merfus ei law yn swil.

'Pleser eich cyfarfod chi,' meddai.

Edrychodd Pili mewn anghrediniaeth ar y llaw o'i blaen. Yna, gyda gwên, rhoes slap chwareus iddi.

'Arglwy, dach chi'n boléit fyny tua'r Bryn 'na! Sadia, was! Dowch i ista.'

Arweiniodd nhw at y matresi a'r sachau gan amneidio arnynt i eistedd. Taflodd hithau ei hun ar ei bol ar un o'r matresi, a chicio'i gwadnau budron i'r awyr am yn ail.

'Felly,' meddai'n ddi-hid, 'be ma cywion bach Bryn Crud yn da yn y Gattws Olau?'

'Sut gwyddoch chi mai rhai o Fryn Crud ydyn ni?' holodd Merfus.

Winciodd Pili ar Sbargo.

'Am mai ditectif ydw i, ciwti,' meddai wrth Merfus. Edrychodd hwnnw'n hurt arni.

'Ia?'

'Nagia! 'Sna rywun am atab y cwestiwn?'

Cymerodd Sbargo gipolwg ar ei chwaer. Ebychodd.

''Sach chi'm yn coelio . . .'

'Ti,' cywirodd Pili.

''Sat ti'm yn coelio tasan ni'n deud wrthat ti.'

Edrychodd Pili arno'n ddigynnwrf.

'O, 'sat ti'n synnu be 'swn i'n goelio, pal.'

Am eiliad roedd fel petai wedi heneiddio ychydig o flaen eu llygaid. Yna sionciodd eto.

'Fel liciwch chi. 'Snag dach chi isio deud . . .'

Edrychodd Sbargo ar ei draed. Roedd Lenia hithau'n dawel. Penderfynodd Merfus y dylai rhywun ddweud rhywbeth.

'Fasa'n well ganddon ni beidio am y tro, os 'di hynny'n iawn efo chi,' meddai.

Piffiodd Pili mewn boddhad.

'Ti'n ciwt!' gwichiodd yn fodlon.

'Pam 'nest ti'n hachub ni?' gofynnodd Sbargo.

Tawodd Pili ac ystyried.

'Dwn 'im. Pam ma rhywun yn gwneud dim byd? Oedd o'n teimlo fel y peth iawn i'w wneud ar y pryd, am wn i.'

'Sut gwyddet ti'n bod ni'n mynd i fod yn yr ale yna?'

'Welis i chi'n dŵad i'r Grom. Sefyll yn drws fatha lloea. Oeddan nhw'n ciwio i ddwyn eich pres chi. Mi oeddach chi angan help rhywun.'

'A ti'm isio dwyn 'yn pres ni?'

Edrychodd Pili ar Sbargo fel petai'n ystyried y peth am y tro cyntaf.

'Dwn 'im. Dwi'm 'di penderfynu eto,' meddai'n syml.

Edrychodd Sbargo ar Lenia a Merfus.

'Dwi'm yn licio hyn,' meddai. 'Well i ni fynd rŵan cyn bod gynnon ni fwy nag un i ddelio efo nhw.'

41

'Ti'm yn gwbod alli di ddelio efo fi eto,' meddai Pili'n gellweirus.

Cododd Sbargo oddi ar ei sach.

'Dwi'n ddigon abal i ddelio efo chdi, madam,' mynnodd.

'Tyd 'ta, Pero,' meddai hithau, gan rowlio oddi ar y fatres.

'Aros, Sbargo,' gorchmynnodd Lenia. Daliodd Sbargo a Pili i lygadu'i gilydd yn wyliadwrus. 'Dwi'n dy drystio di, Pili. A ti 'di'n gwadd ni i dy gartra. Y peth lleia fedrwn ni'i neud ydi derbyn dy gymwynas gyda diolch.'

Ymlaciodd Pili'n araf.

'Ti'n dechra siarad fel un o'r Gattws yn barod,' gwenodd. 'Dowch – be gymrwch chi i yfad?'

12

A Hara, wedi canrifoedd o chwilfrydedd, a hudwyd gan Saraff,
a chymysgwyd eu heneidiau. A Hara a lygrwyd, a Saraff a
enillodd holl wybodaeth Ea.

COFANCT: PENNOD 3, ADNOD 3

Roedd y gwirod yn y botel a rannai'r criw yn dipyn cryfach
na chwrw'r Gromen Aur. Ond fel y dywedodd Lenia,
byddai'n haerllug i'w wrthod.

Eglurodd Pili iddi weld Pardog yn ceisio'u hudo i'w ddilyn,
a gwyddai na fyddai ei dad yn bell i ffwrdd.

'Lormal – sglyfath o ddyn,' meddai. 'A phyrfyrt.'

'Sut ydych chi'n gwybod?' holodd Merfus.

Edrychodd Pili'n dosturiol arno.

'Be ti'n feddwl ydi 'ngwaith i, Merfus?'

'Dwi'm yn siŵr.'

'Welist ti Sidell, yr hogan o'n i'n siarad efo hi lawr grisia?'

'Do.'

'Be ti'n feddwl ydi'i gwaith hi ta?'

'Putain ydi hi!' meddai Merfus, gan deimlo'i wyneb yn
cochi.

'Da iawn. A gan mod i'n ffrindia efo hi, yn rhannu'r lle
'ma efo hi, ac yn gweithio yn yr un ffenast siop â hi, be ma
hynny'n 'y ngwneud i?'

'Putain!' meddai Merfus eilwaith, a'i lygaid fel soseri.

'Bingo!' meddai Pili. 'I atab dy gwestiwn gwreiddiol, mae
o'n mynnu cael dod yn 'y ngwallt i bob tro. Ond cheith o
byth.'

Os oedd Merfus yn goch cynt, roedd ei wyneb bellach yn
biws.

'Be mae dy rieni'n feddwl am hyn?' gofynnodd Sbargo'n dawel.

'Pa rieni!' meddai Pili, a gwên chwerw ar ei hwyneb. 'Welis i rioed mo nhad, ac mi yfodd mam ei hun i fedd cynnar. Ti'n meddwl mai gneud hyn fel hobi ydw i?'

Chafodd hi ddim ateb, a rhoddodd ochenaid fach.

'Peidiwch â phoeni, Bryn Crud – dwi'm yn disgwyl i chi ddallt sut ma'r byd go iawn yn gweithio.'

'*Dwi*'n dallt,' meddai Lenia.

Edrychodd Pili'n od arni.

'Lenia,' meddai Sbargo'n dawel. Ni chymerodd ei chwaer sylw ohono.

''Dan ni'n reit debyg, chdi a fi,' meddai wrth Pili.

'Dach chi'm byd tebyg!' protestiodd Sbargo.

'Meddwl ein bod ni'n gneud daioni wrth fod yn glên. Ond yn ca'l ein defnyddio gan foch.'

'Lenia! Cau dy geg,' chwyrnodd Sbargo.

Roedd Pili'n syllu â diddordeb ar Lenia.

'Na, gad iddi siarad. Hwda,' meddai, a phasio'r botel i Lenia. Gafaelodd hithau ynddi a chymryd dracht sylweddol ohoni. Gwingodd wrth i'r hylif losgi ei gwddw a daeth dagrau i'w llygaid. Yna llonyddodd a syllu o'i blaen.

'Dwi 'di bod yn rhyw fath o butain i Nhad,' meddai, fel petai'n sylweddoli'r peth am y tro cyntaf.

Roedd deigryn yn llygad Sbargo.

'Lenia,' meddai'n dyner. Ond nid oedd Lenia fel petai'n clywed.

'O'n i'n gneud petha iddo fo. Do'n i'm isio'u gneud nhw, ond roedd o'n deud ma dyna'r ffordd i mi ddangos 'y nghariad ato fo. Mai dyna 'nyletswydd i fel merch dda. Ac felly o'n i'n eu gneud nhw. A phan o'n i'n gneud rhwbath yn dda, mi oedd o'n canmol. Ac felly o'n inna'n dysgu ac yn gwella. Dysgu petha do'n i'm isio'u dysgu.'

Syllodd yn fud i'r gwagle.

'A chditha?'

Roedd Pili wedi bod yn gwrando mor astud ar ei stori fel na sylweddolodd am ennyd mai ati hi yr anelwyd y cwestiwn. Cnodd ei chil am ychydig.

'Rwbath tebyg,' meddai toc. 'Cariad Mam. Twat meddw. Hwnnw'n mela efo fi. Mam yn rhy feddw i sylwi. Doedd o'm yn neis. Ond doedd o'm yn big dîl chwaith. O'n i'n cael mwynhad o ddysgu. Rwbath i ddeud dros fod yn dda yn be ti'n neud, does?'

Os mai ceisio ysgafnu'r awyrgylch ychydig roedd Pili, chafodd hi fawr o lwyddiant. Roedd Lenia ar goll yn ei meddyliau, wyneb Sbargo'n gymysgedd o ffieidd-dod a thosturi, a Merfus fel petai'n chwilio am y twll agosaf i guddio ynddo.

'Rhyfadd sut mae rhywun yn stopio cwestiynu'r peth ar ôl iddo fo ddigwydd digon o weithia,' meddai Lenia.

'Gawn ni stopio siarad am hyn rŵan?' erfyniodd Sbargo.

Edrychodd pawb arno.

'Cawn,' meddai Lenia'n ddiemosiwn.

Eisteddodd y pedwar am amser hir, rhai ar goll yn eu meddyliau, eraill yn ceisio peidio â gwrando ar y synau anifeilaidd islaw.

13

A'r eiliad y bu i'r uniad ddigwydd, Ea a sylweddolodd, ond rhy hwyr ydoedd.

COFANCT: PENNOD 3, ADNOD 4

Cyrhaeddodd Engral yn ôl i'w gartref yn hwyrach na'r disgwyl. Roedd y palas yn dawel, ond wedyn roedd y palas yn dawel yn weddol reolaidd, rhwng bod Lenia'n byw a bod yn ei hystafell a Sbargo allan yn dragwyddol gyda'r hogyn Merfus yna. Gwgodd Engral wrth feddwl am Merfus a'i deulu hereticaidd.

Ond yn raddol byddai eu presenoldeb nhw, ynghyd â dilynwyr eraill y Cofanct, yn amherthnasol. O fodfedd i fodfedd roedd Duw'n cael ei briod le ym Mirael. Roedd y ddeddf a basiwyd heddiw i losgi pob copi o'r Cofanct fel na fyddai'n halogi'r Ddinas Aur fyth eto yn gam cywir a phendant. Yn ogystal, roedd Engral wedi cymryd mantais o absenoldeb Iddanos i fynd â'r Rhyfel Sanctaidd i dir y gelyn, drwy gyflwyno a phasio deddf i losgi pob tafarn bren yn y Gattws i'r llawr, gan mai dyna brif fannau cyfarfod y rhai di-gred y tu hwnt i'r Mur. Waeth pa mor ystyfnig y byddent, bwriadai Engral wneud popeth o fewn ei allu i brysuro'r dydd pan fyddai'r Cofanct yn angof a'i bobl oll yn ufudd i orchmynion yr Archest. Un Bobl, un Uwch-archoffeiriad, un Duw. Gwenodd Engral yn fodlon wrth agor y drws i'w swyddfa.

Yna diflannodd y wên ar ei wyneb. Roedd caead ei ddesg ar agor. Rhyfedd . . . Roedd o fel arfer yn fanwl o ofalus ynglŷn â gosod popeth yn ei briod le. Edrychodd i mewn i'r ddesg a rhewi. Roedd ei bwrs arian wedi diflannu.

Meddyliodd yn syth am Sbargo. Yna ymbwyllodd. Na,

mae'n rhaid mai lladron oedd wedi torri i mewn i'r palas. Camgymeriad enbyd ar eu rhan – fe gaent dalu'n ddrud am eu haerllugrwydd.

Ond mynnai ei feddwl ddychwelyd at ei fab. Roedd wedi sylwi ers tro fod ei agwedd bwdlyd tuag ato wedi troi'n fwy heriol. Er nad oedd yn hapus o gwbl â'r newid yn ei ymddygiad, ni faliai lawer cyn belled nad oedd yn creu problem. Testun mwy o embaras o lawer iddo oedd fod Sbargo'n mynnu dal ei afael yn ei gyfeillgarwch â mab Sirach ac Ersa Corddinos, er gwaethaf gorchmynion ei dad i roi terfyn ar y berthynas. Ond a oedd wedi gwneud camgymeriad dybryd yn anwybyddu'r hyn oedd o dan ei drwyn? A oedd yna fwy y tu ôl i agwedd Sbargo na dim ond llanc yn ei arddegau'n cicio yn erbyn y tresi? A oedd hi'n bosib ei fod yn gwybod rhywbeth na ddylai wybod, er iddo ef, Engral, a'i ferch geisio sicrhau ar bob achlysur na fyddai Sbargo'n darganfod y gwir?

A'i feddwl bellach yn llawn hunllefau posib, baglodd Engral tuag at ddrws Lenia. Fyddai o ddim yn meiddio – fyddai o ddim yn *meiddio*. Ond roedd ystafell Lenia hefyd yn wag. Rhoddodd Engral floedd o rwystredigaeth a chladdu'i ben yn nillad ei gwely. Arhosodd yno'n igian crio am ychydig funudau. Yna cododd ei ben yn araf a phwrpasol. Yr oedd rhywun yn mynd i ddioddef am hyn.

14

'Yn awr,' meddai Saraff, 'myfi a ddangosaf i chwi pa beth yw gwir rym. Myfi a orfodaf i Ea ei Hun ymgrymu ger fy mron. Myfi a fyddaf Arglwydd ar yr holl fydysawd.'

COFANCT: PENNOD 3, ADNOD 5

Roedd pen Sbargo'n troi wedi iddo yfed y gwirod, ond yn wahanol i Merfus a Lenia nid oedd wedi syrthio i gysgu er bod ei lygaid ynghau. Clywodd Pili'n codi'n ysgafn ac ymlwybro tuag at y drws. Clywodd sŵn yr ysgol raff yn cael ei gollwng. Clywodd sŵn Pili'n dringo i lawr ac yn siarad yn dawel wrth ei bôn. 'Maen nhw'n cynllwynio i 'mosod arnon ni!' meddyliodd Sbargo.

Yna clywodd sŵn rhywun yn dringo i fyny'r ysgol, rhywun trymach na Pili. Cododd ar ei eistedd mewn braw.

'Newid shifft. Paid â chynhyrfu,' meddai llais Sidell, wrth iddi dynnu'r ysgol raff i fyny a llusgo'n flinedig at ei matres.

Gorweddodd Sbargo yn ôl ar ei sach, yn teimlo'i ben yn dal i droi, yn meddwl sut byddai ei dad yn mynd ati i geisio dod o hyd iddyn nhw, yn poeni am gyflwr meddyliol ei chwaer, yn meddwl pam y caniataodd iddo'i hun adael i Merfus druan ddod efo nhw i'r ffasiwn le, ac yn ceisio clustfeinio i weld a allai glywed llais Pili yng nghanol y côr o garwyr oddi tano.

15

*A'r Duwiau a aethant i ryfel yn erbyn yr Un Drwg, a rhyfel y
Duwiau a fu greulon ac enbyd.*

COFANCT: PENNOD 3, ADNOD 8

Pan atebodd Sirach Corddinos ei ddrws, o'i flaen safai'r
person diwethaf y disgwyliai ei weld.

'O, y . . . noswaith dda,' meddai wrth yr Uwch-
archoffeiriad.

'Noswaith dda, Sirach Corddinos,' meddai Engral. 'Rydw
i'n chwilio am fy mab. Ydi o yma?'

'Ym . . . nac ydi.'

'Nac ydi wir? Ydi Merfus yma?'

Magodd Sirach ddigon o blwc i ofyn cwestiwn.

'Ga i ofyn ynglŷn â be . . .?'

'Na chewch,' meddai Engral ar ei draws. 'Fi sy'n gofyn.
Chi sy'n ateb. Ydi'ch mab chi yma?'

'Nac ydi.'

'Ydi hi'n arferol i chi adael i'ch mab i grwydro ar awr mor
hwyr?'

'Wel nac ydi,' atebodd Sirach yn ddidwyll. 'Dydi hyn
erioed wedi digwydd o'r blaen. Ydach chi'n meddwl eu bod
nhw mewn trwbwl?'

'O yndw,' meddai Engral. 'Rydw i'n dra sicr o hynny.'

Edrychai tad Merfus arno mewn penbleth.

'Pam? Lle ydych chi'n meddwl maen nhw?'

'Dyna ydyn ni'n mynd i'w ddarganfod,' meddai Engral,
gan amneidio ar rywun o olwg Sirach. Daeth chwe aelod o'r
Cira Seth i'r golwg mewn lifrai coch a du.

'Be ydi hyn?' erfyniodd Sirach.

'Ewch i nôl eich gwraig. Rydan ni'n mynd am dro bach.'

49

16

A Saraff, â'i holl rym ynghyd â holl wybodaeth Ea, ydoedd gyfnerth â'r Duwiau eraill. A'r bydysawd o ryfeddodau a anrheithiwyd y tu hwnt i achubiaeth.

COFANCT: PENNOD 3, ADNOD 9

Deffrowyd Sbargo gan sŵn y drws yn agor. Roedd ei ben wedi stopio troi – a dweud y gwir, diolch i'r gwirod, roedd wedi cael gwell cwsg na'r disgwyl. Gwelodd amlinell Pili rhyngddo a'r golau. Mae'n rhaid ei bod wedi dringo heb yr ysgol raff eto, meddyliodd. Ond roedd rhywbeth gwahanol am y ffordd roedd hi'n symud.

Mae'n rhaid fod Sidell wedi synhwyro'r un peth.

'Be sy?' meddai.

Atebodd Pili ddim. Safai yn ei hunfan ac ni cheisiodd fynd atynt.

'Pili? Be sy 'di digwydd?'

Bu tawelwch eto am sbel, cyn i'w llais cryg ynganu un gair.

'Fo . . .'

Roedd Sidell eisoes ar ei ffordd i gynnau'r golau. Wrth i lygaid Sbargo ddod i arfer â'r golau, gwelai fod Lenia a Merfus yn deffro'n araf. Yna disgynnodd ei lygaid ar Pili.

''Nghariad i!' ebychodd Sidell.

Roedd llygad y butain fach wedi cleisio a chwydd yn prysur godi oddi tani, ac roedd ei cheg yn llawn o waed. Meddyliai Sbargo y byddai'n lwcus i beidio â cholli rhai o'i dannedd yn sgil y fath gweir.

'Ti'm 'di gweld dim byd eto,' meddai Pili gan geisio rhoi gwên gam. Trodd ei chefn at y lleill, ac yn boenus o araf tynnodd ei fest fechan nes ei bod yn gefn-noeth. Roedd pedwar crafiad dwfn yn croesi'i chefn fel nadroedd sgarlad.

'Y bastard!' gwaeddodd Sidell.

'Ma 'di prynu chwip ers tro dwytha,' meddai Pili, gan guddio'i bronnau rhag llygaid Merfus wrth iddi orwedd ar ei matres.

Roedd Sidell yn gandryll.

'Mae o 'di mynd yn rhy bell y tro yma!'

'Wel, mae arna i bres iddo fo, cofia.'

Fedrai Sbargo ddim credu pa mor ddi-hid y swniai Pili.

''Di hynny'n dal ddim yn cyfiawnhau be mae o wedi'i neud i ti!' gwaeddodd Sidell.

'Nacdi? Well 'mi beidio deud 'that ti be ddudodd o 'ta,' atebodd Pili.

'Be?'

'Os nag dio'n cael 'i bres erbyn fory, mae o'n mynd i'n lladd i.'

Caledodd wyneb Sidell.

'Reit, ma'n bryd i rywun neud rwbath am hyn.'

'Callia,' meddai Pili. 'Neith o'm ffasiwn beth, siŵr – dwi'n incwm rhy dda iddo fo.'

''Mots gen i!' meddai Sidell. 'Mae angen sortio'r mochyn!'

'Ia, ia,' meddai Pili. 'A be 'nei di ar 'ben dy hun yn ei erbyn o?'

Clywodd Sbargo ei lais ei hun cyn iddo sylweddoli ei fod yn siarad.

''Di hi ddim ar ei phen ei hun.'

Edrychodd y ddwy butain yn hurt arno.

'Be?' meddai Sidell eto.

'Dwyt ti ddim ar ben dy hun. Mi ddo i a Merfus efo ti – yn gnawn, Merfus?'

Llyncodd Merfus yn galed.

'Gwnawn.'

Edrychodd Sidell o'r naill i'r llall.

'Dach chi'm hyd yn oed yn gwbod am bwy 'dan ni'n siarad!'

'Dio'm ots,' meddai Sbargo. 'Mae Pili wedi'n helpu ni. Rŵan 'dan ni isio'i helpu hi.'

Anadlodd Sidell yn ddwfn.

'Reit, wel, os dach chi wirioneddol isio helpu, mae gennoch chi ddau ddewis. Mi fedrwch chi un ai dalu ei dyled hi iddo fo, neu . . .'

'Ia,' meddai Sbargo.

'Mi gewch chi'n helpu fi i'w ladd o cyn iddo fo 'i lladd hi.'

Bu saib hir.

'Ma'r cynta'n swnio'n neis,' mentrodd Merfus.

'Faint 'di'r ddylad?' gofynnodd Sbargo.

'Pum mil,' meddai Pili.

'Clenc?' meddai Sbargo.

'Tareth,' atebodd Pili.

'Be?' gwaeddodd Sbargo. 'Lle goblyn wyt ti wedi llwyddo i wario hynny?'

'Dydi hi ddim, siŵr,' atebodd Sidell. 'Ein gorfodi ni i dalu llog gwirion o uchel mae o, er mwyn ein cadw ni mewn dyled iddo fo. Fel'na ma pob pimp yn gweithio.'

Ystyriodd am eiliad. 'Fydd raid i ni'i ladd o felly,' meddai.

Doedd Sbargo ddim yn gwybod beth i'w ddeud. Roedd yn bosib fod pum mil o deryth yn y cwdyn croen, ond roedd yn golygu y byddent yn gwario pob clenc oedd ganddynt.

'Arhoswch,' meddai. Estynnodd y cwdyn a chyfrif. Gwelodd lygaid y ddwy butain yn gloywi. Gadawsant iddo gyfrif mewn tawelwch. Wedi iddo orffen, edrychodd i fyny arnynt.

'Pedair mil wyth cant . . . Gymith o hynny, ti'n meddwl, Sidell?'

'Cymith, o'u dal dan ei drwyn o,' meddai hithau.

'Peidiwch â bod yn wirion,' meddai Pili. 'Lladdwch o.'

'Be 'di enw'r sglyfath 'ma?' holodd Sbargo.

'Mwrch Algan,' meddai Sidell. 'Melltith ar y dydd y gwnaethon ni'i gyfarfod o.'

'Lle ddown ni o hyd iddo fo?'

'Peidiwch â phoeni am hynny. Ddo i efo chi i ddangos y ffordd, cyn gyntad ag y bydda i wedi rhoi sylw i'r rhain,' meddai, gan gyfeirio at y clwyfau ar gefn Pili.

'Na,' meddai Lenia'n sydyn. Edrychodd pawb arni. 'Doswch chi,' meddai hi wedyn. 'Mi wna i drin ei briwiau hi.'

'Ti'n siŵr?' gofynnodd ei brawd.

'Yndw,' meddai. 'Nid ein byd ni ydi hwn.'

'Y?' holodd Sidell.

"Dan ni'n ferched mewn byd dynion,' meddai Lenia.

'Clywch, clywch,' ebychodd Pili oddi ar ei matres.

Edrychodd Sidell yn ddiddeall ar Lenia am eiliad.

'Reit, gychwynnwn ni 'ta,' meddai. 'Ddudith Pili wrthat ti lle mae pob peth, Lenia.'

Edrychodd Sbargo'n betrus ar ei chwaer.

'Fyddi di'n iawn, Lenia?'

Oedodd Lenia cyn ateb. 'Byddaf,' meddai'n dawel. 'Wna i ddim codi cwilydd arnat ti eto.'

Cochodd Sbargo, gan gofio'i geiriau'r noson cynt.

'Bydd yn ofalus, Sbargo,' meddai Lenia. 'A Merfus, diolch am fod yn ffrind ffyddlon iddo fo.'

'Faint fyddwn ni?' gofynnodd Sbargo i Sidell.

'Dibynnu os bydd o lle dwi'n disgwyl iddo fo fod. Hanner cylchdro ar y mwya.'

'Iawn,' meddai Sbargo. 'Welwn ni chi toc. Hwyl, Lenia.'

'Peidiwch â'i dalu fo,' meddai Pili'n wan. 'Lladdwch y diawl!'

'Hwyl,' meddai Merfus.

A than arweiniad Sidell, allan â nhw.

Gwelodd Lenia fowlen o ddŵr oer, ac aeth i chwilio am gadachau i'w gwlychu. Yn raddol daeth o hyd i rai o'r pethau y byddai eu hangen i esmwytháu poen Pili. Glanhaodd ei hwyneb yn dyner, ac edrych i mewn i'w cheg i wneud yn siŵr nad oedd unrhyw ddannedd wedi torri.

'Ti 'di bod yn lwcus,' meddai.

'Ti'n deud, chwaer?' meddai Pili'n goeglyd.

Rhedodd Lenia'r cadachau'n ysgafn ar hyd y crafiadau ar gefn y butain ifanc. Gwingodd honno wrth i'w briwiau losgi, ond yn raddol ymlaciodd cyhyrau ei chefn a chiliodd y boen.

'Be oeddat ti'n feddwl gynna?' holodd Pili.

'Ynglŷn â be?'

'Rwbath am ferched mewn byd dynion.'

'Dyna ydan ni,' ategodd Lenia. 'Tegana eilradd i fodloni chwant dynion am ryw ac arian.'

'Dwi'm yn eilradd i neb, dallt,' meddai Pili'n gysglyd. 'Ddyliat ti'm meddwl fel'na.'

'Gwbod,' meddai Lenia. 'Ond ges i'n magu ar yr Archest, ac mae hwnnw'n llawn ohono fo. Un Duw, a hwnnw'n ddyn. Be allwn ni fod ond eilradd?'

'Gwranda,' meddai Pili. 'Ma'n ddrwg gen i am be ddigwyddodd i ti. Ti'n gwbod mod i'n dallt – ryw lun. Ond ma bywyd yn mynd yn ei flaen. Ti'n rhydd rŵan – ma dy frawd wedi d'achub di.'

'Ddim am hir,' meddai Lenia'n drist.

'Be ti'n feddwl?'

''Di mrawd i ddim wedi deud 'that ti pwy 'di'n tad ni.'

'Pwy?'

Esboniodd Lenia iddi, a throdd Pili i'w hwynebu.

'Ffacinel! Sgandal!' meddai.

'Na fydd,' meddai Lenia'n bendant. 'Fydd 'na ddim sgandal, mi wnaiff fy nhad yn saff o hynny. Pwy gredai 'ngair i yn erbyn gair yr Uwch-archoffeiriad? Munud daw'r Cira Seth o hyd i mi, mi fydda i'n ôl yn y palas – dan glo os bydd raid.'

Edrychodd Lenia i'r lled-dywyllwch.

'Ond dwi *ddim* yn mynd yn ôl,' meddai'n benderfynol.

'Aros fama efo ni, 'de,' meddai Pili.

'Ia,' meddai Lenia. 'Ia, falla gna i . . .'

'Dio'm yn balas, ond ma'n gartra . . .' sibrydodd Pili, wrth lithro i freichiau cwsg.

Edrychodd Lenia ar y briwiau eto, a chusanodd hwynt fesul un cyn rhoi lliain dros Pili i'w chadw'n gynnes ac yn gyfforddus. Yna eisteddodd ar ei sach i wrando ar anadlu ysgafn y butain fach, ac i geisio anwybyddu'r storm yn ei henaid ei hun.

17

Ac wedi hir frwydro, Saraff a drechwyd ac a ddygwyd gerbron Ea a'r Duwiau.

COFANCT: PENNOD 3, ADNOD 12

Sgrechiodd Sirach Corddinos wrth i'r trydan fynd drwy'i ben. Amneidiodd Engral ar Horben, capten ei Gira Seth, i orchymyn ei filwyr i ymatal.

'Dim ond un waith eto ydw i'n mynd i ofyn, Sirach,' meddai Engral. 'Lle mae Sbargo, Merfus a Lenia?'

'Dwi ddim . . . yn gwybod . . .' tagodd Sirach yn wan.

Ochneidiodd Engral. Er gwaethaf ei arteithio am hanner cylchdro yn y gell dywyll, doedd Sirach wedi datgelu dim. Petai'n gwybod rhywbeth, byddai wedi ildio bellach. Dim ond un peth oedd ar ôl i'w wneud cyn y byddai Engral yn gwbl sicr fod Sirach yn dweud y gwir. Trodd at Horben.

'Ersa.'

Amneidiodd Horben ar un o'i filwyr a diflannodd hwnnw drwy ddrws y gell.

'Na,' meddai Sirach yn dawel. 'Peidiwch . . .'

'Rydan ni'n gwastraffu amser,' meddai Engral wrth Horben gan anwybyddu'r llais bregus yn llwyr. 'Anfona gatrodau i chwilio Bryn Crud, Ithle, Cefn Llwyd a Mariandeg cyn gynted â phosib – a'r Gattws hefyd.'

'Ond . . .' dechreuodd Horben.

'Y mur? Mae gan fy mab a'm merch ddigon yn eu pennau. Mae yna ffyrdd o groesi'r mur. Os na fyddwch yn cael cydweithrediad gan drigolion y Gattws Olau, llosgwch eu tafarnau.'

'I gyd?' holodd Horben.

'I gyd,' atebodd Engral. Edrychodd yn oeraidd ar Sirach Corddinos.

'Gan ddechrau gydag ardal Sgwâr y Seiri.'

'Barchedig Un,' meddai Horben, a gadael i baratoi ei filwyr gorau wrth i Ersa Corddinos gael ei harwain i mewn i'r gell a'i rhoi i eistedd o flaen Engral.

'Croeso,' meddai Engral wrthi'n gynnes. 'Wnewch chi wisgo'r rhain am eich pen, os gwelwch yn dda?'

18

A Saraff a safodd gerbron y Duwiau, gan ddisgwyl eu llid. A
rhai o'r Duwiau a fynnent ei ddiddymu yn oes oesoedd.

COFANCT: PENNOD 4, ADNOD 1

'Dowch,' sibrydodd Sidell wrth Sbargo a Merfus, wrth i'r tri
lithro allan yn llechwraidd drwy'r drws.

Fel arfer, dim ond golau gwan, artiffisial ac unffurf
fyddai'n goleuo dinas danddaearol Mirael, nad oedd iddi na
dydd na nos. Ond heddiw, am ryw reswm, roedd mwy o
oleuni nag arfer yn Sgwâr y Cnawd, yn codi'n wawr oren
dros doeau'r adeiladau isel.

Arweiniodd Sidell y ddau yn ôl i gyfeiriad Bryn Crud.
Roedd strydoedd y Gattws yn gymharol dawel – a da hynny,
meddyliodd Sbargo. Byddai Engral bellach wedi hen
gychwyn ar y gwaith o chwilio amdanynt. A phwy a ŵyr
faint o ysbïwyr oedd gan y Cira Seth ar hyd strydoedd
caregog y Gattws? Gorau po leiaf o bobl y byddent yn eu
cyfarfod, rhag tynnu unrhyw sylw atynt eu hunain. Roedd
Sidell, fel Pili, wedi cael sioc pan esboniodd Sbargo pwy
oeddynt, ond fel Pili eto, ni pharodd y newyddion iddi
ymddwyn ronyn yn wahanol tuag atynt.

Ystyriodd Sbargo beth ddylent ei wneud nesaf. Roedd Pili
a Sidell wedi bod yn garedig iawn wrthynt, ond ni fedrent
ddisgwyl i'r ddwy ddal i roi llety iddynt yn ddi-dâl a diamod.
Roeddynt hefyd yn eu peryglu drwy aros yno – pa mor
ffiaidd bynnag oedd y driniaeth a dderbyniodd Pili dan law
Mwrch Algan, fyddai hynny'n ddim o'i gymharu â chosb y
Cira Seth. Na, byddai'n rhaid iddynt ddarganfod lloches arall
lle na fyddent o drafferth i neb, a byw yn guddiedig. A
chyflogi rhywun, efallai, i gario bwyd iddynt bob dydd . . .

Ond sut fyddent yn talu? Roedd eu holl eiddo ar fin cael ei roi i anifail o ddyn nad oeddynt erioed wedi'i gyfarfod. Po fwyaf y meddyliai Sbargo am y sefyllfa, mwyaf y sylweddolai fod eu siawns o osgoi crafangau'r Uwch-archoffeiriad, y Cira Seth a gweision y Grefydd Newydd mor bitw nes ei fod bron yn chwerthinllyd. A bron na theimlai fel eistedd i lawr yng nghanol y stryd ac aros iddynt ddod o hyd iddo.

Yna meddyliodd am Lenia, a'i thynged petaent yn cael eu dal. Fyddai dim dianc iddi hi'r tro nesaf, fe wnâi ei thad yn sicr o hynny. Beth bynnag fyddai cosb Sbargo – hyd yn oed y gosb eithaf – fyddai hynny'n ddim o'i gymharu â'r uffern fyddai'n wynebu'i chwaer pe dychwelent i Fryn Crud. Na, doedd dim dewis bellach. Roedd yn rhaid dal ati i ymdrechu, hyd yn oed pe byddai'r ymdrech yn un ofer bron o'r cychwyn.

'Paid â phoeni,' meddai Merfus, fel petai'n medru darllen meddyliau Sbargo. 'Mi wnaiff y Duwiau edrych ar ein holau.'

'Os ti'n deud,' atebodd Sbargo'n ddienaid.

Toc roeddynt wedi cyrraedd y stryd fawr, a'r golau oren yn gryfach fyth. Yna, yn y pellter, gwelodd y tri fflamau'n codi'n uchel i'r awyr a'r dorf o'u cwmpas yn gwylio.

'Y Gromen Aur!' ebychodd Merfus.

Llamodd calon Sbargo. Roedd o wedi disgwyl y byddai'r cyrch yn treiddio i galon y Gattws, ond nid mewn ffordd mor fileinig â hyn.

'Ma nhw'n gwbod 'yn bod ni 'di bod yna neithiwr,' griddfanodd. 'Allwn ni'm mynd dim pellach, Sidell.'

'Ond mae Mwrch yn byw y tu hwnt i'r Gromen Aur,' meddai Sidell. 'Mi fydd yn rhaid i ni fynd heibio iddi.'

'Oes 'na'm strydoedd cefn y medrwn ni eu defnyddio er mwyn cadw o'r golwg?'

Meddyliodd Sidell am eiliad. 'Oes . . . Dowch 'ta. Dilynwch fi.'

Yn y pellter gwelent olau rhywle arall yn llosgi. Bellach,

roedd golwg fel dyn wedi'i gondemnio ar Merfus, ac roedd wedi estyn ei gopi treuliedig o'r Cofanct i roi gweddi fach.

"Swn i'm yn chwifio hwnna o gwmpas ormod yn fama,' meddai Sidell.

Arweiniodd nhw hyd lwybrau culion a thros nant neu ddwy, gan gadw'r golau o'r Gromen Aur i'r dde ohonynt bob amser. Roedd swn y dorf wedi cynyddu, a thybiai Sbargo eu bod yn agos iawn ati bellach. Aethant yn ddistaw i lawr yr ale bellaf a arweiniai i'r stryd fawr. Cymerodd Sbargo olwg sydyn rownd y gornel wrth ei chyrraedd, a gwelwodd.

'Cira Seth,' hisiodd wrth Merfus. Edrychodd hwnnw i'r un cyfeiriad â'i ffrind. Roedd y lifrai coch a du yn rhy amlwg o'r hanner.

'Lle 'dan ni i fod i fynd?' holodd Sbargo.

'Ar draws y stryd i fancw,' meddai Sidell gan bwyntio.

'Amhosib,' griddfanodd Sbargo. 'Mi welan nhw ni'n syth.'

'Fedran ni drio rhedag,' awgrymodd Sidell.

'Fasan ni'n tynnu mwy fyth o sylw aton ni'n hunain wedyn,' ochneidiodd Sbargo.

'Faswn *i* ddim,' meddai Sidell.

Edrychodd Sbargo arni.

'Be?'

'Dydyn nhw'm yn chwilio amdana i. Rho di'r pres i mi, ac arhoswch yma nes do' i'n ôl. Mi dala i i Mwrch Algan.'

Edrychodd Sbargo rownd y gornel eto. Damia, roedd 'na ormod yno iddyn nhw fentro.

'Ia, iawn. Hwda,' meddai wrth Sidell gan roi'r cwdyn croen iddi. 'Arhoswn ni'n fama. Tria beidio bod yn hir.'

Gafaelodd Sidell yn y cwdyn a chamu allan wysg ei chefn i'r stryd. Yr eiliad honno fe wyddai Sbargo ei fod wedi gwneud camgymeriad erchyll.

'Diolch, hogia,' meddai Sidell. 'Gan eich bod chi 'di bod mor hael efo fi, mi wna i ffafr efo chitha drwy beidio â sôn wrth y Cira Seth amdanoch chi.'

'Fasat ti'm yn meiddio,' meddai Sbargo'n chwerw. 'Dy'n nhw'm yn glên iawn efo puteiniaid fel arfer.'

'Mi ddôn o hyd i chi'n ddigon buan heb 'yn help i beth bynnag. Hwyl, ffrindia – braf gneud busnas efo chi.'

Trodd ar ei sawdl, a cherdded yn hamddenol ar draws y stryd.

Fedrai Sbargo a Merfus wneud dim i'w rhwystro, dim ond ei gwylio'n mynd yn bellach ac yn bellach oddi wrthynt, a'u holl arian yn ddiogel yn ei llaw.

Suddodd Sbargo i'r llawr. Methai gredu ei fod wedi bod mor hurt. Ac eto, neithiwr ddwytha, roedd Pili wedi'u helpu. Pwy oedd dyn i fod i ymddiried ynddo yn y lle yma?

'Ma'r Duwiau'n gneud job dda o edrach ar 'yn hola ni,' meddai'n chwerw wrth Merfus.

'Paid ti â chymryd enw'r Duwiau yn ofer. Mi *wnaiff* y Duwiau edrych ar ein holau ni.'

'Dwi'n siŵr y gwnân nhw. Yn y cyfamsar, 'sa'n well i ni edrych ar ôl ein hunain, rhag ofn i'r Cira Seth gyrraedd Sgwâr y Cnawd o'n blaena ni.'

Cymerodd un cip arall ar draws y stryd, a gweld Sidell yn diflannu o'r golwg i lawr ale gyferbyn â nhw. Meddyliodd am ennyd tybed i ble roedd hi'n mynd. Yna penderfynodd nad oedd ots ganddo bellach. Cychwynnodd y ddau yn eu holau drwy'r strydoedd cefn culion. Heb Sidell i'w harwain, doedd hi ddim cweit mor hawdd ddod o hyd i'r ffordd gywir, ond drwy gadw goleuni coelcerth y Gromen Aur ar y chwith, llwyddwyd i gyrraedd yn ôl heb ormod o drafferth.

Safodd y ddau yn y stryd am ennyd gan edrych o'u cwmpas mewn syndod. Roedd golau oren i'w weld mewn tua phum man gwahanol yn y Gattws.

'Maen nhw wedi'n hamgylchynu ni!' meddai Merfus.

Edrychodd Sbargo i gyfeiriad Sgwâr y Cnawd, a meddwl y gwaethaf.

19

Ond Ea a benderfynodd ei garcharu mewn Twll Du – o'r hwn ni all hyd yn oed goleuni ddianc – hyd ddiwedd amser.

COFANCT: PENNOD 4, ADNOD 3

Fe wyddai Engral y dôi o hyd i Sbargo a Lenia, ond roedd y sioc o sylweddoli bod ei fab yn gwybod y gwir amdano ef a Lenia wedi'i daro fel mellten. Beth fyddai hyn yn ei olygu iddynt fel teulu? A fedrai Sbargo barhau i fod yn aelod o'i deulu ac yntau'n berchen ar y fath wybodaeth beryglus? A fedrai ef, Engral, ganiatáu iddo fyw?

Ni allai gredu y byddai Lenia wedi dweud dim wrth Sbargo – ni fyddai'n ei fradychu yn y fath fodd. Yr oedd hi'n ei garu fel roedd yntau'n ei charu hi. Fe wyddai Engral beth oedd unigrwydd – yr unigrwydd o golli'i fam, Tamela, ac yna Neoma wrth roi genedigaeth i Lenia. Neoma annwyl. Roedd Engral bron wedi colli'i bwyll pan fu hi farw.

Lenia oedd ei achubiaeth. Ni fedrai ddirnad gorfod ei cholli hithau hefyd. Ac ni wnâi ychwaith. Addunedodd yn y fan a'r lle na fyddai Lenia'n ei adael fyth. Roedd yn gwbl sicr nad ei dewis hi oedd dianc beth bynnag. Sbargo oedd y drwg yn y caws, nid Lenia. Nid ei Lenia ef. Byddai'n rhaid iddo ddelio gyda'i fab yn bendant ac yn dawel. Ni fyddai'n cael cyfle arall i'w gwahanu.

Torrwyd ar draws ei feddyliau gan gnoc ar ei ddrws.

'Uwch-archoffeiriad!' galwodd llais Paruch o'r tu allan.

Agorodd Engral y drws.

'Brif Weinidog,' meddai. 'Mae ychydig yn hwyr i gymdeithasu.'

Anwybyddodd Paruch y coegni bwriadol.

'Wedi derbyn adroddiad ydw i,' meddai, 'fod y Cira Seth wedi croesi'r mur i mewn i'r Gattws Olau.'

'Cywir. Ymhlith ardaloedd eraill.'

''Dyw tafarndai'r ardaloedd eraill ddim ar dân,' meddai Paruch.

'Does dim tafarndai yn yr ardaloedd eraill,' meddai Engral yn ddiniwed.

'Ddim ers i ti eu cau,' atebodd Paruch. 'Be sy'n digwydd, Engral?'

'Cam nesaf y Rhyfel Sanctaidd,' atebodd Engral. 'Y tafarndai yw prif fannau trafod y Cofanct, ac o'r herwydd, y llefydd tebycaf o ennill aelodau newydd i'r Hen Grefydd. Mae'n rhaid eu difa.'

'Iawn, dwi'n gweld y rhesymeg – ond heno? Pam y brys affwysol?'

'Os nad heno, pryd?' meddai Engral yn drahaus.

'Wel fory efallai? Neu pan fydd y cynnig wedi cael ei basio'n swyddogol gan y pwyllgor,' atebodd Paruch.

'Paruch, Paruch, mi wyt ti'n dechrau swnio fel Iddanos!' meddai Engral.

Sylwodd Paruch ar y bygythiad y tu ôl i'r ysgafnder ymddangosiadol.

'Mi wyddost nad oes raid i ti boeni am hynny,' meddai'n dawel. 'Ond â'r Cysgodion bellach yn eu lle ac yn disgwyl am yr alwad, ydi hi'n ddoeth i gynhyrfu gormod ar Mirael o flaen llaw? Mae'n bosib mynd â'r Archest yma'n rhy bell; mae o eisoes wedi cyflawni ei bwrpas. Cofia'r darlun mawr, Engral. Cofia Mardoc.'

'Unrhyw gynghorion eraill, Brif Weinidog?' holodd Engral.

Astudiodd Paruch ei wyneb. Calla dawo am y tro, meddyliodd. Roedd yna oleuni rhyfedd yn llygaid Engral oedd yn ei anesmwytho.

'Dim, Barchedig Un,' meddai Paruch. 'Gad i mi wybod beth yw canlyniad y cyrchoedd.'

'Wrth gwrs,' meddai Engral yn felys ac yn derfynol.

20

A Hara a erfyniodd am faddeuant Ea, gan dystio iddi gael ei
thwyllo gan Saraff. Ond Ea a edrychodd ar Ei hanner amgen,
ac esbonio iddi ei bod wedi ei llygru ac na fedrent fod fel Un eto.

COFANCT: PENNOD 4, ADNOD 8

Brysiodd Sbargo a Merfus yn eu holau i Sgwâr y Cnawd.
Roedd yn rhaid iddynt ddychwelyd at Lenia. Pe byddai'r Cira
Seth wedi dod o hyd iddi o'u blaenau, go brin y gwelai
Sbargo ei chwaer byth eto.

Ac eithrio dau ddyn mewn lifrai coch a du oedd yn
gwneud ymholiadau o dŷ i dŷ, ni fu raid i Sbargo a Merfus
osgoi neb ar eu taith yn ôl. Arhosodd y ddau wrth un o'r
mynedfeydd i Sgwâr y Cnawd i wneud yn siŵr nad oedd y
lle'n cael ei wylio. Ond yn ddistaw bach, hyderai Sbargo nad
dyma'r lle cyntaf y byddai gweision yr Uwch-archoffeiriad
yn meddwl amdano wrth chwilio am dri ifanc o fagwraeth
dda ym Mryn Crud.

Cerddodd y ddau mor hamddenol â phosib at y siop, gan
edrych o'u cwmpas yn wyliadwrus yr un pryd. Doedd dim
golwg fod yna neb wedi bod yn chwilio'r ardal. Roedd y
drysau i gyd ar gau a phobman i'w weld yn gymharol dawel.
Rhoddodd Sbargo ochenaid fechan o ryddhad. Diolch byth
am hynna. Golygai y medrent ddianc ymhellach i mewn i'r
Gattws, lle roedd llai a llai o gefnogaeth a rhwydd hynt i'r
Cira Seth.

Roedd y siop yn ymddangos yn dra gwahanol yn y bore –
yn edrych yn debyg i siop gwerthu dillad, ond nad oedd yna
neb yn gweithio ynddi nac ychwaith lawer o ddillad.

Wedi i Sbargo a Merfus fynd drwy'r drws, ochneidiodd y
ddau mewn rhyddhad.

'Diolch byth,' meddai Sbargo. 'Mae'n rhaid i ni gael Lenia o 'ma mor fuan â phosib.'

'Be ydyn ni'n mynd i'w wneud ynglŷn â Sidell?' holodd Merfus. 'Efallai y gall Pili ein helpu.'

'Mae osgoi'r Cira Seth yn bwysicach na mynd ar ôl Sidell,' meddai Sbargo. 'Mi fuon ni'n hurt o flêr, ond allwn ni ddim meddwl am hynny rŵan. A ph'un bynnag, dwi'm yn siŵr faint o ffydd s'gen i yn Pili chwaith.'

'Ond . . .'

'Lenia sy'n bwysig, Merfus,' meddai Sbargo gyda phen-dantrwydd.

Rhuthrodd y ddau drwy'r cyntedd, gyda'i ddrysau a'i arogl cemegau.

'Gobeithio na fydd y ddwy'n cysgu,' meddai Sbargo. 'Dwi'm yn meddwl y bydda i'n gallu dringo'r wal yna os na fydd yr ysgol wedi'i gollwng.'

Agorodd y drws cefn a chamu i'r iard.

Gwelodd fod yr ysgol wedi'i gollwng.

Ond nid yr holl ffordd.

Trawodd yr arswyd Sbargo fel dwrn. Yn yr hanner eiliad cyn iddo edrych i fyny o waelod yr ysgol roedd ei feddwl yn llawn o bosibiliadau – bod y Cira Seth wedi cyrraedd o'u blaenau, eu bod wedi'u dal mewn trap, a chant a mil o bethau eraill. Ond nid oedd wedi breuddwydio y byddai'n gweld yr olygfa erchyll oedd o'i flaen – ddim hyd yn oed yn ei hunllef waethaf.

'Lenia!' gwaeddodd Merfus mewn gwewyr.

Waeddodd Sbargo ddim, dim ond suddo i'w bengliniau gan ddal i edrych yn fud ar ei chwaer. Roedd hi wedi llwyddo i blethu sawl rhan o'r ysgol raff am ei phen, ac wedyn roedd hi wedi neidio. Crogai'n dawel tua thraean o'r ffordd i lawr, a golwg o anobaith yn ei llygaid tywyll.

'Pili!' sgrechiodd Merfus. 'Pili! Pili! Pili!'

Arhosodd Sbargo ar ei liniau am amser hir, yn ysgwyd ei ben ac yn ceisio gwadu'r olygfa a welai o'i flaen.

21

A chan roddi llef ingol nes rhwygo'r ffurfafen, Hara a ddiflannodd. Ac Ea a dorrodd ei galon.

COFANCT: PENNOD 4, ADNOD 9

Wedi i Merfus ddeffro Pili, llwyddodd y tri ohonynt, gyda chryn drafferth, i ddatod corff bychan Lenia o'i gaethiwed a'i ostwng i'r iard. Eisteddai Sbargo yno gyda chorff ei chwaer yn ei freichiau, yn syllu i wagle. Safai'r ddau arall o'u cwmpas yn dawel, heb wybod beth i'w ddweud.

Ar ôl yr hyn a deimlai fel oes o dawelwch, siaradodd Sbargo.

'Fydd raid 'ni'i llosgi hi,' meddai'n dawel.

Edrychodd y ddau arall ar ei gilydd.

'Y?' meddai Pili.

'Fydd raid 'ni'i llosgi hi,' meddai Sbargo eilwaith, fel petai'r peth yn hollol amlwg. 'Pan ddaw'r Cira Seth, fydd 'na ddim tamaid ohoni ar ôl i Nhad. Cheith o 'run darn ohoni byth eto.'

'Sut 'dan ni'n mynd i'w llosgi hi heb dynnu sylw?' holodd Merfus.

Edrychodd Sbargo arno.

''Dan ni'n mynd i'w llosgi hi'n fama, rŵan,' meddai. 'Mae 'na gymaint o danau ac ogla mwg o gwmpas y lle – thynnith un tân ychwanegol ddim sylw.'

Edrychodd Merfus arno mewn braw.

'Ei llosgi hi fan hyn?'

'Ia.'

'Ond fedri di ddim!'

'Na fedra?'

'Na fedri, siŵr – dydi o ddim yn dir cysegredig!'

'Ti'n gwbod nad ydi hynny'n golygu dim i mi,' meddai Sbargo.

'Mi fyddai'n golygu rhywbeth iddi hi! Roedd Lenia'n credu yng ngair yr Archest.'

'Dwi'n ama hynny'n gry erbyn y diwadd, Merfus,' meddai Sbargo. 'P'un bynnag, am dir cysegredig pwy 'dan ni'n sôn yn fama – dy Dduwiau di, ta Duw'r Archest? 'Sna'r un ohonyn nhw wedi edrych ar ôl Lenia'n rhy dda ar hyd ei hoes, nagoes? Ti'n synnu iddi anobeithio? Pili,' gofynnodd yn sydyn, 'oes 'na bricia tân a stwff i losgi yma?'

'A' i i chwilio,' meddai Pili'n dawel.

'Gwranda, Sbargo,' erfyniodd Merfus. 'Dwi'n gwbod dy fod ti dan deimlad, ac wedi gwylltio, ond dydi amharchu'r Duwiau ddim yn mynd i wneud pethau'n well. Mae'n rhaid iddi gael ei llosgi ar dir cysegredig. Mae hi'n haeddu hynny gen ti!'

'Gwranda ditha, Merfus,' chwyrnodd Sbargo. 'Os ydi Duw'r Archest a dy Dduwiau di mor sanctaidd ag ma'ch llyfra chi'n deud eu bod nhw, yna mae pob dim maen nhw wedi'i greu yn gysegredig. Ac felly mae unrhyw le yn eu creadigaeth nhw'n dir cysegredig – hyd yn oed puteindy! 'Dan ni'n mynd i'w llosgi hi yn fama – neu myn uffar i, mi fydd yna ddau gorff i'w rhoi ar dân!'

Edrychodd Merfus arno mewn rhwystredigaeth llwyr ond gwyddai na fyddai modd dwyn perswâd arno. Dringodd i fyny'r ysgol raff i'r ystafell uwchben, ac arhosodd yno tra ffarweliodd Sbargo a Pili â chorff Lenia, a'i losgi'n ulw. Clywodd Merfus arogl y mwg, a rhwng dagrau hallt offrymodd weddi fach ar i'r Duwiau roi iddi'r heddwch yr oedd ei henaid yn ei haeddu – yr heddwch na chawsai drwy gydol ei bywyd byr.

22

*A'r chwe Is-dduw a oeddynt yn weddill a aethant ati i
ailadeiladu'r bydysawd, a'u llafur a gymerth oesau meithion.
Ond pan gwblhawyd y gwaith, gwelsant mai da ydoedd.*

COFANCT: PENNOD 5, ADNOD 1

'Adrodd, Horben,' cyfarthodd Engral.

'Barchedig Un, mae'r Cira Seth wedi gwneud yn unol â'ch
gorchymyn. Mae Bryn Crud, Ithle, Cefn Llwyd a Mariandeg
wedi'u harchwilio, a does dim golwg o'r rhai ifainc yn yr
ardaloedd hynny.'

'Fyddai neb yn debygol o roi lloches iddynt yn yr
ardaloedd hynny beth bynnag,' meddai Engral. 'Sy'n gadael
y Gattws.'

'Dim golwg ohonynt yn y fan honno chwaith, syr.'

'Ydi dy filwyr wedi ceisio dwyn perswâd ar y trigolion i'n
helpu gyda'n hymholiadau?'

'Mae rhai o dafarnau'r Gattws Olau yn wenfflam, syr, yn
unol â'ch gorchymyn – yn ardaloedd Sgwâr y Seiri, Sgwâr y
Fargen a thu hwnt.'

'*Rhai*? Llosgwch nhw i gyd ddudis i.'

'Mae'r bobol mewn panic, syr, a chryn anhrefn ar y
strydoedd.'

'Wel, arnynt hwy mae'r bai am lynu wrth eu ffyrdd
hereticaidd a dilyn celwyddau'r Cofanct!' gwaeddodd Engral
yn ddiamynedd.

'Barchedig Un, yn fy marn i dylem ystyried cilio'n ôl, ac
aros yr ochr yma i'r mur am y tro. Gadael i bethau dawelu
ac ailsefydlu.'

'Na!' meddai Engral. 'Dim o'r fath beth. Parhewch i symud
i mewn i'r Gattws Olau.'

Nid ymatebodd Horben.

'Wyt ti'n anghytuno?' meddai Engral.

'Maddeuwch i mi, syr. Nac ydw. Ond mi fydd yn rhaid i mi dynnu rhai o'r milwyr o'r ardaloedd eraill i gynorthwyo'r cyrch.'

'Ar bob cyfrif,' meddai Engral yn ddi-hid. 'Dos! Gwna fy ewyllys!'

23

*Ac Ea a'r Chwech a ymgynghorasant, a dywedyd: 'Na foed i ni
wneud yr un camgymeriad eilwaith. Bydded i'r gwarchodwyr
newydd fod yn rhai meidrol fel y parchant y bydysawd newydd
yn fwy nag y parchwyd yr hen un.'*

COFANCT: PENNOD 5, ADNOD 2

Roeddynt wedi cael diod neu ddau heb hidio fawr am y sarff
ond doedd hynny ddim wedi helpu. Roedd y galar yn un
corfforol, ac roedd Sbargo'n cael trafferth anadlu.

Roedd wedi gwasgaru'r llwch o amgylch yr iard. Teimlai
fod hynny mor addas â dim gan mai yma y derbyniodd Lenia
garedigrwydd diamod am un o'r ychydig droeon yn ei
bywyd. Cadwodd beth o'r llwch mewn cwdyn i'w gludo
gydag o – i ba bwrpas, wyddai o ddim. Efallai y deuai
achlysur lle gallai dalu gwell teyrnged iddi.

Roedd Pili wedi cael hanes Sidell a'r arian. Yn rhyfeddol,
yng ngolwg Sbargo, welai Pili ddim bai arni.

'Roedd o'n ormod o demtasiwn,' meddai. 'Ma'n siŵr nad
oedd hi wedi cynllunio i ddwyn y pres, ond mi wnaethoch
chi'r dewis yn rhy hawdd iddi. Welwch chi moni hi eto.'

'Mi ffindiwn ni hi,' meddai Sbargo.

'Na 'nei,' atebodd Pili. 'Ma Sidell yn nabod y ddinas yma'n
well na fi. Ma hi'n hŷn ac yn llawar mwy profiadol. Os 'di hi
ddim isio i ti ddod o hyd iddi, 'sgen ti'm gobaith.'

'Ond sut medra hi droi cefn arnat ti? O'n i'n meddwl eich
bod chi'ch dwy yn dallt eich gilydd.'

Am eiliad tybiai Sbargo iddo weld deigryn yn llygad Pili.

'O'n inna hefyd,' meddai bron wrthi'i hun. 'Ond fel dudis
i, mi wnaethoch chi'r dewis yn rhy hawdd iddi hi. 'Mhroblem

i ydi hon, hogia, nid eich un chi. Cerwch chi adra a pheidiwch â phoeni am Pili. Fedra i edrych ar ôl 'yn hun.'

'Fel ma'r Duwiau'n mynd i edrych ar 'yn holau ninna, ma siŵr,' meddai Sbargo, gan edrych yn bigog ar Merfus. Gwingodd hwnnw, ond wnaeth o ddim ymateb. 'A mynd *adra*, ddudist ti? Lle 'ma fanno? Does 'na'm byd i mi fynd yn ôl ato fo rŵan – oni bai 'mod i'n mynd i ddial . . .'

'Be wyt ti'n feddwl?' holodd Merfus yn bryderus.

'Einioes am einioes,' meddai Sbargo'n fyfyriol.

'Engral?' meddai Pili. 'Anghofia am y peth. Fasat ti'm yn medru camu allan o Barc Marlis heb gael dy restio. Arteithio chydig arnat ti a ffindio'r gwir am Lenia. A dy dad fasa'n dial arnat ti. Syniad neis, ond 'sgen ti'm gobaith, pal.'

Er iddo gasáu pob gair a ddôi allan o'i cheg, gwyddai Sbargo ei bod yn iawn.

Teimlai fel smotyn amherthnasol yn wyneb grym yr Uwch-archoffeiriad. Lle roedd y Duwiau honedig yma oedd i fod i warchod a charu'r rhai oedd yn eu haddoli? Be oedd pwrpas byw bywyd mor anghyfartal ac annheg? Sylweddolodd fod ei chwaer wedi awgrymu ei bod yn teimlo 'run fath ag o yn ei dyddiau olaf. Yr eiliad honno, gallai Sbargo uniaethu'n llwyr â'i diffyg ffydd oherwydd bod y Duwiau wedi gadael i ddynion fel ei thad greu byd o ofn a chasineb, heb godi cymaint â bys i'w rwystro.

Gwelodd Merfus yn edrych yn dosturiol arno. Teimlodd ei hun yn gwylltio'n gandryll.

'Lle mae dy Dduwiau di rŵan, Merfus?' gofynnodd yn chwerw.

'Mae'n anodd deall meddwl y Duwiau weithiau, yn enwedig ar adeg fel hyn, ond mae rheswm dros bopeth,' meddai Merfus yn llawn cydymdeimlad.

'Ti'n swnio fel offeiriad,' atebodd Sbargo. 'A be 'di'r rheswm 'ta? Pam dwi newydd orfod llosgi corff 'yn unig chwaer am nad o'n i'n siŵr be fasa Nhad yn neud iddi, hyd yn oed a hitha wedi marw? Y? Be 'di'r rheswm dros hynny?'

'Sbargo,' meddai Pili'n dawel. Dim ond trio helpu mae Merfus.'

'Wel, dydi deud bod y Duwiau'n mynd i edrych ar 'yn holau ni ddim yn mynd i helpu, ma gen i ofn,' meddai Sbargo. 'Pa mor hir wyt ti'n fodlon rhoi dy ffydd ynddyn nhw, Merfus, heb y gronyn lleia o arwydd eu bod nhw'n mynd i gadw'u rhan nhw o'r fargen?'

'Dyna ydi natur ffydd,' meddai Merfus yn dawel.

'Trwy dy oes, felly?' meddai Sbargo yn anghrediniol.

'Os oes raid, ia,' meddai Merfus, wedi'i bigo.

'Wel sori, Merfus. Nid ffydd ydi hynna ond gwallgofrwydd.'

'Galwa di o be lici di,' meddai Merfus, yn ceisio rheoli'i dymer.

Trodd Sbargo at Pili.

'Pili,' meddai. 'Tydi Mwrch Algan ddim wedi cael ei bres. Mae o wedi bygwth dy ladd. Wyt ti'n mynd i roi dy ffydd yn y Duwiau i edrych ar dy ôl di?'

'Dwi rioed 'di rhoi'n ffydd yn neb ond fi'n hun,' meddai Pili'n chwerw. 'Sbia be sy'n digwydd pan ti'n gneud hynny.'

'Allwch chi ddim ildio i sinigiaeth,' protestiodd Merfus. 'Os ydych chi'n colli'ch ffydd, rydych chi'n anobeithio fel y gwnaeth Lenia.'

'Paid ti â dod â Lenia i mewn i hyn,' chwyrnodd Sbargo.

'Mae'n ddrwg gen i. Dwi jyst yn gwybod eu bod nhw'n bodoli!'

'Am ei fod o'n deud mewn llyfr tylwyth teg?'

'Am fy mod i'n ei gredu o ym mêr fy esgyrn. Mae'n ddrwg gen i, Sbargo, ond rwyt ti'n anghywir. Ac mi fentrwn i unrhyw beth i brofi hynny i ti hefyd. Rydw i'n sicir fy mod i'n iawn!'

Syllodd Sbargo a Merfus ar ei gilydd, a'u llygaid yn danbaid. Ar ôl meddwl am dipyn, meddai Sbargo: 'Olreit . . . olreit, Merfus. Unrhyw beth, ia? Olreit – wel be am hyn 'ta?

Os na ddaw'r Duwiau aton ni, be am i ni fynd atyn nhw? Y? Be ti'n ddeud?'

Edrychodd Merfus yn ddiddeall arno. Eglurodd Sbargo ymhellach.

'Hyd y gwela i, ma gen i dri dewis. Dwi'n mynd yn ôl i Fryn Crud i gael 'yn lladd; dwi'n aros yn y Gattws nes dôn nhw o hyd i mi a dwi'n cael 'yn lladd . . .'

'Fawr o ddewis,' ebychodd Pili.

'Dach chi'm 'di clwad y trydydd eto,' meddai Sbargo. 'Gan ei bod hi'n amlwg fod gen i gyn lleied i'w golli – diolch i dy Dduwiau di, Merfus – pam nad a' i ati i ddarganfod ydyn nhw'n bodoli go iawn? Cael edrych yn eu llgada nhw a gofyn lle uffar maen nhw pan fo rhywun eu hangen? Rhyw fath o helfa Dduwiau os lici di! Be ti'n ddeud? Awn ni?'

Edrychodd Merfus yn boenus arno. 'A ti'n deud mai fi ydi'r un gwallgo!' meddai.

'Wel, pwy a ŵyr. Ella profith hyn pwy sy'n wallgo a phwy sy ddim, Merfus. Be ti'n ddeud?'

'Ti'n siarad fel dyn dan ddylanwad y sarff.'

'Dwi rioed wedi meddwl mor glir. Paid ag osgoi'r cwestiwn! Ddoi di efo fi?'

'Ond i ble, Sbargo?'

'Ar drywydd y Duwiau!'

'Plis stopia . . .'

'Stopio? Dim ond megis dechra ydw i!' meddai Sbargo'n frwd.

'A lle wyt ti'n meddwl y doi di o hyd i'r Duwiau?' gofynnodd Merfus yn goeglyd.

'Ti'm yn gwbod hynny?' meddai Sbargo'n anghrediniol. 'Tyd 'laen, Mr Cofanct!'

'Mynydd Aruthredd.'

'A lle mae Mynydd Aruthredd?'

'Dwi'm yn gwbod. Rywle ar yr Wyneb.'

'Ar yr Wyneb? Da iawn!'

Gwgodd Merfus. 'Ti'n gwneud hwyl am fy mhen i,' meddai.

Difrifolodd Sbargo. 'Dwi rioed 'di bod fwy o ddifri. Dwi newydd golli'r person anwyla i mi yn y byd. Petai ond er ei mwyn hi, dwi'n mynd i drio dod o hyd i'r Duwiau a gofyn iddyn nhw ddychwelyd i ddinistrio Duw ffals yr Archest, y dioddefodd hi gymint yn ei enw fo.' Yna edrychodd yn dynerach ar ei gyfaill. 'Gwranda Merfus, mae'n loes calon gen i dy fod ti wedi cael dy lusgo i'r holl fusnes yma. Ond ti'n dallt mai go brin y cei ditha dy drin yn ddim gwell gan Engral, 'yn dwyt?'

Ochneidiodd Merfus. 'Dwi'n gwbod,' cyfaddefodd. 'Dwi'n ofni'r gwaetha am fy rhieni. Ac unrhyw un sydd wedi arddel yr Hen Grefydd mor agored â ni.'

'Tyd efo fi 'ta!' plediodd Sbargo.

'Ar ryw freuddwyd gwrach?' meddai Merfus.

'Wela i'm bod gennon ni lawar o ddewis,' meddai Sbargo.

Ystyriodd Merfus yn hir.

''Dan ni'm yn gwbod pa beryglon sydd ar yr Wyneb,' mentrodd.

'Be haru ti? Sgynnon ni'm syniad sut i gyrraedd Porth Tywyllwch heb sôn am ba beryglon sy ar yr Wyneb!' chwarddodd Sbargo.

Roedd Merfus yn dechrau meddwl o ddifrif am y peth. Penderfynodd Sbargo roi un cynnig arall arni.

'Tyd 'laen! Os 'di dy lyfr bach du di'n deud y gwir, ti'n mynd i weld dy Dduwiau ar ôl i ti farw beth bynnag. Y ffordd yma mi gei di'u gweld nhw yn y bywyd yma – neu farw'n trio. Be sgen ti i'w golli?'

Gwenodd Merfus.

'Rwdlyn,' meddai.

Pendronodd. 'Olreit,' meddai. 'Gan nad oes gen i ddim i'w golli bellach – ar drywydd y Duwiau amdani!'

Neidiodd Sbargo ar ei draed a'i gofleidio.

'Oi,' meddai llais Pili. 'Be amdana i?'

'*Ti* isio dod i chwilio am y Duwiau?' meddai Sbargo.

'Wel, 'sa'n neis cael cynnig o leia.'

'Ddowch chi efo ni, Pili?' gofynnodd Merfus.

'Wel . . . ia, gw on 'ta,' meddai ymhen ychydig. 'Neith chênj, gneith?'

24

A'r Chwech a orweddasant gyda'i gilydd ac a genedlasant ddeuddeg plentyn. Y rhain ydoedd y Duwiau Meidrol.

COFANCT: PENNOD 6, ADNOD 1

Gan y gallai'r Cira Seth gyrraedd unrhyw eiliad, roedd yn bwysig iddynt gychwyn yn ddiymdroi. Casglodd Pili fân eitemau ynghyd ac arweiniodd y ddau fachgen i lawr yr ysgol raff i'r iard. Safodd y tri'n fud am beth amser, yn edrych o gwmpas ar y llwch gwasgaredig – ill tri'n talu eu teyrnged dawel eu hunain.

Edrychodd Pili i fyny'n sydyn, ac ar amrantiad gwibiodd i fyny'r wal. Tynnodd gyllell o boced ei throwsus llac a naddu pen yr ysgol raff hyd nes y disgynnodd i'r iard. Deallodd Sbargo ei bwriad, ac estyn taniwr o'i boced yntau.

Safodd y tri'n gwylio'r pentwr rhaff yn clecian llosgi nes i'r fflamau grebachu'n ddim.

'Reit. Awê,' meddai Sbargo.

Trodd y tri'n dawel am y cyntedd a arweiniai i Sgwâr y Cnawd.

25

A'r Duwiau Meidrol oeddynt fel a ganlyn: Ergan a Charas a genedlasant Bregil, Delain, Antor a Grael.

Cofanct: Pennod 6, Adnod 2

'Problem?' holodd Pili'n ddistaw.

Roedd wedi arwain Sbargo a Merfus ar hyd y strydoedd cefn yn ddyfnach i mewn i'r Gattws, i gyfeiriad y rhan a elwid y Geudwll lle roedd y Porth Tywyll. Erbyn hyn roeddynt wedi cyrraedd sgwâr arall, ac wedi oedi yn y cysgodion ar gais Sbargo.

'Lle 'di fama?' gofynnodd.

Edrychodd Merfus o amgylch y sgwâr. Gwelai ddynion a merched â wynebau egr – rhai yn cario pastynau, rhai heb ddannedd, pob un ohonynt yn edrych fel pe bai ar berwyl drwg.

'Sgwâr y Lladron,' meddai gan arswydo. 'Pam doist ti â ni i'r fan hyn, Pili?'

'Am ei bod hi'n dipyn cynt na dringo Allt Bedlam,' meddai Pili. ''Sgen ti broblem efo hynny?'

Edrychodd Sbargo arni'n ddrwgdybus.

'Dio ddim yn lle doeth iawn i drio cerdded ar ei draws heb dynnu sylw, nacdi?' meddai'n amheus.

'Gwranda, pal,' meddai Pili, ''dan ni ddim mewn rhan o'r ddinas lle ma 'na lefydd doeth i fynd iddyn nhw. Ond fel ro'n i'n deud, mi rown ni bellter rhyngon ni a'r Cira Seth yn dipyn cynt wrth fynd ffor'ma, a chan nad ydan ni'n berchen ar glencan rhyngddon ni ma gennon ni siawns y cawn ni gyrraedd pen draw'r sgwâr heb i rywun hollti'n penna ni. O bwyso a mesur, ma'r risg yn werth ei chymryd, ddudwn i. Rhywun yn anghytuno?'

Bu tawelwch.

'Reit. Falch bod hynna 'di'i sortio. Ffwrdd â ni 'ta.'

Cychwynnodd allan i'r sgwâr. Yn sydyn arhosodd, a throi atynt.

'Gyda llaw, 'na i neud unrhyw siarad, iawn?'

Nodiodd y ddau arall yn ufudd.

Mor hamddenol a di-hid â phosib, croesodd y tri'r sgwâr tywyll a budr. Teimlai Merfus fod pob llygad ar y sgwâr yn edrych arno ac nid oedd ymhell o'i le.

Clywsant sŵn traed ysgafn yn rhedeg tuag atynt o'r tu ôl iddynt. Roedd Merfus ar fin troi i weld pwy neu beth oedd yno pan glywodd lais Pili. 'Paid!' meddai hi'n ddistaw.

Peidiodd y sŵn traed. Teimlai Merfus flew ei war yn sefyll. O gornel ei lygad chwith gwelai Sbargo ddau ddyn yn symud yn araf ond yn bwrpasol tuag atynt. O'u blaenau, roedd dau arall oedd wedi bod yn eu llygadu. Wrth i'r tri ifanc nesáu atynt, ceisiai'r dynion roi'r argraff eu bod ar ganol sgwrs ddwys ac nad oedd ganddynt unrhyw ddiddordeb yn y newydd-ddyfodiaid.

Clywsant y sŵn traed y tu ôl iddynt eilwaith. Roedd greddf Merfus yn dweud wrtho am droi eto.

'Paid!' hisiodd Pili.

'O mam bach,' meddai Merfus. Roedd newydd weld corff wrth waelod y golofn yng nghanol y sgwâr.

'Cyllell,' meddai Pili gan ddarllen ei feddwl. 'Be sy'n waeth, ti'n gwbod colofn pwy 'di honna?'

'Nacdw,' meddai Merfus mewn llais bach.

'Colofn Amoth, Duw Marwolaeth. Digri 'de?'

Tybiodd Merfus ei bod yn amser am weddi arall. Clywodd y sŵn traed tu ôl iddo eto. Roeddynt yn swnio'n agos iawn bellach.

'Paid â throi,' rhybuddiodd Pili, 'a phaid ag edrych yn llygaid neb.'

Daliodd y tri i gerdded i gyfeiriad y ddau ffug-ymgomiwr. Roedd y ddau i'r chwith ohonynt yn dal i ddod yn nes.

'Ma hi'n dechra mynd yn gyfyng 'ma,' meddai Sbargo, gan geisio swnio'n ddi-hid.

'Paid â siarad,' meddai Pili.' Trystia fi.'

Pan oeddynt ar fin cyrraedd y ddau o'u blaenau, trodd Pili i'r chwith. Bellach roedd y traed y tu ôl iddynt bron wrth eu hymyl, a phrin yr oedd yna olau dydd rhyngddynt a'r ddau o'u blaenau. Ond symudodd neb i'w rhwystro. Roedd fel pe bai rhyw fagned yn dal y tri phâr o ymosodwyr rhag eu cyffwrdd. Cerddodd y tri ifanc yn eu blaenau'n bwrpasol.

'Paid â rhuthro,' meddai Pili wrth Merfus. 'Fel'na mae lladron – 'sa neb yn trystio'i gilydd. Ma nhw'n ormod o gachgwn i 'mosod arnach chdi pan ma 'na rai eraill o gwmpas, rhag ofn i'r rheiny 'mosod arnyn nhwtha.'

Roeddynt bellach bron â chyrraedd pen draw'r sgwâr, a Sbargo a Merfus yn teimlo y gallent ddechrau meddwl am anadlu unwaith eto. Edrychodd Sbargo i'r chwith i lawr un o'r strydoedd a arweiniai o'r sgwâr, ac yn y pellter tybiodd iddo weld merch ar lawr, yn cael ei dyrnu a'i chicio gan dri lleidr.

'Anwybydda nhw,' meddai Pili. 'Pawb drosto'i hun. Cadw allan o drwbwl – dyna sut ti'n cadw'n fyw yn fama.'

Ceisiodd Sbargo ufuddhau. Ond clywodd riddfan y ferch ac ar ei waethaf cymerodd gipolwg arall. Yna sylweddolodd nad dwyn ei phres oedd unig fwriad y lladron – roedd un ohonynt eisoes yn ceisio tynnu'i dillad oddi arni, ac un arall yn ei thynnu gerfydd ei gwallt i'w chadw'n llonydd. Cyn i Sbargo sylweddoli beth roedd o'n ei wneud, roedd yn rhedeg i gyfeiriad y stryd.

'O shit,' meddai Pili. 'Tyd, Merfus.'

Rhedodd y ddau nerth eu traed ar ôl Sbargo, oedd eisoes wedi cyrraedd pen y stryd. Diolch byth nad ydi o wedi gweiddi, o leia, meddyliodd Pili. Gyda hynny, gwaeddodd Sbargo nerth ei ben yn llawn cynddaredd nes i'r tri ymosodwr edrych o'u cwmpas a neidio ar eu traed. Taflodd ei hun at un o'r dihirod a'i lorio, ond cyn i Sbargo fedru codi'n ôl ar ei draed, roedd y ddau arall ar ei ben yn ei ddyrnu a'i gicio. Ni fedrai ddianc rhag y dyrnodau, er iddo wingo ac ymdrechu. Clywodd glic a suddodd ei galon. Yr oedd yn mynd i gael ei drywanu a doedd dim fedrai ei wneud am y peth.

Yna clywodd lais Pili, 'Oi! OI!'

Trodd y ddau ymosodwr i edrych. Safai Pili yno â chyllell yn ei llaw. Oedodd y ddau am eiliad. Roedd hynny'n ddigon i Sbargo. Trawodd un o dan ei ên nes ei fod yn glewt ar lawr. Trodd ei bartner yn reddfol i ymosod ar Sbargo eto ond ni fedrai ganolbwyntio'n llawn arno a chadw llygad ar Pili 'run pryd. Neidiodd yn ei ôl i fan lle medrai weld y sefyllfa'n gliriach a chael amser i feddwl. Cododd Sbargo ar ei draed.

'O 'ma!' gwaeddodd.

Llusgodd y ddau arall i'w traed yn simsan. Gwelodd y trydydd mai ef oedd yr unig un oedd ddigon o gwmpas ei bethau i wneud gornest ohoni, a hynny yn erbyn cyllell hefyd. Penderfynodd mai ildio fyddai gallaf a throdd ar ei sawdl, a'r ddau arall yn ei ddilyn.

'Ddudis i mai cachwrs ydyn nhw, do?' meddai Pili. Serch hynny, edrychodd o'i chwmpas yn sydyn i bob cyfeiriad rhag ofn eu bod wedi denu sylw unrhyw gyfeillion eraill.

'Tro nesa ti'n bod yn arwr, 'de,' meddai hi wrth Sbargo, 'ti'n meddwl galli di gau dy geg i ni gael rhyw elfen o syrpréis?'

Roedd yn rhaid i Sbargo wenu er ei waethaf. Gwyliodd y tri ffigwr yn diflannu, yna trodd i edrych ar y ferch ar y llawr. Roedd Merfus yn ceisio'i dadebru ac yn tacluso'i dillad yn swil.

'Dyna ni,' meddai. 'Mae popeth yn iawn rŵan.'

'O'r arglwydd . . .' ebychodd Pili.

'Ti'n ei nabod hi?' meddai Sbargo.

'Nacdw,' meddai Pili.

'Ti'n swnio fel dy fod ti,' meddai Sbargo'n amheus.

'Dwi'n nabod 'i theip hi,' meddai Pili.

'A be di'i theip hi, felly?' meddai Sbargo.

'Empath 'di hi. Un o ffrîcs Bryn Bedlam.'

'Ffrîcs?'

'Ma 'na ryw fath o sanatoriym yna. Fanna ma nhw'n cal eu hel i gyd – o bob rhan o'r ddinas, am wn i.'

'Pa "nhw"? Pam maen nhw'n ffrîcs?'

'Darllan teimlada ma nhw 'de? Telepaths yn darllan meddylia; empaths yn darllan teimlada. 'Sa neb isio hynny, nagoes? 'Pawb hawl i'w breifatrwydd . . . Beth bynnag, ma nhw'n beryg iddyn nhw'u hunain – gyrru eu hunain yn wirion hannar yr amsar.'

''Sa well i ni drio mynd â hi'n ôl, felly,' meddai Sbargo.

'Sgennon ni'm amsar. Gad hi'n fama.'

'A gadal i'r rheina ddŵad 'nôl i orffan y job? Dim peryg!' Ochneidiodd Pili.

'Olreit 'ta. 'Swn i'n taeru'ch bod chi isio cal eich dal. Oi, chdi – be 'di d'enw di?'

Roedd y ferch yn hanner ymwybodol, ond roedd agwedd ymosodol Pili fel petai wedi'i bywiogi. Edrychodd i fyny arni a her yn ei llygaid.

'Pwy sy'n gofyn?'

'Gwranda, pal – 'dan ni newydd achub dy fywyd di . . .'

'Pili,' meddai Sbargo, 'paid â'i chythruddo hi.'

'Isio'ch helpu chi ydan ni, Miss,' meddai Merfus. 'Merfus ydw i.'

Edrychodd yr empath ar wyneb Merfus, a meddalodd. 'Melana,' meddai.

'Sbargo,' meddai Sbargo. 'Fedrwch chi sefyll?'

Ceisiodd Sbargo a Merfus ei helpu ar ei thraed. Llwyddodd i godi'n boenus, a bodloni'i hun nad oedd dim wedi torri.

'Diolch,' meddai.

'O Fryn Bedlam dach chi?' gofynnodd Sbargo.

'Fanno ces i'n rhoi,' meddai Melana'n ddiemosiwn.

'Be wt ti'n da yn fama 'ta?' gofynnodd Pili.

'Dengid wnes i,' meddai Melana.

'Edrych yn debyg 'sa well 'sat ti heb,' meddai Pili.

'Edrych yn debyg bod gen ti lot i' ddeud,' meddai Melana.

'Ferched, plis,' meddai Sbargo. 'Roeddan ni wedi bwriadu dy helpu i fynd yn ôl i Fryn Bedlam, Melana.'

'Os mai dyna dach chi isio'i neud, 'sa'n well 'sach chi 'di 'ngadal i'n fama ar drugaredd y lladron 'na.'

'Ydi o mor ddrwg â hynny?' holodd Merfus.

''Sgen ti'm syniad,' meddai Melana. 'Dy drin di fel claf, dy gadw mewn celloedd ar wahân rhag ofn i hysteria un fynd yn hysteria pawb ac i iselder un fynd yn iselder pawb a gwallgofrwydd un fynd yn wallgofrwydd pawb. Dwi'm yn beryg i neb. Pam maen nhw isio fy nghloi i o'r golwg?'

'Achos bod ti'n . . .' dechreuodd Pili.

'Pili!' meddai Sbargo ar ei thraws.

Bu tawelwch.

'Pam dengid i fama?' holodd Sbargo.

'Wyddwn i ddim i ba gyfeiriad o'n i'n mynd,' meddai Melana. 'Fedrwn i ddim cymryd mwy. Dio'm ots gen i ble'r a' i, ond a' i ddim yn ôl i Fryn Bedlam,' meddai'n bendant.

'Dowch efo ni 'ta,' meddai Merfus.

'Hei, hold on . . .' meddai Pili.

'O'r gora,' meddai Melana, gan wenu arno.

''Dan ni'm 'di deud wrthach chi lle 'dan ni'n mynd eto,' meddai Sbargo.

'Dwi'n eich trystio chi,' meddai Melana'n syml. Trodd at Merfus. 'Yn enwedig chi. Dwi'm yn siŵr am hon,' meddai gan gyfeirio at Pili.

'Dwinna'm yn dathlu chwaith, os ti 'di sylwi,' meddai Pili. ''Di hyn yn syniad da?'

'Dydi o'n ddim gwirionach na'r syniad rydan ni'n ei ddilyn yn barod,' meddai Merfus. Gwenodd ar Melana. 'Ydach chi'n grefyddol?' gofynnodd.

26

Amoth a Danell a genedlasant Jero, Tegem, Tormon a Lethne.

COFANCT: PENNOD 6, ADNOD 3

Ymgrymodd Horben o flaen ei uwch-swyddog.

'Adrodd,' meddai Engral yn gwta.

'Barchedig Un, mae tafarnau'r Gattws Olau i gyd yn wenfflam. Bu brwydro dros un neu ddwy ohonynt, ond ar y cyfan ychydig iawn o drafferth a gawsom.'

'Pa mor bell i mewn i'r Gattws Olau yr aethoch?' holodd Engral.

'At ffin y Gattws Dywyll, syr.'

'Pam nad aethoch chi ymhellach?'

'Mi dybiais y byddai'n ddoethach gweld beth fyddai'r ymateb yn y Gattws Olau i ddechrau, fel na ellid ein hamgylchynu.'

'Faint o wrthdaro ydych chi'n ei ddisgwyl yn y Gattws Dywyll, a barnu oddi wrth yr hyn a welsoch eisoes?'

'Mi fyddaf angen pob milwr sbâr o'r ardaloedd eraill. Mae angen i ni gadw llwybr clir yn ôl i Fryn Crud neu fe all pethau fod yn beryglus iawn. Rydyn ni wedi chwilio ym mhob ardal o'r ddinas ac wedi gwasgaru'n hadnoddau'n denau drwy wneud hynny. Efallai y dylem ohirio'r gwthio i mewn i'r Gattws Dywyll hyd nes y down ni o hyd i'r tri.'

'Ai dyna eich barn?'

'Mae'n rhaid cael digon o ddynion, syr. Mae gen i gyfrifoldeb drostyn nhw.'

Ystyriodd Engral yn ddwys.

'A beth yw eich barn ynglŷn â ble mae fy mab a'm merch yn cuddio? Petaech chi yn fab i mi, i ba le yr aech i guddio oddi wrthyf?'

Edrychodd Pennaeth y Cira Seth i lygaid Engral.

'I'r fan lle byddech yn cael y mwyaf o drafferth i gyrraedd ato, Barchedig Un.'

'Dyna fy marn innau hefyd,' meddai Engral. 'O'r gorau, Capten. Tynnwch eich dynion i gyd o bob man arall a chanolbwyntiwch yn llwyr ar y Gattws Dywyll. Os ydyn nhw'n fyw, yn y fan honno y down o hyd iddynt.'

'Barchedig Un,' meddai'r Pennaeth, a throi ar ei sawdl.

'Capten!' gwaeddodd Engral ar ei ôl.

'Syr?'

Amneidiodd Engral at y ddau gorff a orweddai wrth ei draed.

'Ewch â'r rhain oddi yma bellach, wnewch chi?'

'Ar unwaith, Barchedig Un,' meddai'r Pennaeth, gan adael Engral ar goll yn ei feddyliau unwaith eto.

27

Mestar a Phelora a genedlasant Toch, Marlis, Corwyll ac Astri.

COFANCT: PENNOD 6, ADNOD 4

'Grêt,' meddai Sbargo wrth Pili, 'ti 'di mynd â ni drwy Sgwâr y Lladron. Ti rŵan yn ein harwain ni ar hyd Stryd y Llofruddion. A ti'n disgwyl i ni dy drystio di?'

'Gwranda, cwynwr,' atebodd hithau. 'Hon 'di'r unig ffordd dwi'n wbod, reit? O leia 'dan ni'n gwbod be i ddisgwyl ar hyd y ffordd yma.'

'Ti'n awgrymu bod 'na lefydd gwaeth?' meddai Sbargo'n anghrediniol.

'Raid i chdi'm poeni llawar beth bynnag,' meddai Pili. 'Efo'r olwg sy arnon ni, mi ddylian ni ffitio mewn reit dda.'

Roedd yn rhaid i'r lleill wenu. Ac eithrio Merfus, oedd wedi llwyddo i osgoi cael ei niweidio ar ddau achlysur, roedd golwg druenus arnynt. Roedd eu hwynebau'n gleisiau, a'u dillad yn llychlyd a budr.

Ymlwybrodd y pedwar yn dawel i lawr y stryd. Medrent weld pam y gelwid y rhan yma o'r ddinas yn Gattws Dywyll – roedd Stryd y Llofruddion, er yn gymharol lydan, yn rhyw fwrllwch annelwig. Roedd fel petai'r goleuwyr wedi ofni mentro i'r rhan yma o'r ddinas pan oeddent yn gosod y cyflenwad goleuni.

Yn wahanol i Sgwâr y Lladron, roedd y stryd yn gymharol wag. Dim syndod, meddyliodd Sbargo. Pa fath o ffŵl fyddai'n dewis ei cherdded o'i wirfodd? Ond hyd yn hyn, roedd theori Pili ynglŷn â'u hymddangosiad fel petai'n gywir.

Cerddent yn un rhes – Pili ar y blaen, Merfus yn ei dilyn, yna Melana a Sbargo yn y cefn. Ambell waith taflai Sbargo gip sydyn y tu ôl iddo ond welodd o neb. Dechreuodd godi'i galon wrth sylweddoli bod 'na bosibilrwydd eu bod yn mynd i fyw i weld o leiaf un diwrnod arall.

Cerddodd y pedwar am gylchdro a hanner, a'u llygaid yn dechrau cynefino â'r tywyllwch. Dim ond ar ôl edrych yn ôl i gyfeiriad y Gattws Olau a gweld pa mor llachar yr edrychai'r fan honno bellach mewn cymhariaeth, y sylweddolon nhw cymaint tywyllach oedd hi yma. Ac roedd y Gattws Olau wedi ymddangos yn dywyll i ni pan gyrhaeddon ni yno gyntaf, meddyliodd Sbargo. Os tywyllith hi lawer mwy, sut goblyn down ni o hyd i'r Porth?

Yna teimlodd lafn cyllell ar ei wddf. Nid oedd wedi clywed smic.

Fe ddylai fod yn farw'r eiliad honno, meddyliodd.

'Deud wrth y butain am aros,' meddai llais yn ei glust.

'Pili,' crawciodd Sbargo yn floesg.

Trodd Pili ar amrantiad, a'i chyllell yn ei llaw. Rhewodd wrth weld y gyllell yng ngwddf Sbargo. Roedd golwg wedi dychryn ar wyneb Merfus, ond chwilfrydedd a lenwai wyneb Melana wrth iddi edrych ar y ffigwr tal a ddaliai'r gyllell.

'Ti'n ddiarth ar y naw, Pili Galela. Wedi mynd yn ormod o ddynas i ddod i edrych amdanon ni?'

'Satana! Y brych. O'n i'n gobeithio baswn i'n dy weld di. Gad lonydd iddo fo. Mae o 'di colli'i bres yn barod.'

Chwarddodd Satana a phocedu'r gyllell.

'Geith o'i wddw'n ôl felly. Gei di ddeud pwy a pham wedyn. Dowch i ni'ch cael chi odd'ar y stryd 'ma gynta. Ddudodd neb wrthach chi'i bod hi'n beryg yma?'

28

Antor a benodwyd yn Dduw Dysg wedi carchariad yr Un Drwg.
Y gweddill a benodwyd yn Dduwiau Trefn, Cynhaliaeth,
Heddwch, Gwyddoniaeth, Maddeuant, Cosb, Tywyllwch, Hela,
Serch, Rhyfel a Natur, yn unol ag ewyllys Ea a'r Chwech.

COFANCT: PENNOD 6, ADNOD 5

Arweiniodd Satana nhw'n gyflym ac yn dawel i lawr llwybr cefn a oedd, afraid dweud, yn dywyll; yna'n sydyn, roedd wedi diflannu. Pan gyrhaeddodd y lleill y man lle diflannodd, gwelsant fod yna gylch du wrth eu traed.

'Ar f'ôl i! Sydyn!' meddai Pili, ac i lawr â hi drwy'r cylch. Dilynodd y lleill, gan adael Sbargo i ailosod y clawr uwch ei ben cyn dringo i lawr yr ysgol fetel ar eu holau.

Roedd Satana wedi cynnau ffagl i oleuo'r ffordd drwy'r twnnel. Serch hynny, yr arogl oedd y peth cyntaf i daro Sbargo fel ergyd i'w stumog. O na – ddim eto, meddyliodd.

'Mae'r system garthffosiaeth yn gyntefig iawn yn y rhan yma o'r Gattws,' meddai Satana. 'Peidiwch â phoeni – dio'm yn para'n hir. Gwyliwch eich traed,' meddai'n gellweirus.

Arweiniodd nhw ymhellach drwy'r rhwydwaith o dwneli cyn aros wrth draed ysgol raff. Teimlodd Sbargo'i stumog yn rhoi llam eilwaith wrth ei gweld.

'Dyma ni,' meddai Satana. 'Adra.'

Dringodd yr ysgol a diflannu eto, y tro yma trwy dwll uwch eu pennau. Aeth y lleill ar ei ôl, a'u darganfod eu hunain mewn ystafell ddiaddurn ond clyd, â sachau eistedd a matresi o'u hamgylch.

'Lle ma'r lleill?' ebychodd Pili mewn syndod.

Gwenodd Satana bron yn ymddiheurol ar Pili.

'Ti 'di'i gadal hi braidd yn hwyr i ddŵad nôl, Pili Galela. Mae'r hen griw i gyd wedi mynd. Mond fi sy ar ôl bellach.'

'Be?' meddai Pili mewn anghrediniaeth 'Ond does 'na brin ddeunaw mis ers i mi fod yma ddwytha! Be ddigwyddodd?'

'Wel . . .' dechreuodd Satana esbonio, cyn sylweddoli nad oedd yn werth y drafferth. 'W'st ti sut mae hi yma. Gormod o lofruddion yn chwilio am waith ar yr un patsh. Sylwist ti gyn lleied o bobol oedd ar y stryd?'

'Do,' meddai Pili'n fyfyrgar.

''Sna neb yn dŵad o'r tu hwnt rŵan. Neb call,' ychwanegodd, gan edrych ar y cwmni gyda hanner gwên. 'Rhy beryg, dach chi'n gweld. Wedyn, gan nad oedd 'na neb o'r tu allan, mi ddechreuodd pawb droi ar ei gilydd. Ma raid i lofrudd neud ei waith, does? Dio'm yn dallt dim byd arall. Dim ond y rhai gora sy ar ôl rŵan, ac mae'r rhan fwya o'r rheiny'n byw mewn ofn.'

'Be amdanoch chi?' holodd Merfus.

''Sdim raid i mi fod ofn. Fi ydi'r gora.'

'A'r mwya gwylaidd,' chwarddodd Pili, ond synhwyrodd Melana fod ei chalon yn drist.

'Sut dach chi'ch dau'n nabod eich gilydd?' holodd Sbargo'n ofalus.

Edrychodd Pili ar Satana.

'Nath o ffafr i Mam. Ac i minna, yn anuniongyrchol,' atebodd Pili.

Ar ei waethaf, teimlodd Sbargo'i hun yn cochi ychydig wrth feddwl beth oedd y berthynas rhwng y ddau.

'Dowch,' meddai Satana gan chwerthin. 'Mae golwg isio bwyd arnoch chi. Wedyn,' meddai, gan edrych i fyw llygaid Merfus, 'mae gennoch chi waith esbonio i'w neud . . .'

29

*Ac wedi penodi'r Duwiau Meidrol, Ea a'u hanerchodd gan
ddywedyd wrthynt: 'Chwi yw plant fy mhlant, a byddwch
geidwaid fy mydysawd newydd. Ni fydd amser yn elyn i chwi,
canys ni heneiddiwch na marw fyth. Eithr os codwch arfau yn
erbyn eich gilydd, chwi a brofwch niwed a phoen, ac fe ellir eich
lladd. Creais farwolaeth fel y perchir bywyd.'*

COFANCT: PENNOD 6, ADNOD 6

Roedd y bwyd yn syml ond yn gynnes ac yn codi calon. Wedi
i Pili ryw lun o egluro'u sefyllfa i Satana, eisteddodd
hwnnw'n ôl mewn syndod gan giledrych ar Sbargo.

'Wel wel,' meddai.

Bu tawelwch maith eto.

'Mab yr Archoffeiriad,' meddai.

'Uwch-archoffeiriad,' cywirodd Merfus.

Anwybyddodd Satana ef.

'Ac oherwydd dy fod ti wedi colli dy chwaer, mi wyt ti am
ddod â dinistr ar ein pennau ni i gyd?'

'Be dach chi'n feddwl?' meddai Sbargo.

' "Ti" nid "chi",' cywirodd Satana ef. 'Tyd, tyd – chaiff neb
fynd i'r Wyneb, ti'n gwbod hynny cystal â neb.'

'Yndw, ond . . .'

'Ti siŵr o fod yn gyfarwydd â'r gred – os bydd cynifer ag
un person yn ceisio'r Wyneb, bydd hynny'n golygu dinistr i'r
Ddinas Aur.'

'Nacdw, dydw i ddim,' meddai Sbargo'n ddiniwed.

'Na finnau,' meddai Merfus yn fwy diniwed.

'*Dwi*'n gwbod amdani,' meddai Pili.

'A finnau,' meddai Melana.

'O. Mae'n rhaid mai cred blwyfol ydi hi, felly,' meddai Satana.

'Efallai mai'r agosa ydach chi i'r Geudwll, cryfa ydi'r gred,' awgrymodd Melana.

'Neu efallai mai o'r Geudwll y tarddodd y gred,' meddai Sbargo.

'Be ti'n feddwl wrth hynny, Sbargo fab Engral?' holodd y llofrudd.

'Efallai i'r gred gael ei chreu'n fwriadol er mwyn rhwystro'r rhai agosa at y Porth rhag trio mynd trwyddo fo,' atebodd Sbargo.

'Ond sut buasai agor y Porth yn beryglus i Mirael?' holodd Merfus.

'Bosib basa'r awyr yn wenwyn,' meddai Satana.

'Ella basa'r Duwia'n anhygoel o flin,' meddai Pili.

'Efallai bod y creigiau ar yr Wyneb wedi toddi yng ngwres yr haul, a phetai rhywun yn agor y Porth y byddai'r hylif yn llifo drwy'r Ddinas Aur ac yn ein toddi ni i gyd i farwolaeth,' meddai Melana.

Edrychodd y lleill arni gyda braw.

'Ti'n gwbod rwbath nad ydan ni ddim?' holodd Pili.

'Na,' meddai Melana'n swil. 'Mond defnyddio 'nychymyg.'

'Wel paid,' meddai Pili. 'Satana – gawn ni aros yma heno? Mi fedren ni neud efo noson dda o gwsg cyn cychwyn fory.'

'Wrth gwrs.'

'Ddoi di efo ni ella?' gofynnodd Pili mor ddidaro ag y medrai.

'Dwn 'im am hynny.'

'Ofn y Duwiau?' heriodd Pili. 'Ti rioed 'di nharo i fel rhywun crefyddol, Satana.'

'Mi fuo 'na adag, coelia neu beidio,' meddai Satana. 'Ond mae gwraig a dau blentyn wedi'u llofruddio, a gorfod treulio blynyddoedd yn y Geudwll ar gam am y weithred, yn sigo ffydd rhywun yn y Duwiau mae gen i ofn.'

'Mae'n ddrwg gen i, Satana' meddai Melana, gan deimlo'r ing yn ei galon.

'Ddoist ti o hyd i'r llofrudd go iawn?' holodd Sbargo.

Edrychodd Satana arno a chaledodd ei wyneb i'r fath raddau nes i Sbargo deimlo ias fechan o ofn yn rhedeg drwyddo.

'Do,' atebodd. 'Mi gymrodd flynyddoedd. Ond, do.'

'Laddoch chi o?' holodd Melana.

'Naddo,' meddai Satana. 'Ond mi wna i. Dyna sy 'di 'nghadw i'n fyw cyhyd.'

Bu tawelwch rhwng y cwmni am ychydig. Torrwyd arno gan sŵn chwyrnu ysgafn o gyfeiriad Merfus.

'Creadur,' meddai Sbargo.

'Golwg 'di ymlâdd arnoch chi i gyd,' meddai Satana. 'Cysgwch.'

'Fasan nhw'm yn hapus yn cysgu yma tasan nhw'n gwbod lle maen nhw,' chwarddodd Pili.

'Lle 'dan ni?' holodd Sbargo.

''Mots,' meddai Pili.

'Na – deud,' mynnodd Sbargo.

Edrychodd Pili ar Satana.

'Ti'n selar hen bencadlys yr heddlu,' meddai hwnnw, 'cyn iddyn nhw orfod dianc am eu heinioes pan aeth y rhan yma o'r ddinas yn amhosib i'w rheoli. Roeddan ni'n licio'r eironi,' ychwanegodd.

'Nos da,' meddai Pili'n gellweirus.

'Edrych ar eu hola nhw, Pili,' meddai Satana. 'Fydda i'n ôl toc.'

30

'Yn awr, fy wyrion a'm hwyresau, gadawaf y bydysawd yn eich dwylo chwi.'

COFANCT: PENNOD 6, ADNOD 9

Rhyw gwsg digon aflonydd a gafodd Sbargo. Breuddwydiai am Borth Tywyllwch a chreigiau tawdd, am Lenia ar yr ysgol raff, am Engral yn ei lid yn llosgi rhieni Merfus â'i lygaid, am Pili'n caru'n boeth gyda Satana, am y dirmyg ar wyneb Sidell yr eiliad y sylweddolodd ei bod wedi'i dwyllo, am lyfr bach du Merfus, am danau dros y Gattws . . .

Deffrodd yn sydyn a rhimyn o chwys ar ei dalcen. Roedd yr ystafell yn dywyll ac yn dawel ar wahân i chwyrnu ysgafn Merfus, ond synhwyrai Sbargo fod rhywbeth o'i le. Cododd yn ofalus, a gadael i'w lygaid ymgynefino â'r tywyllwch. Yn raddol, gallai weld amlinell y drws a arweniai i'r llawr uchaf o'i flaen. Dechreuodd symud tuag ato'n araf, gan reoli'i anadl gystal ag y medrai.

Yn sydyn, gafaelodd llaw yn ei goes. Llamodd calon Sbargo a brwydrodd yn erbyn yr ysfa i weiddi nerth ei ben. Plygodd a thynnu'r llaw oddi yno.

'Paid â gneud hynna eto!' sibrydodd wrth Pili.

Mewn ennyd, roedd hi ar ei thraed ac yn sefyll wrth ei ochr. Camodd y ddau tuag at y drws, a sefyll yno'n edrych ar ei gilydd. Estynnodd Pili ei chyllell. Cyfrodd Sbargo i dri â'i fysedd, ac agor y drws yn sydyn.

Am eiliad safai dyn yno o'u blaenau, cyn syrthio'n glewt i'r llawr. Yn y golau gwan a deflid i mewn i'r ystafell gan ffenestri'r ystafell uwchben, gwelent ei lifrai'n glir.

'Cira Seth!' meddai Sbargo mewn arswyd.

'Ia,' meddai llais Satana wrth eu hymyl. 'Mae'r Gattws Dywyll yn berwi ohonyn nhw – dwi 'di lladd saith yn barod.'

Erbyn hyn roedd Merfus a Melana wedi deffro ac ymuno â'r tri arall wrth y drws.

'Lwc i mi gyrraedd yn ôl pan wnes i, ddudwn i,' meddai Satana. 'Petai hwn wedi cael cyfle i ddeud lle roeddech chi, mi fyddai'n o ddu arnoch chi.'

'Be 'dan ni'n mynd i' neud?' gofynnodd Melana, yn pendilio rhwng nerfusrwydd Merfus a hyder tawel Satana.

'Be ydan ni *ddim* yn mynd i'w neud,' meddai Satana, 'ydi aros yn fama. Dydi'r Cira Seth erioed wedi mentro cyn belled â'r Gattws Dywyll o'r blaen ond maen nhw yma rŵan, ac mae 'na filoedd ohonyn nhw. Mi ddudwn i fod yr Archoffeiriad yn awyddus iawn i gael gafael ar rywbeth.'

'Uwch-archoffeiriad,' meddai Merfus.

'Ac mae gen i syniad go lew be ydi o,' meddai Satana.

Edrychodd pawb ar Sbargo.

'Ond lle'r awn ni?' meddai hwnnw.

Gwenodd Satana'n rhadlon arno.

'Faswn i'n meddwl fod hynny'n amlwg,' meddai.

'Porth Tywyllwch?' meddai Sbargo. 'Ond o'n i'n meddwl . . . neithiwr fe ddudsoch chi . . .'

'Mae amgylchiadau wedi newid ers neithiwr,' medai Satana. 'Ac wrth dorri gwddw neu ddau dwi wedi cael amsar i feddwl, a dwi 'di dŵad i ddau gasgliad. Un – dwi'm yn hoffi pobol sy'n deud wrtha i be i' neud, na be i beidio â'i neud. Dau – mi rydd bleser anghyffredin i lofrudd bach o'r Gattws i rwystro Uwch-archoffeiriad y Ddinas Aur rhag llwyddo i gael yr hyn y mae o ei isio. Felly, gyfeillion, 'dan ni'n mynd i greu hanes. Neu drio, beth bynnag. Pawb yn gytûn?'

Roddodd o ddim cyfle i neb anghytuno.

'Felly, fel hyn mae hi am fod . . .'

31

Ac wedi iddynt orffen, Ea a'r Chwech a esgynasant, ac ni fu iddynt gymryd ffurf eto am weddill amser.

COFANCT: PENNOD 6, ADNOD 10

Roeddynt wedi bod yn crwydro drwy'r twneli tanddaearol ers o leiaf hanner cylchdro, a hyd yn hyn roedd eu lwc wedi para. Doedd dim sôn am Gira Seth, nac unrhyw greadur annymunol arall petai'n dod i hynny. Tybiai Sbargo fod hynny'n gymaint i'w wneud â Satana'n clywed unrhyw arwyddion o berygl o bell, ac yna'n eu harwain i gyfeiriad gwahanol.

Yn sydyn, clywsant leisiau yn y pellter y tu ôl iddynt, a'r eco drwy'r twneli'n gwneud y geiriau'n aneglur. Y Cira Seth oedd yno, heb unrhyw amheuaeth. Nhw oedd yr unig rai nad oedd angen iddynt fod yn dawel wrth dramwyo'r twneli peryglus. Cyflymodd Satana ei gam, a chyflymodd calonnau'r lleill wrth ei ddilyn.

Toc daethant i ddiwedd y twnnel. Amneidiodd Satana i ddangos ei fod yn mynd i ddringo'r ysgol fetel gerllaw. Wrth iddo gychwyn, clywent y lleisiau fel petaent yn cynyddu y tu ôl iddynt. Mae'n rhaid fod y gair wedi mynd ar led fod yna dwneli yma, meddyliodd Sbargo; mae'r Cira Seth yn dechrau darganfod pob mynediad. Edrychodd i fyny'n betrus ar Satana, oedd yn paratoi i symud y caead uwch ei ben yn ofalus ac yn araf. Roedd y sŵn yn cynyddu fwyfwy a'r eco'n ychwanegu at ei fygythiad. Edrychodd Sbargo ar wynebau'r lleill a gweld fod pawb yn llawn tensiwn. Yr eiliad wedyn, clywodd glec uwch ei ben. Edrychodd i fyny a chlywed sŵn cythrwfl ond ni allai weld dim.

Yna hedfanodd corff drwy'r twll a glanio'n glewt wrth eu traed. Clywsant sŵn y penglog yn cracio.

'Brysiwch!' hisiodd Satana arnynt drwy'r twll agored. Dringodd y pedwar fel petai cŵn y Fall ar eu holau, a gwelsant fod Satana wedi delio â dau aelod arall o'r Cira Seth yn ogystal â'r un a ddisgynnodd drwy'r twll.

Edrychodd Sbargo mewn syndod o'i gwmpas. Am ryw reswm, roedd wedi meddwl y byddai'r twnnel yn eu harwain at safle nid nepell o Borth Tywyllwch. Nid oedd wedi disgwyl y byddent wedi'u hamgylchynu gan furiau llwydion enfawr, a phigau dur miniog uwch eu pennau.

'Carchar!' meddai Merfus yn syfrdan.

'Y Geudwll ei hun,' meddai Satana wrth eu hymyl. 'Fy nghyn-gartref, a'r fan lle y dysgais i 'nghrefft. Dydi o ddim yn cael ei ddefnyddio rŵan, wrth gwrs. Dach chi'n sefyll wrth geg y twnnel cynta, lle dengis i a degau o wehilion eraill drwyddo. Dyna oedd dechrau'r diwedd i'r carchar, mae'n siŵr.'

Ar amrantiad, newidiodd ei oslef.

'Draw at y fynedfa acw – sydyn!'

Unwaith eto, rhyfeddai Sbargo at glyw miniog Satana. Ufuddhaodd y pedwar, ac wrth iddynt wneud hynny clywsant leisiau'n gweiddi.

'Draw fan'cw! Ar eu holau nhw!'

Taflwyd pelydr golau i'w cyfeiriad.

'Arhoswch neu farw!'

Roeddynt yn rhy agos i'r fynedfa i stopio rŵan. Rhuthrodd y pump bendramwnwgl tuag ato gan hanner disgwyl clywed ergyd yn dilyn y golau, ond yna diffoddodd hwnnw.

Edrychodd Pili rownd y gornel. Gwelodd gysgod yn gwibio'n llechwraidd tuag atynt, ac yna roedd Satana wrth eu hochr.

'Hwda,' meddai wrth Sbargo, gan roi pelydr golau yn ei law. 'Ddaw hwn yn handi ichi ar y ffordd i'r Wyneb, dwi'n siŵr. Pawb yn iawn? Reit – ffwrdd â ni.'

Dechreuodd Satana redeg yn ysgafn drwy iardiau'r hen garchar, â'r lleill yn ei ddilyn mor gyflym ag y medrent. Ni wnaeth Satana unrhyw ymdrech i fynd i gyfeiriad y brif fynedfa ond yn hytrach anelodd at ran o'r adeilad lle roedd bylchau yn y mur. Wrth nesáu ato, gwelai Sbargo fod yna wendid ym môn y mur, a bwlch digon mawr iddynt wasgu trwyddo. Amneidiodd Satana arnynt i fynd drwodd fesul un. Arhosodd Sbargo nes oedd Pili, Merfus a Melana wedi cropian drwy'r bwlch, ac yna fe'u dilynodd.

Roedd y tri arall yn ei wynebu wrth iddo ddod allan yr ochr arall. Roedd golwg o anobaith ar eu hwynebau. Trodd Sbargo'i ben i weld gynnau wedi'u hanelu tuag ato.

'Allan! Rŵan!' sibrydodd llais yn ei glust.

Ystyriodd geisio rhybuddio Satana ond gosodwyd baril gwn ar ei arlais, ac roedd oerni hwnnw rywsut yn ei fferru yntau.

'Rŵan!' sibrydodd y llais eto.

Cododd Sbargo ar ei draed a mynd i sefyll at y lleill.

'Faint chwanag?' meddai'r llais.

'Deg,' sibrydodd Pili'n herfeiddiol.

Trawyd hi ar draws ei hwyneb â baril gwn.

'Hei!' meddai Sbargo.

'Satana!' gwaeddodd Pili. 'Rhed!'

A'r ystryw o gadw'n dawel wedi methu, tynnodd arweinydd y grŵp wy candryll o'i boced, gwasgu'r botwm arno a'i daflu drwy'r twll.

'Lawr!' gorchmynnodd yn chwyrn. 'Lawr!'

'Satana!' gwaeddodd Pili'r eilwaith, ond boddwyd ei llais gan y ffrwydriad. Gorweddai'r pedwar â'u hwynebau tua'r llawr dan gawod o lwch a rwbel mân, mewn galar am Satana yn gymaint ag yn sgil sioc y ffrwydriad. Cododd Sbargo ei ben yn araf, a gweld ffigwr cyfarwydd yn sefyll uwch ei ben.

'Satana!' ebychodd.

Cododd pawb eu pennau'n syth a neidio ar eu traed.

Gorweddai rhai o filwyr y Cira Seth o'u cwmpas, pob un a'i wddw wedi'i dorri.

'Oeddat ti'n gwbod mai trap oedd o, y bastad. Nest ti'n gyrru ni drwodd yn fwriadol!' gwaeddodd Pili.

'Mae dyn yn dysgu un neu ddau o betha yn y gêm yma,' meddai Satana'n gellweirus. 'A beth bynnag, roedd 'na fwlch digon nobl ganllath i lawr ffor'na. 'Di 'nghefn i'm be oedd o, 'chi.'

Rhedodd Pili ato a'i gofleidio.

'Dim amsar i hynna rŵan,' meddai Satana. 'Os na fydd y glec yna'n eu denu nhw, dwn 'im be wnaiff.'

Clywsant leisiau y tu ôl iddynt o fewn muriau'r carchar.

'Dowch,' meddai Satana. 'Does 'na'm eiliad i'w golli.'

Rhedodd y pum ffoadur dros domennydd uchel ar hyd llwybrau annelwig. Roedd y dirwedd bellach yn debycach i chwarel nag i ddinas. Wrth gwrs, meddyliodd Sbargo, os mai yn y fan yma y daethant i lawr o'r Wyneb gyntaf oll, byddai'n naturiol mai yma y bydden nhw wedi cloddio i gael deunydd adeiladu. A chymryd, wrth gwrs, bod y twll enfawr y safai'r Ddinas Aur ynddo yn un naturiol. Methai ymennydd Sbargo ag ystyried y posibilrwydd fod twll o'r maint yna wedi'i gloddio â llaw dyn.

Roedd hi'n dywyll, a'r dirwedd yn oeraidd a digroeso, ond o leiaf doedd hi ddim yn ymddangos bod y Cira Seth wedi cyrraedd y rhan yma o'r Ddinas eto. Yna edrychodd Sbargo yn ei ôl. Nid oedd wedi sylweddoli eu bod wedi dringo cymaint wrth fustachu drwy'r rwbel a'r blociau creigiog. Roedd y Geudwll yn bell oddi tanynt. Petai eu hamgylchiadau'n wahanol byddai'r olygfa yn un i ryfeddu ati – Mirael gyfan, gyda Bryn Crud yn ganolbwynt llachar iddi, a'r cyrion o'i chwmpas yn fwy pŵl.

Sylweddolodd Sbargo nad oeddynt yn dechnegol o fewn ffiniau'r ddinas mwyach. Roeddynt wedi cyrraedd pen draw'r byd. Y cwestiwn mawr oedd, a fyddent yn medru agor y Porth i fyd arall – un llawer mwy peryglus o bosib?

Torrwyd ar ei fyfyrdodau gan lais Pili.

'Tyd. Be ti'n neud yn fan'na?'

Brysiodd Sbargo i fyny ar ôl y lleill. Yr oeddynt yn berwi o chwys bellach, a'u hanadl yn drwm. Po uchaf yr aent, mwyaf serth y codai'r tir oddi tanynt, nes yn y diwedd iddo droi'n fur o graig o'u blaen. Syllodd Merfus arno mewn anobaith.

'Ffor'ma,' meddai Satana, a'u harwain i'r dde o amgylch troed y mur.

Arweiniodd nhw at silff garreg wrth fôn y graig, uwchben dibyn serth. Syllodd Melana ag arswyd ar y gagendor oddi tanynt. Gwenodd Satana.

'Wel, ddudis i ddim y bydda fo'n hawdd, naddo?' meddai.

Gan wynebu'r graig, troediodd y pump yn araf a gofalus ar hyd y silff.

'Peidiwch ag edrych i lawr,' gorchmynnodd Satana. 'Canolbwyntiwch ar eich dwylo a'ch traed.'

Er bod y profiad yn un o arswyd pur, synnai Merfus pa mor sydyn y ciliai'r ofn wrth iddo ganolbwyntio ar yr hyn oedd yn rhaid iddo'i wneud, gan gau popeth arall allan. Bron na ddywedai ei fod yn dechrau mwynhau . . .

Nid felly Melana. Roedd pob cam yn cymryd oes iddi, a'i hanadlu'n debycach i ochneidio. Ceisiai Sbargo, a oedd yn ei dilyn, roi ambell air o gysur ac anogaeth iddi. Ond wrth iddo sylweddoli bod y lleill bellach yn prysur ddiflannu o'r golwg, gwyddai y byddai ei bryder ef am hynny'n cael ei synhwyro gan Melana. Teimlai fel oes cyn iddynt lwyddo i droi'r gornel a chyrraedd man lle roedd y silff yn agor allan ddigon fel nad oedd raid edrych dros yr ochr.

'Diolch byth am hynna,' meddai Melana.

Ni chafodd ymateb. Cododd Sbargo'i ben a gweld pam. Roedd y lleill yn syllu ar draws gagendor arall, a chylch o oleuadau glas o amgylch drws crwn enfawr.

'Porth Tywyllwch!' sibrydodd Sbargo.

32

A'r Duwiau Meidrol a ymroddasant i warchod y bydysawd newydd.

Cofanct: Pennod 7, Adnod 1

'Satana!' gwaeddodd Pili'n sydyn.

'Dwi'n gwbod,' meddai Satana. 'Dwi'n eu clywed nhw ers meitin. O'n i'n gobeithio na fasach chi ddim.'

Roedd y llethrau oddi tanynt yn berwi o Gira Seth. Gweai'r milwyr yn y lifrai coch a du i fyny tuag atynt o bob cyfeiriad.

'Wel,' meddai Satana, 'dwi'n gobeithio bod un ohonoch chi'n gwbod sut i agor y drws 'na!'

'Fedar neb ei agor o,' meddai Merfus. 'Mae o'n deud yn y Cofanct.'

'Grêt,' meddai Pili. 'Awn ni'n ôl adra 'ta, ia?'

'Paid â bod mor negyddol, Merfus,' meddai Satana. 'Mond drws ydi o.'

'Drws wedi'i greu gan y Duwiau,' meddai Merfus. 'Wnaiff dyn byth mo'i agor o.'

'Reit – dwi 'di cael syniad,' meddai Pili. 'Be am i Merfus stopio siarad am yr hannar cylchdro nesa, ia? Pawb o blaid?'

'Rhaid inni gyrradd y drws 'na gynta,' meddai Sbargo.

A gwir a ddywedodd. Roedd darn o'r silff wedi erydu a syrthio i'r gwagle, gan adael bwlch gwag rhyngddynt a'r Porth.

'Dim problem,' meddai Pili'n hyderus, a dechrau dringo ar hyd ochr y wal lefn dros y gagendor.

'Pili, callia!' gwaeddodd Sbargo.

'O mam bach,' meddai Melana.

Ond cyn pen dim roedd Pili, heb drafferth o fath yn y byd, wedi cyrraedd y silff o dan y Porth.

'Pwy sy nesa?' galwodd.

'*Dwi*'m yn gneud hynna!' protestiodd Melana.

'Fydd raid i ti neidio felly, 'bydd?' meddai Pili.

'Fedra i ddim!' meddai Melana'n ddagreuol.

'Sgennon ni'm dewis, Melana,' meddai Sbargo wrthi. 'Sbia o dy gwmpas!'

Roedd y Cira Seth yn ennill tir yn sydyn. Cyn bo hir byddai'r rhai ar y blaen yn cyrraedd dechrau'r silff oedd o'r golwg rownd y gornel.

'Fedra i ddim!' plediodd Melana'n dawelach.

'Melana – gwranda arna i,' meddai Sbargo gan afael yn ei phen ac edrych i fyw ei llygaid. 'Dydi aros yn fama ddim yn ddewis. A dydi mynd yn ôl yn sicr ddim yn ddewis. Mae'n rhaid i ni drio. Merfus? Barod i neidio?'

Roedd wyneb Merfus yn welw. Nodiodd, a pharatoi i neidio.

Clywsant sŵn lleisiau'n gweiddi.

'Maen nhw ar y silff!' meddai Satana.

'Dos, Merfus!' meddai Sbargo.

Cymerodd Merfus anadl ddofn a rhedeg at y bwlch. Neidiodd â'i holl egni a glanio'n ddianaf yr ochr draw.

'Reit – dwi'n mynd i atal y llanw,' meddai Satana, gan gychwyn yn ei ôl ar hyd y silff.

'Mae 'na ormod ohonyn nhw, Satana!' meddai Sbargo.

'Mond fesul un fedran nhw ddod ar hyd y silff 'na,' meddai Satana. 'Pili!' gwaeddodd. 'Dechreua neud rwbath ynglŷn â'r drws 'na yn lle sefyll fan'na! Wela i chi wedyn.'

Llithrodd yn ddiymdrech yn ei ôl ar hyd y silff. Ymhen eiliadau roedd wedi diflannu rownd y gornel.

'Tyd, Melana,' meddai Sbargo. 'Welist ti Merfus rŵan, 'do? Dio'm mor anodd â hynny, 'sti,' meddai, gan obeithio ei bod yn credu ei gelwydd.

'Dos di gynta,' meddai Melana'n betrus.

'Dwi'm yn siŵr ydi hynny'n syniad da,' meddai Sbargo. 'Os dwi'm yn fama efo ti, pwy sy'n mynd i fod efo ti os ti'n rhewi?'

'Paid â phoeni am hynny,' meddai Melana. 'Mi wna i neidio – wir yr.'

Doedd Sbargo ddim yn hapus. Edrychodd dros y bwlch a gweld Pili'n dringo at un o'r goleuadau glas o amgylch y Porth. Tu ôl iddo clywodd waedd un o'r Cira Seth yn disgyn i'r gwagle. Diolch byth am Satana, meddyliodd.

Daeth i benderfyniad.

'Sgen i'm amsar i ddadlau efo ti, Melana,' meddai. 'Felly dwi'n mynd i gymryd dy air di. Dwi'n mynd drosodd rŵan, iawn?'

'Iawn,' anadlodd Melana.

Gwasgodd Sbargo'i dwy law mewn arwydd o gefnogaeth. Yna paratôdd ei hun, a llamu dros y gwagle. Glaniodd ychydig yn rhy agos i'r mur a bu bron i hwnnw ei daflu 'nôl, ond llwyddodd i adennill ei gydbwysedd mewn pryd. Edrychodd i fyny.

'Unrhyw beth yna, Pili?' galwodd.

Daeth sŵn hisian a phwff o stêm o gyfeiriad Pili. Diffoddodd y golau glas yn ei hymyl.

'Edrych yn debyg fod pob un o'r bolltiau 'ma yn glo o ryw fath,' meddai Pili. 'Rhaid i ni eu datod nhw i gyd. Dwn 'im oes 'na ddigon o amsar,' meddai.

'Tân arni 'ta,' meddai Sbargo'n frysiog.

''Sa ti'n cau dy geg a chael yr empath 'na i neidio, 'swn i'n gweithio'n gynt,' meddai Pili.

'Olreit,' meddai Sbargo, a throi'n ôl at Melana.

'Barod, Melana?' gwaeddodd. Amneidiodd ar Merfus i fod yn barod i'w dal wrth iddi lanio. Safai Melana wedi delwi yn edrych ar y bwlch o'i blaen.

'Paid ag edrych ar y bwlch – edrycha ar y silff 'ma!' galwodd Sbargo.

'Melana, plis!' crefodd Merfus.

Edrychodd Melana i fyw llygaid Merfus. Yna trodd a dechrau cerdded ar hyd yr un ffordd ag y daethai.

'Na!' gwaeddodd Sbargo.

Yn sydyn, trodd Melana a rhedeg â'i holl nerth at y bwlch. Gyda bloedd, rhoddodd naid ar draws y gagendor – ond doedd ei naid ddim digon hir. Glaniodd ar ei bol ar ymyl y silff. Crafangai â'i bysedd ar hyd y silff, ond methai gael gafael da ar y graig lefn.

'Help!' sgrechiodd.

Dechreuodd lithro'n ei hôl yn araf tuag at y bwlch. Rhuthrodd Sbargo a Merfus tuag ati a gafael ynddi, un ym mhob braich. Fe lwyddon nhw i'w hatal hi rhag llithro, ond roedd y graig yn rhy lefn iddynt fedru ei thynnu dros yr ymyl i ddiogelwch. Sgrechiai Melana fel dynes o'i chof.

'Ti'n iawn!' gwaeddodd Sbargo. 'Wnawn ni mo d'ollwng di!'

Ond roedd Melana mewn panig llwyr ac yn sgrechian yn orffwyll.

Rhyddhaodd Pili un arall o'r bolltiau ar y drws ac edrych mewn diflastod ar yr olygfa, cyn symud ymlaen i'r nesaf. Roedd wedi dechrau deall y dechneg o agor y bolltiau bellach – pump arall ac mi fyddai'r goleuadau gleision i gyd wedi'u diffodd.

Roedd Sbargo'n dechrau ofni o ddifri na fyddent yn llwyddo i dynnu Melana i fyny ar y silff. Bron nad oedd yr empath bellach yn brwydro yn eu herbyn gan gymaint ei phanig.

Yn sydyn, ymddangosodd Satana ym mhen pella'r silff.

'Be 'di'r sŵn 'ma?' gofynnodd, a deall yn syth beth oedd yn digwydd. Heb oedi dim, na phoeni am y Cira Seth y tu ôl iddo, rhedodd nerth ei draed hyd y silff gyfyng a llamu dros y bwlch. Glaniodd yn fwriadol yn erbyn y wal a'i defnyddio i lamu dros Sbargo a Merfus nes ei fod y tu ôl iddynt. Yna trodd a gafael am ysgwyddau Melana.

'Un, dau tri!' gwaeddodd. Tynnodd y tri â'u holl nerth, ac

er gwaetha'r graig lithrig, llwyddwyd i'w thynnu i ddiogelwch y silff.

'Diolch, Satana!' ebychodd Sbargo.

'Gei di ddiolch wedyn. Helpa Pili i agor y rheina,' meddai'r llofrudd. Rhedodd ychydig gamau tuag yn ôl, cyn llamu dros y bwlch eto a cheisio cyrraedd y gornel o flaen y Cira Seth. Gwelodd Sbargo lifrai coch a du yn dod i'r golwg, ond roedd y silff yn rhy gyfyng i'r milwr fedru estyn ei wn mewn pryd cyn i Satana ei gyrraedd. Gydag un fflic o'i gyllell roedd y bygythiad wedi diflannu.

Rhuthrodd Sbargo i helpu Pili.

'Tyd, Merfus!' gwaeddodd.

Edrychodd Merfus yn betrus ar Melana i weld a oedd hi'n iawn. Amneidiodd hithau arno i fynd yn ei flaen.

Agorodd Pili follt arall. Tri golau glas oedd ar ôl bellach.

'Be sy'n digwydd ar ôl i'r goleuadau i gyd ddiffodd?' holodd Sbargo. ''Di'r drws yn agor yn otomatig?'

'Aros eiliad – gymra i olwg yn y llawlyfr rŵan,' meddai Pili'n goeglyd. 'Sut gwn i, Sbargo?'

'Mond gofyn,' meddai yntau'n bwdlyd.

Agorodd Pili'r follt olaf a oedd o fewn ei chyrraedd hi, a dringo'n ôl i lawr i'r silff.

'Ti'n iawn?' galwodd yn sydyn ar Melana.

Nodiodd Melana.

'Yndw.'

'Tyd i helpu 'ta,' meddai Pili'n swta, wrth redeg draw at Merfus i'w helpu gyda'i follt olaf.

'Dwi'm yn dallt sut mae o'n gweithio,' cwynodd Merfus.

'Gormod o stydi a dim digon o stryd,' meddai Pili'n gellweirus. 'Tendia . . .'

Symudodd Merfus ac agorodd Pili'r follt. Diffoddodd y golau glas. Daliai pawb eu hanadl. Ddigwyddodd dim byd.

'Be 'dan ni'n neud rŵan?' holodd Pili.

'Tynnu'r handlan 'na ella?' meddai Melana.

Edrychodd Pili'n flin arni. Pam na fyddai hi ei hun wedi meddwl am hynna?

'Awê 'ta,' meddai, gan redeg draw at yr handlen o fetel melyn a'i thynnu. Symudodd hi ddim modfedd.

'Shit – ma hi'n sownd fel cloch,' meddai Pili.

'Be am i ddau ohonon ni drio?' awgrymodd Merfus. Gafaelodd yn yr handlen gyda Pili a thynnodd y ddau arni, ond yr un oedd y canlyniad.

''Da 'mi weld,' meddai Sbargo. Cydiodd yn yr handlen a pharatoi i dynnu. Cyn iddo gael cyfle i wneud dim, teimlodd gryndod dan ei law a chlywodd glic rywle yng nghrombil y drws. Dechreuodd y ddisg fetel gron symud allan ar freichiau metel hydrolig tuag atynt.

'Mae'n mynd i'n gwthio ni oddi ar y silff!' gwaeddodd Merfus.

Rhuthrodd Pili, Merfus a Sbargo ar draws y silff yn ôl at Melana. Daliodd y Porth i ymestyn, a daeth bwlch i'r golwg y tu ôl i'r cylch haearn.

'Satana!' gwaeddodd Sbargo a Pili. 'Mae o'n 'gorad!'

'Satana!' galwodd pawb.

Daeth terfyn ar y rhuo metelaidd, a stopiodd y drws ar ymyl y silff.

'Satana!' gwaeddodd Pili. Trodd at Sbargo a'r lleill. 'Doswch chi – arhosa i amdano fo,' meddai.

Trodd Sbargo i wynebu'r Porth ac edrych ar Merfus a Melana. Dechreuodd y tri fentro o dan y breichiau metel anferth ac i mewn i'r cysgodion y tu ôl i'r drws. Oedodd Sbargo am ennyd, yn ewyllysio i Satana ymddangos rownd y gornel. Yna trodd, a dilyn y ddau arall drwy'r porth.

Yn sydyn, daeth rhu'r peirianwaith eto, a sylweddolodd y tri mewn braw fod y drws yn dechrau cau.

'Pili!' gwaeddodd Sbargo.

Trodd hithau a gweld beth oedd yn digwydd, ond nid oedd am adael heb Satana.

'SAT–AANAAA!' gwaeddodd nerth ei hysgyfaint. Roedd y Porth bellach wedi hanner cau a Melana mewn panig eto.

'Pili, ti'n mynd i'w gadael hi'n rhy hwyr!' gwaeddodd.

Syllai Pili tuag at ben draw'r silff gan daflu cip sydyn bob hyn a hyn i wneud yn siŵr o'r sefyllfa y tu ôl iddi. Mwmiai iddi ei hun wrth hofran rhwng dau feddwl – yna'n sydyn, daeth y ffigwr cyfarwydd i'r golwg rownd y silff.

'Y bastad!' gwaeddodd Pili. 'Gneud i ni chwysu eto!'

'Dos, gwael!' gwaeddodd Satana gan redeg yn ysgafn ar hyd y silff gyfyng. 'Digon o amsar i 'niawlio fi fory!'

Gwenodd Pili a throi am y drws. Roedd bron â chau bellach, ond cyrhaeddodd mewn pryd a sefyll gyda'r tri arall. Byddai'n fain iawn ar Satana i'w gwneud hi. Roedd bellach wedi cyrraedd y bwlch yn y silff a neidiodd drosto'n osgeiddig a didrafferth.

Yn sydyn, hyrddiwyd ef i'r llawr gan fflach o goch a du. Roedd rhai o'r Cira Seth wedi darganfod ffordd arall i gyrraedd uwchben y silff. Ceisiodd Satana godi, ond glaniodd ail filwr – a thrydydd un – a'i hyrddio dros y dibyn. Llwyddodd Satana i ddal ei afael ar y silff gerfydd blaenau ei fysedd a hongiai yno wrth i un o'r milwyr symud yn araf tuag ato.

'Satana!' gwaeddodd Pili. Ceisiodd y pedwar ifanc gadw'r Porth ar agor, ond yn ofer –roedd yn eu hysgubo i grombil y tywyllwch a lechai'r tu ôl iddo.

Y peth olaf a welsant oedd y milwr yn codi un droed i'r awyr, ac yna'n ei phlannu ar ddwylo Satana, nes iddynt ollwng eu gafael ac i'r llofrudd ddiflannu dros ochr y dibyn. Pylodd y rhimyn olaf o oleuni, a boddwyd gwaedd artaith Pili gan ru'r Porth yn cau a'r bolltiau'n disgyn yn otomatig yn ôl i'w lle.

Erbyn i'r Cira Seth gyrraedd y Porth, roedd y goleuadau glas oll ynghynn unwaith eto, a dim golwg fod y pedwar ifanc wedi bodoli erioed.

33

*A Bregil fab Ergan a ddywedodd wrth y Duwiau: 'Bydded inni
adeiladu cartref o'r lle y medrwn oruchwylio'r bydysawd hwn.'*

COFANCT: PENNOD 7, ADNOD 4

Syllai Engral mewn anghrediniaeth ar y sgrin.

'Amhosibl!' meddai, wedi iddo lwyddo i ddod o hyd i'w
dafod.

'Agorwyd y Porth chwarter cylchdro yn ôl,' meddai'r
ffigwr ar y sgrin.

'Ond does neb o blant dynion â'r gallu i agor y Porth!'
protestiodd Engral. 'Mae'r peth yn amhosibl!'

'Boed hynny fel y bo, syr, mae Porth Tywyllwch wedi cael
ei agor.'

Ceisiodd Engral osod trefn ar ei feddyliau.

'Faint ohonyn nhw aeth drwyddo?'

'Pump welson ni, ond fe laddwyd un cyn iddo gyrraedd y
Porth.'

'O'r gorau,' meddai Engral. 'Cadwch wyliadwriaeth fanwl
ar y Porth, ac arhoswch am orchmynion pellach.'

'Barchedig Un.'

Diffoddodd Engral y sgrin ac eistedd ar goll yn ei
feddyliau. Sut ar y ddaear y medrai hyn ddigwydd? Doedd
dim amheuaeth nad Sbargo a Lenia oedd dau o'r criw. O
leiaf yr oedd yn gwybod rŵan lle roeddynt. Nid fod hynny'n
mynd i fod yn llawer o gymorth i fynd drwy'r Porth.

Daeth cnoc ar ei ddrws, a daeth Paruch i mewn i'r ystafell.

'Mi glywaist y newyddion,' meddai Engral wrtho.

'Be sy'n digwydd, Engral?' holodd Paruch. 'Mae'r Cira Seth
wedi cyrraedd y Porth ym mhen draw'r Geudwll. Mae yna
anhrefn hyd strydoedd y Gattws. Be wyt ti'n feddwl wyt ti'n

ei neud – ceisio annog rhyfel cartref? Wyt ti'n meddwl mai dyma oedd gan Mardoc mewn golwg pan sefydlodd y gell ar Ergain? Tynna dy filwyr yn ôl cyn gynted â phosib neu mi wyt ti'n mynd i ddifetha'r cynllun yn llwyr!'

'Fedra i ddim gneud hynny, mae gen i ofn,' atebodd Engral yn dawel.

'Pam?' holodd Paruch.

'Am fod fy merch a'm mab newydd fynd drwy'r Porth.'

'Ond all neb agor Porth Tywyllwch!'

'Na fedr. Neb meidrol, yn ôl y Cofanct.'

'Felly, sut . . .?' Orffennodd Paruch mo'r frawddeg.

'Sut yn wir, Paruch?' meddai Engral. 'Ond nid dyma'r adeg i boeni am hynny. Mae'n rhaid i ni eu cael yn ôl!'

34

A hwy a ymgartrefasant ym Mynydd Aruthredd, ac a drigiasant yno am oesau maith.

COFANCT: PENNOD 7, ADNOD 8

Safodd y pedwar yn y tywyllwch tawel am amser hir. Nid oedd smic i'w glywed gan filwyr y Cira Seth y tu allan.

Ond Satana a lenwai eu meddyliau i gyd. Er gwaetha'r perygl, roedd o wedi gwneud i bob peth ymddangos mor hawdd rywsut – bron yn hwyl. A rŵan roedd o wedi mynd. Gwyddai Sbargo fod Pili'n galaru, ond gwyddai hefyd na fyddai hi'n gadael i neb weld cymaint ag un deigryn.

Clywsant sŵn hisian yn bell, bell i ffwrdd.

'Maen nhw'n agor y bolltiau,' meddai Sbargo. 'Well i ni fynd.'

Chwiliodd am y pelydr golau a'i gynnau. Edrychodd pawb o'u cwmpas. Roedd ehangder y twnnel a'r Porth yn gwneud iddynt deimlo'n bitw a di-nod.

Dychmygai Merfus y cannoedd o blant dynion yn cael eu harwain o'r Wyneb gan Torfwyll, yn unol â chenadwri'r Cofanct. Roedd wedi darllen y testun gymaint o weithiau yn ystod ei blentyndod, ac yn awr safai yno yn teimlo bron yn rhan o fytholeg y llyfr bach du. Meddyliai pa mor falch fyddai ei fam a'i dad pe baent yn gallu ei weld yn awr, yna sobrodd wrth feddwl am eiriau Sbargo a'r posibilrwydd y gallai'r Uwch-archoffeiriad fod wedi cosbi ei rieni am iddo ef, Merfus, helpu ei blant i ddianc. Trawyd Merfus gan don o ddigalondid.

Yna teimlodd freichiau amdano, a thynnwyd ef i gôl Melana.

Wrth gwrs, meddyliodd drwy'i ddagrau, mae hithau'n

teimlo hyn. Penderfynodd nad oedd yn hawdd byw bywyd fel empath.

Pili ddaeth o hyd i'r swits, a'i bwyso. O'u blaenau, cyn belled ag y medrai'r llygad weld, goleuodd ugeiniau o oleuadau bychain gleision ar hyd y waliau – digon iddynt weld lle i roi eu traed a dyna i gyd.

'Neith yn champion,' meddai Pili. Trodd i edrych ar y drws enfawr. 'Diolch, Satana,' meddai'n syml.

Plygodd y lleill eu pennau.

'Awê 'ta,' meddai'r butain, a chychwyn i lawr y twnnel.

35

A'r Duwiau, o'u trigfan ym Mynydd Aruthredd, a fedrent weld dros y Tiroedd Marw ymhell hyd at Goed Astri.

COFANCT: PENNOD 7, ADNOD 10

'Faint pellach?' gofynnodd Melana'n lluddedig.

'Dwn 'im. 'Di dy fap gen ti?' meddai Pili'n swta.

Yn fuan iawn ar ôl cychwyn drwy'r twnnel roeddynt wedi cyrraedd gwaelod grisiau cerrig a oedd yn arwain i fyny tua'r entrychion. Teimlent fel pe baent wedi bod yn dringo'r grisiau ers dyddiau, a bellach dim ond ychydig ddŵr oedd ganddynt ar ôl.

'Be am orffwys am chydig?' awgrymodd Sbargo, wrth sylweddoli bod Melana bron â chyrraedd pen ei thennyn.

'I be?' meddai Pili. 'Sgennon ni'm bwyd, sgennon ni fawr ddim diod. Waeth i ni drio cyrraedd y pen draw mor fuan â phosib ddim, 'na waeth?'

'Ma Melana wedi blino, Pili,' rhesymodd Merfus.

''Dan ni i gyd wedi blino. Ma 'na rai yn cwyno mwy, dyna i gyd.'

Unwaith eto bwydodd yr empath oddi ar egni diamynedd Pili.

'Na,' meddai Melana, 'mi ydw i'n teimlo'n well rŵan. Awn ni 'mlaen.'

'Ti'n gweld?' meddai Pili wrth Merfus.' Ma hi'n teimlo'n well. Ma hi'n ddiwadd y byd, ma pob dim yn iawn; ma hi'n ddiwadd y byd, ma pob dim yn iawn.' Yna trodd Pili ac ailddechra dringo.

'Ma honna'n mynd i gael clec un o'r dyddia 'ma,' murmurodd Melana wrth Merfus.

Arhosodd Pili yn ei hunfan ar y grisiau heb edrych yn ôl.

'Deud rwbath?'

'Ti'n amyneddgar iawn,' meddai Melana'n felys.

Roedd hyn i'w weld fel petai'n bodloni Pili. Cychwynnodd yn ei blaen unwaith eto, a'r lleill yn ei dilyn yn flinedig.

'Pili, slofa lawr!' galwodd Sbargo wrth ei gweld yn ennill tir arnynt ac mewn perygl o ddiflannu o'u golwg, ond doedd fawr o bwrpas iddo weiddi. Roedd Pili'n benderfynol o gyrraedd yr Wyneb, doed a ddelo; yn ei meddwl hi, byddai mwy o oedi yn rhoi cyfle am fwy o ddigalonni, yn enwedig o du'r empath.

Teimlai Sbargo'i hun yn dechrau gwylltio gyda Pili. Os nad oeddynt yn mynd i sticio gyda'i gilydd fel grŵp, doedd fawr o obaith iddyn nhw lwyddo i oroesi pan gyrhaeddent yr Wyneb.

Os cyrhaeddent yr Wyneb.

Meddyliodd Sbargo am yr olygfa o ddinas Mirael a welodd cyn cyrraedd y Porth. Ni fedrai amgyffred beth oedd maint y blaned yr oedd y Ddinas Aur yn rhan fechan ohoni. Gallasai'r Wyneb fod sawl cylchdro i ffwrdd! A sut llwyddent i bara heb fwyd am amser mor faith? Dechreuodd ddigalonni, ond yr eiliad y sylweddolodd hynny, gorfododd ei hun i feddwl am Melana a'r rheidrwydd o gadw'i emosiynau dan reolaeth er ei mwyn hi. Canolbwyntiodd ar y grisiau cerrig a chysuro'i hun fod rhywun, rywbryd, wedi gorfod eu hadeiladu. Doedd eu taith nhw'u pedwar yn ddim o'i gymharu â hynny. Mae'n siŵr i'r seiri meini ddigalonni sawl tro efo'r fath dasg, ond roeddynt wedi llwyddo i oroesi ac fe wnaent hwythau hefyd, meddyliodd Sbargo. Teimlodd egni newydd yn llifo drwyddo.

Yn sydyn, arhosodd. Trodd a chamu'n ôl i lawr ddwy ris.

'Pili!' gwaeddodd. Ddaeth dim ymateb, ond thrafferthodd Sbargo ddim i weiddi eilwaith.

Pan ddychwelodd Pili i lawr atynt, roedd Sbargo yn ei gwrcwd yn syllu ar y ris.

'Ti'n mynd yn rhy gyflym,' meddai wrth Pili.

'Matar o farn,' ebychodd Pili.

'Welaist ti mo hwn, naddo?'

Symudodd i'r ochr er mwyn i Pili gael gweld. Roedd plât metel bychan wedi'i osod yn y ris, yn agos i'r mur ar y chwith, ac roedd llun arno.

'Wpidŵ,' meddai Pili, yn methu cuddio'r blinder yn ei llais hithau bellach. 'Dowch 'laen.'

'Aros,' meddai Sbargo. Estynnodd y pelydr golau a'i gynnau i gael gweld yn well.

'Dwi 'di gweld un o'r rhain yn bellach 'nôl,' meddai Melana.

'A finna, dwi'n meddwl,' ategodd Merfus.

'Pam 'sach chi 'di deud?' meddai Sbargo. 'Falla'u bod nhw'n bwysig.'

'Falla mai rhwbath i gyfri'r grisia ydi o,' meddai Pili.

'Pam fasan nhw isio gneud hynny?' meddai Melana.

'Dwn 'im. I roi syniad iddyn nhw pa mor bell ydi'r pen draw, ella? 'Swn i'm yn mindio gwbod hynny 'yn hun.'

Rhwbiodd Sbargo'r llun llychlyd a chraffu. Edrychai fel siâp pen.

'Dio'n rhyw Dduw neu rwbath, ella?'

Edrychodd Merfus yn fanylach, yna rhwbiodd y llun â'i lawes.

'Ydi,' meddai. 'Ydi! Hara ydi hi!'

'Hara?' gofynnodd Pili.

'Ia!' meddai Merfus wedi'i gyffroi.

'Dwi'n meddwl bod chdi'n iawn 'fyd,' meddai Sbargo.

'Pam fod hynny mor "waw", 'lly?' gofynnodd Pili.

'Ddangosa i iti pam rŵan,' meddai Sbargo, a sathru ar y plât metel. Saethodd ffrwd fechan o ddŵr dros y grisiau, gan wlychu ychydig arnynt yn y broses.

'Duwies y dyfroedd ydi Hara,' meddai Merfus yn hapus. 'Mae'n rhaid bod y ffynhonnau yma wedi'u gosod bob hyn a hyn rhag i'r teithwyr fynd yn sychedig!'

'Pwy fydd gynta?' meddai Sbargo. 'Melana?'

Edrychodd Melana ar y ffynnon ddŵr yn awchus, ond er gwaetha'i syched ymbwyllodd.

'Na. Gad i Pili fynd gynta. Hi sy'n gweithio galeta.'

Cyn i neb fedru ymateb roedd Pili wedi camu at y plât.

'Ia, ti'n iawn,' meddai wrth Melana, a sathru arno. Safodd yno'n hanner yfed a hanner ymdrochi heb falio dim am y peth. Wedi iddi gael digon, camodd i fyny ddwy ris ac eistedd yn fodlon.

'Waw,' meddai, 'ma hwnna'n ddŵr da.'

'Wrth gwrs,' meddai Merfus. 'Dyfroedd Hara ydi'r dyfroedd puraf yn y bydysawd.'

'Be oedd hi felly – plymar?' meddai Pili gan edrych yn gam ar Merfus tra yfai Melana.

'Paid â chablu,' meddai Merfus. 'Mi gefaist ti ddŵr ganddi, yn do?'

'Ia . . . dwi'm yn siŵr ai hi fildiodd y bali peth 'sti, Merfus,' meddai Pili'n dosturiol.

Wedi i bawb yfed eu gwala, safodd y pedwar gan edrych ar ei gilydd gyda hyder a brwdfrydedd newydd.

'Reit dda. Pi-pi fydd y peth nesa fydda i isio,' meddai Pili, gan gychwyn unwaith eto i fyny'r grisiau, yn sioncach y tro yma.

36

A'r deuddeg a gyplysasant. Ac fel hyn y bu: Bregil, Duw Trefn, a gyplysodd â Lethne, Duwies Breuddwydion.

COFANCT: PENNOD 8, ADNOD 1

'Adrodd,' meddai Engral.

'Barchedig Un,' meddai Horben. 'Mae fy nynion wedi bod yn ceisio agor y Porth ers rhai cylchdroeon bellach, ond yn dal heb lwyddo.'

'Wrth gwrs eich bod chi heb lwyddo!' meddai Engral yn sarrug. 'Oni wyddoch eich Cofanct?'

Edrychodd Horben yn syn arno.

'Y Cofanct? Yr Archest ydw i'n . . .'

'Ia, ia,' meddai Engral ar ei draws yn ddiamynedd. 'Yr Archest – rydych chi yn llygad eich lle. Ond dydi'r Archest ddim yn mynd i'n helpu ni i agor y Porth. Adnabod unrhyw Dduwiau, Capten?'

'Barchedig Un, maddeuwch i mi am ofyn – ydych chi'n teimlo'n iawn?'

'Wrth gwrs nad ydw i'n teimlo'n iawn, ddyn! Rydym ni wedi methu agor y Porth. Aethoch chi â pheiriannau trymion i'r Gattws?'

'Naddo, syr.'

'A thaflegrau?'

'Naddo, syr.'

'Wel, gwnewch hynny!' gwaeddodd Engral. 'Mae'n rhaid i ni wneud pob peth allwn ni i agor y Porth yna! Chwythwch o'n chwilfriw os oes raid!'

'A beth os ydi'r taflegrau'n methu, syr?' meddai Horben.

Gwgodd Engral arno gan gulhau ei lygaid.

'Mae'n ddrwg gen i?'

114

'Barchedig Un, gyda phob parch, mae'r llinell o filwyr oddi yma drwy'r Gattws yn ddigon tenau fel y mae. Os ydym ni'n mynd i bryfocio mwy ar drigolion y Gattws drwy fynd â pheiriannau trymion ac arfau drwy eu strydoedd, mae'r llinell o filwyr yn mynd i gael ei thorri yn rhywle, ac os cawn ni'n hamgylchynu ganddynt, peiriannau trymion neu beidio, mi fydd yn ddrwg arnom ni. Mae'r bobl yma'n gwybod sut i ymladd!'

Gwenodd Engral arno.

'Horben,' meddai toc. 'Yr wyf wedi sylwi ers tro fod gennyt ti amheuon ynglŷn â'm penderfyniadau, ac rwyt yn parhau i fod dan y camargraff fy mod yn awyddus i gael trafodaeth ynglŷn â hwy.'

Edrychodd Horben yn ddiddeall arno.

'Am gwestiynu fy awdurdod,' meddai, 'cei roi'r sac i ti dy hun. Fe ddof o hyd i gapten sydd â llai o broblemau ynglŷn â dilyn gorchmynion syml. Dydd da, Gapten!'

Nid oedd Horben am ddadlau. Roedd yna olwg rhy wallgof yn llygaid yr Uwch-archoffeiriad. Trodd â'i grib wedi'i thorri, a gadael Engral yn sefyll ar ei ben ei hun.

Wedi iddo adael, ceisiodd Engral roi ei feddwl ar waith. Ar hyd y blynyddoedd roedd wedi meddwl yn nhermau ceisio cadw'r Porth ar gau ar bob cyfrif; yn awr roedd yn rhaid meddwl i'r gwrthwyneb yn llwyr.

Sut oedd ei agor? Os na ddeuai o hyd i'r ateb yn sydyn, y tebygrwydd oedd na welai ei ferch byth eto.

37

Antor, Duw Dysg, a gyplysodd ag Astri, Duwies Natur.

COFANCT: PENNOD 8, ADNOD 2

Roeddynt wedi yfed wrth dair ffynnon arall ac wedi dringo am gylchdro ar ôl cylchdro, ond parhau'n ddiddiwedd wnâi'r daith. Doedd hi ddim yn hawdd cysgu ar y grisiau oer, a bellach roedd y prinder bwyd yn dechrau dweud arnynt. Teimlai Sbargo'n benysgafn ac roedd unrhyw weddillion o'r hiwmor a berthynai iddo wedi hen ddiflannu. Roedd pawb yn dechrau mynd ar nerfau'i gilydd, yn enwedig Pili a Melana. Diolch am Merfus ddirwgnach, ddifeddwl-drwg, a oedd, yn ei ffordd swil a bonheddig ei hun, eisoes wedi tawelu sawl darpar storm.

Sbargo oedd yn eu harwain bellach. Roedd wedi dweud wrth Pili am arafu unwaith yn ormod, a hithau wedi dweud wrtho am wneud y gwaith o arwain ei hun os oedd o mor hollwybodus – cyn sefyll â'i breichiau ymhleth nes i'r lleill i gyd fynd heibio iddi. Yng nghefn y llinell o bedwar y bu hi ers hynny. Dichon fod yna ryw ddoethineb yn hynny, cysurodd Sbargo'i hun. Os oedd yna berygl o'u blaenau, roedd yn well ganddo fo ddod wyneb yn wyneb ag o yn gyntaf.

Ar wahân i'r pedwar corff blinderus, yr oedd pedwar meddwl lluddedig hefyd, a dim i'w symbylu heblaw un ris ar ôl y llall, un golau glas ar ôl y llall, ac ambell blât bach metel a llun Hara arno. Roedd hyd yn oed apêl hynny'n pylu bellach, er bod y dŵr yn dal yn dderbyniol iawn, wrth gwrs. Er ei wendid corfforol, gwyddai Sbargo mai'r frwydr feddyliol oedd yr un anoddaf bellach.

Roeddynt wedi arafu cryn dipyn, yn rhannol fwriadol o

ran Sbargo. Ymresymodd y byddai'n gallach ac yn llai dinistriol i ddal i symud, pa mor araf bynnag, yn hytrach na stopio ac ailgychwyn drwy'r amser. Doedd neb wedi codi dadl ynglŷn â'r dacteg yma, er y clywai Pili'n gwneud ambell sŵn grwgnachlyd iddi'i hun o dro i dro.

Yna, bron yn ddisymwth, daeth y grisiau i ben.

Er bod y twnnel a'r goleuadau gleision yn ymestyn o'u blaenau cyn belled ag y medrent weld, roedd Sbargo bron â theimlo fel crio o ryddhad fod rhywbeth wedi newid. Llonnodd pawb o wybod na fyddai'r gwaith mor flinderus o hyn allan, ac roedd rhyw dinc o gyffro wrth ystyried eu bod bellach yn weddol agos i'r Wyneb mytholegol.

"Sna rywun isio seibiant?' holodd Sbargo.

'Ti *yn* tynnu coes, dwyt?' meddai Pili, gan gerdded heibio iddo. 'Does wbod yn 'byd na welwn ni'r pen draw o fewn chydig funuda.'

Serch hynny, roedd yn hanner cylchdro arall nes bod y twnnel yn troi i'r chwith. Cerddodd y pedwar rownd y gornel, ac yno o'u blaenau roedd drws wedi'i gerfio'n batrymau cywrain o borffor ac aur. Camodd Pili'n syth tuag ato a gafael yn y bwlyn i'w agor.

'Aros!' gwaeddodd Sbargo.

'Be rŵan?' cwynodd Pili. 'Ti isio cyrraedd yr Wynab 'ta be?'

'Ma 'na blât metal ym mwlyn y drws yna,' meddai Sbargo, 'ond 'di hon ddim yn edrych yn debyg i Hara i mi. Merfus . . .?'

Estynnodd y pelydr golau a goleuo'r plât. Camodd Merfus ato a'i astudio.

'Jero 'di hwnna,' meddai.

'Duw bwyd, siawns,' meddai Pili.

'Duw Cosb,' meddai Sbargo.

'O, 'na ni 'ta,' meddai Pili. 'Dim bwyd, dim diod – 'mlaen â ni felly . . .'

Dechreuodd agor y drws.

'Paid!' gwaeddodd Melana, wedi teimlo ofn y ddau fachgen. Roedd tinc ei llais yn ddigon i atal Pili er nad oedd honno'n hapus am y peth.

'Be 'dan ni'n neud 'ta? Troi'n ôl?' meddai Pili'n herfeiddiol.

'Aros am eiliad, dyna i gyd,' meddai Sbargo. ''Dan ni'n gwbod fod y platia 'ma'n golygu rwbath. 'Dan ni'm isio i rwbath drwg ddigwydd a ninna mor agos. Tria fod yn amyneddgar, Pili.'

'Efo hon o gwmpas lle?' meddai Pili wrthi'i hun.

Roedd Melana wedi blino gormod i ddadlau.

Camodd Sbargo'n ôl a goleuo'r drws o'i flaen â'r pelydr. Gwelodd fod y drws yn rhan o gaets addurnedig, â rhywbeth – ni fedrai weld beth – yn arwain at i fyny ymhell y tu hwnt i belydrau ei lusern.

'Ti'n meddwl mai lifft i fyny i'r Wyneb ydi o?' meddai Merfus.

'Dwi'n meddwl mai dyna ydan ni fod i feddwl ydi o,' meddai Sbargo. 'Ella bod y Duwiau wedi gadael trap rhag ofn i rywun lwyddo i ddod trwy Borth Tywyllwch.'

'Rwyt ti'n rhy ddrwgdybus o'r Duwiau, Sbargo,' ceryddodd Merfus ef.

'Ella mod i,' atebodd yntau, 'ond nes ca' i arwydd o ewyllys da ganddyn nhw, wela i'm rheswm dros newid.'

Edrychodd o gwmpas ochrau'r caets ond ni welai ffordd heibio iddo. Ai pwyso'r botwm oedd eu hunig ddewis? Trodd Sbargo yn ei ôl a goleuo'r twnnel hyd at y gornel. Ac yno yn y wal o'u blaenau, roedd plât metel arall. Roeddynt i gyd mor eiddgar i weld beth oedd rownd y gornel fel na sylwodd yr un ohonynt arno wrth ei basio gynnau.

'Merfus?' meddai Sbargo, er bod ganddo syniad gweddol ei hun pwy roedd y pen ar y plât yn ei gynrychioli.

'Delain!' gwaeddodd Merfus mewn gorfoledd.

'Bwyd . . .?' meddai Pili'n obeithiol.

'Duwies Cynhaliaeth,' meddai Merfus a'i lygaid yn pefrio.

'Swnio'n ddigon agos i fwyd i mi,' meddai Pili. 'Pwysa'r bali peth.'

'Pawb yn gytûn?' holodd Sbargo.

'Mae cynhaliaeth yn well na chosb, am wn i,' meddai Melana â gwên slei.

Pwysodd Sbargo'r plât. Am eiliad ddigwyddodd dim, yna clywsant sŵn ochneidio metelaidd y tu ôl iddynt. Troesant i weld braich fetel yn codi oddi ar y caets a hwnnw yn ei dro yn symud i'r chwith gan ddiflannu i mewn i'r graig. Lle gynt y safai'r caets, bellach roedd y twnnel a'r goleuadau gleision i'w gweld eto. Cerddodd y pedwar tuag at y twnnel a darganfod fod yna bont o fath dros dwll o faint y caets. Cychwynnodd pawb ei chroesi, y naill tu ôl i'r llall.

Edrychodd Sbargo i fyny a gweld cylch bychan iawn o olau. Gwyddai'n syth beth ydoedd.

'Sbiwch!' meddai. ''Dan ni bron yno!'

Edrychodd pawb i fyny, a theimlo'r rhyddhad a'r dychryn yn eu taro'r un pryd. Safodd y pedwar yno am ychydig, nes iddynt glywed llais Melana.

'Sbargo, mae 'na rywbeth yn y twll yma!'

Cyfeiriodd Sbargo ei belydr golau i'r twll oddi tanynt, a rhoddodd Melana sgrech. Roedd y twll yn llawn o sgerbydau dynol mewn carpiau. Edrychent yn ganrifoedd oed.

'Dowch!' meddai Sbargo, gan brysuro i groesi'r bont i'r ochr draw. Dilynodd y lleill ef yn syth. Fel y camodd Merfus, yr olaf, oddi ar y bont, clywsant glic. Yna, gydag ochenaid fetelaidd arall, ymddangosodd y caets o'i guddfan a symud yn ôl i'w le. Roedd plât a llun Duw Cosb arno ar y drws yr ochr yma hefyd.

'Mae 'na rywbeth yn y caets yna sy'n lladd,' meddai Sbargo. 'Pili, gwna ffafr â fi.'

'Be?' meddai Pili.

'Tria beidio â chyffwrdd dim byd heb ymgynghori'n gynta. Yn enwedig os oes 'na lun un o'r Duwiau arno fo.'

'Ha ha,' meddai Pili. 'Ta waeth – lle ma'r bwyd 'ma?'

'Efallai mai cynhaliaeth yn yr ystyr ein bod ni'n cael byw ydi o,' meddai Merfus.

'Aros – mae 'na blât ar y gornel yma,' meddai Sbargo.

'Siort ora. Dwi'n llwgu,' meddai Pili.

'Aros! Nid Delain ydi hon,' meddai Sbargo. 'Debycach i Lethne.'

'Lethne *ydi* hi,' cadarnhaodd Merfus.

'Duwies gwin ac amser da?' cynigiodd Pili.

'Na, ddim cweit,' meddai Sbargo.

'Duwies Tywyllwch,' meddai Merfus yn bendant.

'A,' meddai Pili. ''Mlaen â ni felly, ia? Dwn 'im amdanoch chi, ond ma'n well gen i fedru gweld lle dwi'n rhoid 'y nhraed.'

'Dwi'm yn meddwl mai dyna ydi o,' meddai Melana.

'A be ydi o 'ta?' meddai Pili.

'Edrycha fel mae 'na dro yn y twnnel yma'n syth ar ôl pasio'r caets, yn union fel oedd yr ochor arall.'

'Be am hynny?' holodd Pili.

'Dwi'n meddwl mai hwn ydi'r botwm i'r bobol sy isio mynd heibio'r caets, fel rydan ni newydd ei neud, ond i'r cyfeiriad arall,' meddai Melana.

'Pam Duwies Tywyllwch 'ta?' meddai Pili. 'Mae'r twnnel wedi'i oleuo yr holl ffordd lawr i'r Crombil.'

'Efallai mai rhywbeth symbolaidd ydi o,' awgrymodd Merfus. 'Mynd o oleuni'r Wyneb i dywyllwch y Crombil. O Borth Goleuni i Borth Tywyllwch.'

Estynnodd Sbargo ei law a phwyso'r plât. Clywsant yr un sŵn cyfarwydd eto, a symudodd y caets o'r golwg i mewn i'r graig.

'Da iawn, Melana,' meddai Sbargo.

''Swn i 'di gneud hynna, 'swn i 'di cal llond ceg am fod yn fyrbwyll,' mwmiodd Pili wrth Sbargo.

'Ymlaen?' gofynnodd Sbargo.

Nodiodd pawb.

Ar ôl ychydig gamau dechreuodd y twnnel godi. Doedd

dim grisiau'r tro yma ond teimlent eu bod yn dringo'n gyflym serch hynny. Chwarter cylchdro'n ddiweddarach fe gyrhaeddon nhw ddrws enfawr wedi'i wneud o'r deunydd a welsai Merfus yn y dafarn yn y Gattws.

'Pren!' meddai.

'Wyt ti'n mynd i ddeud hynna bob tro ti'n gweld pren?' holodd Sbargo.

Ar y drws roedd plât metel a llun Delain arno. Pwysodd Sbargo'r plât ac agorodd y drws. Safodd y pedwar mewn rhyfeddod. Llifai goleuni o gyfeiriad nenfwd yr ystafell ond roedd hwn yn oleuni mwy llachar nag unrhyw oleuni a welsent o'r blaen yn eu bywydau. Yn y pelydrau golau gwelent ffrwythau o bob lliw a llun, a dail gwyrddion yn eu hamgylchynu. Bwydid y planhigion gan system o silffoedd i gario dŵr o'r nenfwd i lawr atynt, a rhwng y goleuni a'r dyfroedd roedd y ffrwythau'n berwi o liw ac aroglau hyfryd.

Edrychodd y pedwar ar ei gilydd.

"Di hwn ddim yn drap, nacdi?' gofynnodd Pili.

'Nacdi gobeithio,' meddai Sbargo, gan estyn am ffrwyth coch llachar. Plannodd ei ddannedd ynddo a griddfan wrth deimlo'i ansawdd meddal a'i flas melys, dyfrllyd. Roedd yn fendigedig. Cythrodd y lleill i'r amrywiol ffrwythau a gloddesta arnynt yn farus, a hwythau wedi bod heb fwyd gyhyd. Roedd yr holl brofiad yn ormod i'w cyrff blinedig a buan iawn y syrthiodd pob un ohonynt i gysgu'n braf ynghanol y planhigion a'r pelydrau goleuni.

38

Pili a'u deffrodd, gan eu hysgwyd fesul un a gweiddi arnynt.

'Mae 'na ddarn o'r llawr ar goll!'

'Be?' meddai Sbargo rhwng cwsg ac effro.

'Dwi 'di cyrraedd y drws top,' meddai Pili.

'Porth Goleuni?' meddai Merfus.

'Hwnnw. Mae o reit yn ymyl. Drwy fanna. Ond 'sdim posib ei gyrradd o – ma 'na ddarn o'r llawr ar goll. Dowch!'

Cododd y lleill yn ufudd, a chan fwyta ffrwyth ar eu ffordd, dilyn Pili allan o'r ystafell ac yn ôl i mewn i'r twnnel. Wedi iddynt gerdded tua chan brasgam, roedd y twnnel yn mynd yn lletach, ac o'u blaenau fe welent borth petryal enfawr wedi'i addurno â cherfiadau cywrain. Rhyngddynt â'r porth – fel roedd Pili wedi'u rhybuddio – roedd düwch eang a ymddangosai'n amhosibl i'w groesi.

Gafaelodd Sbargo mewn carreg fechan oddi ar lawr y twnnel wrth ei ymyl a'i gollwng i'r gagendor. Safodd y pedwar yno'n gwrando'n astud ond ni chlywsant unrhyw sŵn o gwbl.

'Lle ma dy belydr di, Sbargo?' holodd Pili.

Estynnodd Sbargo'r llusern a'i thanio. Cyfeiriodd y pelydr tua'r gwacter wrth eu traed ond cyn pen dim llyncwyd y pelydrau gan y düwch.

'Wel, wnawn ni ddim croesi yn fama,' meddai wrtho'i hun. Dechreuodd edrych o'i gwmpas yn y gobaith y gwelai blât metel neu rywbeth a fedrai eu helpu, ond doedd dim golwg o ddim.

'Unrhyw syniadau?' meddai Sbargo. Chafodd o ddim ateb.

'Be am dy lyfr bach du di, Merfus?' holodd Melana. 'Oes 'na sôn yn hwnnw am y porth yma?'

'Dim ond mai Porth Goleuni oedd y man cychwyn i mewn i'r Crombil,' meddai Merfus. 'Doedd yna ddim sôn sut roeddynt yn ei agor.'

'Grêt,' meddai Pili. 'Wel, o leia mi fedrwn ni fyta ffrwytha am weddill 'yn bywyda.'

'Aros, Pili,' meddai Sbargo. 'Ma raid i ni feddwl.'

'Agor!' gwaeddodd Pili mewn tymer.

'Ia, wel . . . Ma hynna'n mynd i helpu lot, yn dydi?' ebychodd Sbargo.

'Be wyddost ti?' meddai Pili. 'Ella bod y Duwia'n laru ar iwsio handls drysa o hyd.'

'Ia, ond ti newydd weiddi a ddigwyddodd dim byd, naddo?'

'Ddim fi 'di'r person iawn, naci'r llo? Ti'n cofio'r drws y pen draw i'r twnnal yna? Dim ond i chdi yr agorodd hwnnw, 'de?'

Edrychodd Sbargo arni, yna ar y lleill. Yna rhoddodd ochenaid ac meddai'n dawel: 'Agor.'

Ar unwaith daeth rhu fel daeargryn a throdd pen uchaf y drws yn rhimyn o oleuni llachar. Yn raddol, lledodd i gyfeiriad y llawr gan hanner eu dallu. Sylweddolodd Sbargo fod y drws yn agor i lawr tuag atynt fel pont dros y gwagle du. Roedd y goleuni bellach mor llachar nes ei fod yn brifo'u llygaid ac yn eu gorfodi i'w gwarchod rhagddo. Teimlent wres yn cynyddu ar eu hwynebau po fwyaf yr agorai'r Porth. Cyn hir, daeth cryndod a chlec wrth i'r porth gyrraedd diwedd ei daith, ac yna tawelwch wrth i'r porth ffurfio pont ddiogel dros y bwlch.

Arhosodd y pedwar yno am sbel a'u llygaid yn ceisio cynefino â'r golau a lifai drwy'r bwlch yn y mur.

''Dan ni wedi'i wneud o!' meddai Melana. ''Dan ni wedi cyrraedd yr Wyneb!'

'Yr Wyneb Gwaharddedig,' sibrydodd Merfus.

39

Tormon, Duw Gwyddoniaeth, a gyplysodd â Marlis, Duwies Serch.

COFANCT: PENNOD 8, ADNOD 4

Pan gyrhaeddodd capten newydd y Cira Seth, roedd y Prif Weinidog a gŵr dieithr arall yn dadlau gydag Engral. Arhosodd y tri pan glywsant draed y capten ifanc yn agosáu.

'Enw?' holodd Engral.

'Terog, Barchedig Un. At eich gwasanaeth.'

'Un gair, Terog, gan fod ein hamser yn brin – Masocat. Golygu rhywbeth i chi, Capten?'

'Dwi ddim yn meddwl, Barchedig Un.'

'Na. Rhy ifanc. Wel, gadewch i mi'ch goleuo chi. Mae Masocat yn pydru mewn carchar ers blynyddoedd. Heretic, ydach chi'n gweld. Taer yn erbyn y Archest. Byth yn cau ei geg ynglŷn â'r ffaith – *ffaith*, sylwer, Capten – nad un Duw sydd ond Duwiau lluosog. Rhy uchel ei gloch. Nid oedd dewis ond ei arestio.'

'Ond mae sawl un arall o'r un anian sydd â'i draed o hyd yn rhydd, syr. Pam ei garcharu ef?'

'Nid o'r un anian, yn ôl ei eiriau ef, Capten. Ydach chi'n gweld – yn ôl Masocat, mae ef ei hun yn brawf corfforol o fodolaeth y Duwiau.'

'Dwi ddim yn deall, syr.'

'Mae ef yn honni ei fod yn ddisgynnydd i un o'r Duwiau, Capten. Yn hanner Duw ei hun.'

'Mae hynny'n heresi, Barchedig Un!'

'Yn union.'

'Chlywais i'r fath beth, syr!'

'Fel ro'n i'n dweud, Capten – rydych yn ifanc.'

'Y carchar yw ei briod le. Boed iddo bydru yno!'

'Yn union!' meddai'r gŵr dieithr. 'Ac yno y dylai aros – nid ei ryddhau ar gyfer rhyw arbrawf hanner pan!'

'Mae Simel yn iawn, Uwch-archoffeiriad,' meddai Paruch. 'Paid â gwneud hyn! Rwyt ti'n mynd y tu hwnt i'th safle!'

'Fel yr wyt ti'n mynd y tu hwnt i'th safle yn beirniadu dy Uwch-archoffeiriad!' brathodd Engral yn ôl.

'Mae'n ddrwg gen i, ond mae hyn wedi mynd yn rhy bell!' gwaeddodd Paruch. 'Mae'r grym a etifeddaist gyda'th swydd wedi mynd i'th ben! Cofia mai olwynion bychain ydym ni mewn peiriant llawer mwy!'

'Dal dy dafod, Paruch,' meddai Engral. 'Mi gofi dynged Castel Iddanos.'

'Feiddiet ti ddim . . .!' meddai Simel.

'Os oes rhywun yn ceisio dod rhyngof fi a'm plant, mi feiddia i unrhyw beth!' gwaeddodd Engral.

'Rwyt ti'n colli dy bwyll!' meddai Paruch. 'Mae gennyt dy orchmynion!'

'Ddim gennyt ti, Brif Weinidog! Bydd yn dawel neu fe rof orchymyn i'th ddienyddio yn y fan a'r lle!'

Bu tawelwch am eiliad.

'Dyna welliant. Rŵan, Capten – yn ôl at Masocat, yr hanner Duw.'

'Barchedig Un?'

'Heddiw mae Masocat yn mynd i gael cyfle i brofi ei honiad cableddus unwaith ac am byth.'

'Dwi ddim . . .'

'. . . yn deall, Capten? Mi wnewch. Rŵan, ewch i'w hebrwng yma o'r carchar, ac ewch â Pharuch a Simel i gymryd ei le yno. Yna paratowch eich holl filwyr ar gyfer y Gattws. Gadewch ddigon ar ôl i amddiffyn Bryn Crud a'r mur yn unig.'

'Fe ddaw Mardoc i wybod am dy wallgofrwydd, Engral!' meddai Paruch. 'A'th helpo pan ddigwydd hynny!'

'Nid ganddoch chi y caiff o'r wybodaeth beth bynnag,' atebodd Engral. 'Mi ddeliaf â chi pan ddof yn ôl.'

'Dod yn ôl, syr?' meddai Terog.

Edrychodd Engral arno'n addfwyn.

'Dwi'n dod efo chi, Capten. Rŵan, ewch â nhw o 'ngolwg i.'

40

Toch, Duw Hela, a gyplysodd â Delain, Duwies Cynhaliaeth.

COFANCT: PENNOD 8, ADNOD 5

Yn araf, araf, a chan geisio gwarchod eu llygaid rhag y goleuni llachar, camodd y pedwar dros y bont. Carlamai eu calonnau'n wyllt wrth iddynt, am y tro cyntaf yn eu bywydau, brofi dim byd ond awyr uwch eu pennau.

'Yr Wyneb Gwaharddedig,' anadlodd Merfus.

"Nei di stopio deud hynna?' meddai Pili.

Gallent weld fod yr allanfa yng nghesail un o blith llawer o fryniau gwyrddion, ac olion canrifoedd o gloddio a gweithio arnynt.

'Y Bryniau Mwyn?' holodd Sbargo, gan edrych ar Merfus.

'Y Bryniau Mwyn,' cadarnhaodd hwnnw.

Roedd yr olygfa'n odidog. Rhowliai'r llethrau oddi tanynt yn garped gwyrdd i lawr at ddyffryn llydan islaw ac ynddo afon yn byrlymu'i ffordd tuag at ddyfroedd y môr y tu hwnt i'r gorwel. Nid oedd llygaid y pedwar wedi arfer â cheisio cwmpasu'r fath bellteroedd.

'Afon Risial,' sibrydodd Sbargo. Teimlai ei fod mewn breuddwyd. Roedd wedi darllen am y llefydd hyn ers pan oedd yn blentyn ond wrth iddo dyfu, roedd wedi colli'r gallu i gredu ynddynt. Yn awr roedd yn edrych arnynt; nid enwau mytholegol mohonynt – roeddynt yn bod. Teimlai Sbargo ias yn rhedeg i lawr ei feingefn. A allai'r un peth fod yn wir am y Duwiau? A oedd Merfus wedi bod yn iawn i gredu ynddynt wedi'r cwbl? Edrychodd ar ei gyfaill. Roedd hwnnw mewn perlesmair yn pwyntio tua'r awyr las.

'Edrych!' meddai'n dawel.

Edrychodd Sbargo i fyny a gweld glesni a phelen wen lachar yn taflu golau tanbaid tuag atynt.

'Teimla'r gwres!' meddai Pili.

Safodd y pedwar yno am gylchdro mewn rhyfeddod – yn edrych o'u cwmpas ar y byd newydd rhyfedd yma, gan afael yn nwylo'i gilydd heb sylweddoli o gwbwl eu bod yn gwneud hynny.

41

Corwyll, Duw Rhyfel, a gyplysodd â Thegem, Duwies Maddeuant.

COFANCT: PENNOD 8, ADNOD 6

Roeddynt wedi gweld rhyfeddodau'n barod, dim ond wrth sefyll yng ngheg y porth. Tra oeddent yn syllu o'u cwmpas, roedd aderyn bychan fflamgoch wedi hedfan o gwmpas eu pennau i gael gwell golwg ar yr estroniaid newydd, ac roedd gwenynen wyrddlas wedi'u harogli cyn chwilio am rywbeth mwy diddorol i gyfeirio'i sylw ato.

'Well i ni gychwyn,' meddai Sbargo. 'Does wybod yn y byd pryd llwyddan nhw i agor y porth isa 'na.'

'Wel os gwnân nhw, fydd raid iddyn nhw agor hwn hefyd rŵan, 'yn bydd?' meddai Pili. 'Duda wrtho fo am gau.'

'Cau!' meddai Sbargo. Dechreuodd ochr y bryn oddi tanynt grynu a gwelsant y graig enfawr yn codi'n ei hôl i selio ochr y bryn. Peidiodd y crynu a gwelsant fod yr ochr honno i'r porth yr un mor addurniedig, gyda delweddau o'r haul a rhai o'r Duwiau wedi cael eu naddu o'r garreg yn ogystal â symbolau na fedrai'r un ohonynt ddechrau eu dehongli.

'Pa iaith ydi hon, dwch?' gofynnodd Sbargo.

'Iaith y Duwiau, ella?' awgrymodd Merfus.

'Sbiwch!' meddai Melana, oedd wedi troi'n ôl i wynebu'r ffordd arall ac yn pwyntio tuag at yr awyr. Roedd yr haul bellach wedi melynu a suddo.

'Dio'm mor boeth rŵan chwaith,' meddai Pili.

'Beth mae hynny'n ei olygu?' holodd Merfus.

'Mae'n golygu ei bod yn well inni symud,' meddai Sbargo, gan gymryd un golwg arall dros y dirwedd a orweddai fel map oddi tanynt.

'Reit, Mynydd Aruthredd – pa ffordd? Wela i ddim byd sy'n ffitio'r disgrifiad.'

A gwir y geiriau. Er bod yna ambell glwstwr o fryniau i'w weld yma ac acw, ni welent ddim a edrychai'n ddigon addas i deilyngu cael ei alw'n gartref y Duwiau.

''Dan ni'n gytûn fod y Môr Tirion i'r chwith, yndan?' holodd Sbargo.

'Ffor'na ma'r afon yn llifo, 'de,' meddai Pili.

'Dyna ni 'ta – i'r dde amdani felly. Ddilynwn ni afon Risial. Mae honno i fod yn tarddu rywle ym Mynydd Aruthredd – ydi hi ddim, Merfus?'

'Ffynnon Hara, uwchben Llyn Pur,' meddai Merfus.

'Ond does 'na ddim golwg o'r mynydd yn unman,' meddai Melana.

'Edrych fel ei fod o'n bell felly, dydi?' meddai Pili. 'Rŵan, dwn 'im amdanoch chi, ond dwi isio diod.'

Cychwyn i lawr ochr serth y bryn gan anelu at y coed uchel hyd lannau'r afon islaw yr oedd Pili pan gafodd syniad yn sydyn. Gorweddodd, a dechrau rhowlio i lawr yr ochr serth gan beri i'r lleill chwerthin, cyn iddynt sylweddoli ei fod yn syniad cystal â dim ac yn llawer llai o ymdrech na gorfod cerdded.

Cyrhaeddodd y pedwar y man lle gwastatâi'r tir ar waelod y bryn a dechrau troi'n goediog. Teimlent yn benysgafn, a chan chwerthin yn braf cododd pob un ohonynt yn sigledig a gwau eu ffordd yn ofalus drwy'r coed. Clywsant sŵn y dŵr byrlymus yn dod yn nes ac yn nes, ac yna, mewn ceunant o'u blaen, gwelsant yr afon. Rhuthrodd y pedwar i lawr ati ac yfed o'i dŵr yn awchus. Wedi iddynt yfed, sylwodd pawb fod yna olion adeiladwaith o'u cwmpas, ond dim ond adfeilion oedd yno bellach.

'Melin, ella?' awgrymodd Sbargo.

Roedd yr hafn gul yn ymddangos yn lle delfrydol i adeiladu melin ddŵr. Dychmygai Sbargo'r prysurdeb fyddai wedi bod yn yr ardal hon cyn i ddyn gael ei alltudio i'r

Crombil, a'r tebygrwydd mai'r fan hon fyddai'r lle olaf a welent cyn dringo at y porth yn y bryn uwchlaw. Teimlai fflach o ddicter tuag at y Duwiau wrth feddwl am ddyn yn cael ei yrru o'r fan hon am byth. Duwiau neu beidio, roedd yn weithred anghyfiawn a chreulon. A sylweddolodd ei fod unwaith eto'n ystyried y Duwiau fel pe na bai unrhyw amheuaeth ynglŷn â'u bodolaeth. Penderfynodd beidio â meddwl gormod am hynny.

Cerddodd y pedwar i fyny'r afon at bont wedi'i gwneud o haearn neu fetel tebyg. Ar ôl ei chroesi, gwelsant olygfa a gipiodd eu hanadl. O'u blaenau, safai tref gyfan o adfeilion, yn gymysgedd o dai cerrig wedi hanner dymchwel ac anheddau pren – y rhan fwyaf o'r rheiny bron wedi'u dymchwel yn llwyr.

'Caredroth,' meddai Merfus. 'Tre'r Gweithwyr.'

Cerddodd y pedwar yn araf ar hyd y strydoedd glaswelltog gan gymryd cip i mewn i ambell furddun. Roedd yna fyrddau a stolion a dodrefn arall yn dal i fod y tu mewn i rai ohonynt, fel petaent yn disgwyl i'w perchnogion ddod yn eu holau wedi canrifoedd o absenoldeb. Yma ac acw gwelent ddarnau o fetel a phren – yn amlwg yn hen declynnau o ryw fath ond nad oedd gan y pedwar o'r Ddinas Aur y syniad lleiaf beth oeddynt.

Ymhen tipyn roeddynt wedi cyrraedd pen y dref lle safai adfail a oedd yn dipyn mwy na'r rhan fwyaf o'r lleill. Aethant i mewn iddo'n ofalus.

'Cartref Torfwyll Fawr,' sibrydodd Merfus. 'Y tŷ cyntaf i'r dyn cyntaf. Pennaeth dynion a'r prif gyswllt â'r Duwiau. Pwy a ŵyr, efallai fod un o'r Duwiau wedi troedio yn yr union fan yma ganrifoedd lawer yn ôl.'

'Ma rhywun wedi cerddad yn yr union fan yma lot ar ôl hynny,' meddai Pili, gan bwyntio at y llawr.

Edrychodd y lleill ar yr olion traed – traed tipyn mwy na'u rhai nhw.

'Faint ydi'u hoed nhw?' holodd Melana.

'Anodd deud,' meddai Pili. 'Dros wythnos yn saff. Sbiwch!'

Amneidiodd at gornel yr ystafell lle roedd gwely syml o laswellt a dail wedi'i osod, ac yn amlwg wedi cael ei ddefnyddio.

'Sgwn i pwy oeddan nhw,' meddai Sbargo.

'Fo. Neu hi. Nid nhw. Mond un person sy 'di bod yma,' meddai Pili.

'Wel, 'dan ni'n gwbod dydan ni'm ar 'yn pennau'n hunain rŵan,' meddai Sbargo. 'Pwy bynnag ydi o, neu hi, bydd raid i ni fod ar ein gwyliadwriaeth bob amser o hyn allan. Iawn?'

Nodiodd y lleill. Camodd y pedwar allan o'r tŷ. Erbyn hyn roedd yr haul yn prysur gochi a'r goleuni llachar wedi pylu.

'Be gythral sy'n digwydd?' meddai Pili. 'Ydi'r haul yn diffodd neu rwbath?'

'Dwi'n meddwl fod yna lot o bethau sy ddim yn gweithio'r un fath â'r Crombil ar yr Wyneb yma,' meddai Sbargo. 'Mae'n rhaid i ni ddysgu'n gyflym.'

Wedi trafod am ychydig, penderfynodd pawb y byddai'n well iddynt aros lle roeddynt nes gallent weld beth oedd yr haul yn mynd i'w wneud. Er nad oedd hi wedi oeri llawer, penderfynodd Sbargo chwarae'n saff. Cofiodd pa mor hawdd y llosgodd y tafarndai ym Mirael.

'Casglwch goed,' meddai wrth y lleill. 'Pili, lle mae dy gyllall di?'

Rhoddodd Pili ei llaw yn ei phoced ond doedd y gyllell ddim yno.

'Damia – ma'n rhaid mod i 'di'i cholli hi rwla o gwmpas y porth isa 'na pan o'n i'n neidio o gwmpas.'

'Reit,' meddai Sbargo. 'Chwiliwch am gymaint o ddarnau rhydd ag y gallwch chi.'

Wedi cylchdro o wneud hyn, a chasglu dail a glaswellt er mwyn gwneud eu hunain yn gyffordus, llwyddodd Sbargo i gynnau tân digon derbyniol.

'Ma hyn yn hwyl!' meddai Pili.

Ond roeddynt ychydig yn anesmwyth o weld eu byd yn

mynd yn dywyllach ac yn dywyllach o hyd. Yna sylweddolodd Melana fod rhywbeth arall heblaw'r haul yn yr awyr. Cannoedd, miloedd o smotiau bach gwynion yn tyfu'n fwy disglair wrth i'r prif olau gilio o'r nen.

'Be ydyn nhw?' holodd Melana.

Eisteddodd y pedwar o amgylch y fflamau nes roedd hi wedi tywyllu'n llwyr. Roedd Merfus wedi bod yn astudio'r awyr yn fanwl ers amser. Ymhen hir a hwyr, sylwodd Sbargo fod ei ffrind yn canolbwyntio.

'Be sy?' holodd.

'Mae yna rywbeth rhyngom ni a'r smotiau bach,' meddai Merfus. 'Weli di?'

'Mond y smotiau wela i,' meddai Sbargo. 'Miloedd o'nyn nhw.'

'Symuda dy ben o ochr i ochr,' meddai Merfus. 'Weli di rywbeth fel llwch yn dawnsio o flaen dy lygaid?'

Gwnaeth Sbargo hyn. Efallai fod Merfus yn iawn.

'Gwelaf. Nid llwch chwaith. Mwy fel sidanwe. Ia, sidanwe felen.'

Edrychodd y ddau ar ei gilydd. Bu bron i Merfus neidio ar ei draed.

'Y Gromen Aur!' meddai.

Doedd dim rhyfedd ei bod yn dal yn gynnes felly. Roedd y Gromen Aur wedi'i hadeiladu i gadw'r Wyneb rhag cynhesu gormod gyda'r dydd a rhag oeri gormod gyda'r nos. Gwenodd y ddau gan syllu'n hapus ar eu darganfyddiad cyn ymuno â Pili a Melana mewn trwmgwsg.

Ni sylweddolent fod eu coelcerth wedi denu sylw rhywun arall.

42

*A rhyngddynt fe aned iddynt ymron hanner cant o blant. Y
rhain ydoedd yr Is-dduwiau.*

Cofanct: Pennod 8, Adnod 7

Bu brwydr yn agos i Sgwâr y Lladron. Methai trigolion y
Gattws â chredu fod catrodau eraill o'r Cira Seth yn symud
yn haerllug drwy eu tir, a buan iawn yr aeth y si ar led y
dylid ymgasglu yn y strydoedd cefn a'r llwybrau culion a
arweiniai at y Sgwâr. Gadawsant i brif gorff y fyddin fynd
heibio, ac yna ymosod yn ffyrnig y tu ôl iddynt gan geisio
torri'r llinell yn ôl i Fryn Crud.

Gorchmynnodd Engral i'w gapten drefnu bod cyn lleied â
phosib o'r milwyr yn gwarchod eu cefnau fel y medrent
gyrraedd y Porth Tywyll mor sydyn ag oedd modd. Fe gâi'r
milwyr i gyfeiriad Bryn Crud edrych ar eu holau eu hunain
– nid oedd Engral yn bwriadu gorfod dychwelyd am dipyn.

Wrth i'r fyddin goch a du ddringo allan o'r ddinas, roedd
sŵn y brwydro i'w glywed y tu ôl iddynt ond ychydig iawn
o'i ôl oedd i'w weld ar y strydoedd. Hyderai Engral y medrai
ei ddynion ddal eu tir yn erbyn criw o amaturiaid. Byddai'r
frwydr i dorri llwybr yn ôl i Fryn Crud yn dipyn caletach.
Mawr obeithiai na fyddai'n rhaid wrth hynny.

Edrychodd yn ddirmygus ar y ffigwr eiddil, gwelw wrth
ei ochr.

'Reit, Masocat – mae dy awr fawr wedi cyrraedd. Ymlaen.'

'Ddilyna i mohonot ti i unlle, Engral fab Sargel – yr
ymhonnwr.'

Nid oedd Engral yn bwriadu sgwrsio.

'Cydiwch ynddo fo. Llusgwch o os oes raid.'

Gwnaethpwyd fel y gorchmynnodd. Gwaeddai Masocat bob cam o'r ffordd.

'Mae'r dyn yma'n dwyllwr! Mae wedi lledaenu'i gelwyddau ac wedi'ch rheoli drwy eich dychryn ar hyd y blynyddoedd. Edifarhewch! Trowch yn ôl at y gwir Dduwiau! Bydd dy enaid yn golledig am byth, Engral, a'th enw'n rheg ar dafodau dynion hyd ddiwedd amser. Edifarhewch! Canys y mae'r awr yn dod pan y daw dydd dial. Ydych chi'n clywed? Mae'r Dialydd ar y ffordd! A phan ddaw dydd dial, y Dialydd a saif yn erbyn y rhai drygionus, a hwy a ddifethir. Edifarhewch!'

Ni chafodd ddweud mwy. Camodd Engral ato, a chan dynnu cyllell o wregys ei gapten, gafaelodd yng ngheg Masocat a chydag un symudiad sydyn, gafaelodd am dafod y carcharor a'i thorri â llafn miniog y gyllell nes bod Masocat yn tagu ar y gwaed yn ei geg gan nadu yn ei boen.

'Wel, mae hynna'n welliant beth bynnag,' meddai Engral gan sychu llafn y gyllell a'i rhoi yn ôl i'r capten, cyn taflu'r tafod ar lawr a'i sathru'n ddifater. 'Ymlaen?'

43

A'r ymron hanner can Is-dduw a gyplysasant ac a epiliasant. A
rhyngddynt fe aned iddynt ymron ddau gant o blant. Y rhain
ydoedd y Duwiau Distadl.

COFANCT: PENNOD 9, ADNOD 1

Deffrowyd Sbargo gan belydryn o olau ar ei wyneb.
Dychrynodd am eiliad, gan nad oedd yn cofio ble roedd, ond
yna sylweddolodd mai'r prif olau oedd wedi ymddangos yn
yr awyr am ddiwrnod newydd arall. 'Diolch byth,' meddai
wrtho'i hun.

Roedd y tri arall wedi deffro hefyd.

'Rhaid i ni ddod o hyd i fwyd,' meddai Sbargo.

'Yn sydyn 'fyd,' ategodd Pili. 'Dwi'n llwgu.'

'Glywodd rhywun rywbeth neithiwr?' holodd Melana
wrth iddynt godi.

'Fel be?' gofynnodd Sbargo.

'O, dwi'm yn siŵr. Efallai mai breuddwydio oeddwn i.'

'Fel be?' meddai Pili.

'Meddwl imi glywed sŵn rhywun neu rywbeth yn symud
yn y nos.'

'Ma'n siŵr bod rhywun 'ma 'di codi i bi-pi, do?' meddai
Pili.

Ysgydwodd y tri arall eu pennau.

'Falla dy fod ti 'di clwad rhyw anifail yn busnesu,' meddai
Sbargo.

'Mi oedd o'n anifail mawr iawn felly,' meddai Melana.

'Glywodd rhywun arall rywbeth?' holodd Sbargo.

Ysgydwodd y lleill eu pennau.

'O wel,' meddai Melana. 'Efallai mai breuddwyd oedd hi
wedi'r cwbwl.'

'Falla wir,' meddai Pili. 'Dowch, wir dduw – ma 'mol i'n swnian fatha Parti Gattws.'

Cychwynnodd y pedwar o'r dref i gyfeiriad tarddiad yr afon, gan obeithio y medrent yn gyntaf ddod o hyd i fwyd, ac yn ail, na fyddai bywyd yn troi yn rhy gymhleth cyn y gellid ei fwyta.

Yn eu brys i gychwyn, sylwodd neb ar yr ôl troed newydd yn y llwch wrth ymyl gweddillion y tân.

44

*Ac wedi canrifoedd o lafur gan y Duwiau Meidrol, yr Is-dduwiau
a'r Duwiau Distadl, yr oedd Ergain yn brif ryfeddod y bydysawd.*

COFANCT: PENNOD 10, ADNOD 1

Safai Engral, Masocat a'r Cira Seth o flaen y porth, wedi
llwyddo i gyrraedd yno ar hyd y silff. Roedd y milwyr wedi
agor y bolltiau, a'r goleuadau gleision oll wedi'u diffodd.
Edrychodd Engral i fyw llygaid ei garcharor, ac meddai
wrtho: 'Wel Masocat, rwyt ti wedi dweud ddigon o weithiau
dy fod ti'n un â theulu'r Duwiau. Ddywedi di mo'r fath beth
fyth eto, wrth gwrs, ond bid â fo am hynny. Dyma gyfle iti
brofi inni unwaith ac am byth o ba radd y bo'th wreiddyn.
Agor y porth yma!'

Safodd Masocat yn fud gan syllu i lygaid Engral. Am
ennyd roedd fel petai amser wedi aros, a rhyw rym wedi'i
greu gan gasineb yn mynd yn ôl ac ymlaen rhwng y ddau.

'Fel ro'n i'n meddwl,' ochneidiodd Engral. Trodd ei gefn
ar Masocat a chamu oddi wrtho.

'Capten!' galwodd.

'Barchedig Un?'

'Torrwch ei ben o,' meddai Engral gyda diflastod.

Amneidiodd Terog ar i ddau filwr afael yn y carcharor a'i
orfodi ar ei bengliniau. Dechreuodd Masocat wneud sŵn
udo eto yn ei fraw. Yna tawelodd yr udo a throi'n anadlu
gwyllt wrth iddo geisio rheoli ei ofn, ac wynebu'i ddiwedd
yn ddewr.

Rhoddodd y capten eiliad neu ddwy iddo ymdawelu, yna
cymerodd lafn hir, main, oddi ar filwr arall a'i osod ar war
Masocat. Teimlodd y carcharor y metel oer ar ei war a
thagodd wrth geisio anadlu. Llanwodd ei lygaid â dagrau

ond, er gwaethaf ei ofn, sythodd ei gefn er mwyn gwneud pethau'n haws i'w ddienyddiwr. Yna, tynnodd y capten y llafn yn ôl yn sydyn, fel chwip, a'i blannu drwy war y carcharor. Torrwyd y pen yn lân a syrthiodd wrth ymyl y corff, cyn rhowlio ychydig fyrgamau oddi wrtho. Disgynnodd gweddill y corff fel sach datws i'r llawr.

'Rŵan, torrwch ei fraich o,' meddai Engral, 'a thaflwch weddill y corff dros yr ochr.'

Ufuddhaodd y milwyr i'w orchymyn. Wedi iddynt gael gwared o'r corff, anelwyd cic at ben llonydd Masocat i'w anfon yr un ffordd. Gwyliodd rhai ohonynt y pen yn disgyn i'r gwagle, gan fownsio oddi ar ymyl serth y graig a'r planhigion a dyfai ohoni ar ei ffordd i lawr.

'O'r gorau,' meddai Engral gan afael yn y fraich waedlyd. 'Gobeithio na fu i ti farw'n ofer, Masocat.'

Plygodd y bysedd llonydd o amgylch yr handlen ar y porth, a chan eu cadw yn eu lle â'i law, tynnodd arni.

Crynodd y porth wrth iddo ddod yn fyw eilwaith, a dechrau agor.

'Wel, wel,' meddai Engral. 'Ymddengys fy mod newydd ladd un o'r Duwiau.'

'Reit,' meddai wrth un o'r milwyr. 'Ti oedd yma gynta, felly ti sy'n cael y cyfrifoldeb o amddiffyn y porth yma. O'r safle hwn, mi ddylai fod yn hawdd.'

Trodd at Terog.

'Gad gyn lleied â phosib o'th ddynion ar ôl. Y gweddill ohonoch – drwy'r porth yna!'

45

A Bregil fab Ergan a ddywedodd: 'Boed inni deithio'r bydysawd
ac adeiladu rhyfeddodau mewn mannau lluosog, fel y
gwnaethom ar Ergain, er clod i Ea a'r Chwech.'

COFANCT: PENNOD 10, ADNOD 2

Aethant draw at yr afon.

'Ydi'r llif yn rhy gyflym i bysgota yma?' holodd Merfus.

'Does 'na mond un ffordd o weld,' meddai Sbargo. 'Tria ddod o hyd i rwbath elli di'i ddefnyddio fel gwialen neu rwyd. Gawn ni weld oes 'na ffrwytha neu ryw anifail allwn ni'i ddal. Dowch.'

'Mi arhosa i i helpu Merfus,' meddai Melana.

'Wyt ti'n gallu pysgota?' holodd Merfus.

'Nacdw,' meddai Melana.

'Wel,' meddai Sbargo, 'falla bod o'n syniad inni beidio gadael neb ar ei ben ei hun beth bynnag. Welwn ni chi wedyn. Pob lwc.'

Gadawsant ei gilydd gyda'r ddealltwriaeth eu bod i gyfarfod yn ôl ar gyrion y dref pan fyddent wedi llwyddo.

Ond ychydig o lwyddiant a fu.

'Ma hyn yn hóples,' meddai Pili, wedi iddynt ailgyfarfod. ''Dan ni mond wedi ffindio un math o goedan ac aeron arni, a 'dan ni'm yn gwbod ydi'r rheiny'n wenwynig neu beidio.'

'Mae'n rhaid i ni fyta,' meddai Melana.

'Diolch, jîniys,' meddai Pili.

'Ferchaid, plis,' meddai Sbargo. 'Dydi ffraeo ddim yn mynd i helpu.'

'Nacdi, ond ma'n mynd i neud i mi deimlo'n well,' mwmiodd Pili.

Edrychodd y pedwar yn lluddedig ar ei gilydd.

'Sut goblyn oedd pobol y dre 'ma'n llwyddo i fyw 'ta?' meddyliodd Sbargo. 'Ta waeth – ddaw'r bwyd ddim aton ni. Rhaid i ni symud.'

'Ond fyddwn ni ddim yn medru symud os na chawn ni fwyd yn o fuan,' meddai Melana.

'Fydd raid i ni drio, mae arna i ofn,' atebodd Sbargo.

Cychwynnodd y pedwar yn eu blaenau i gyfeiriad Mynydd Aruthredd. Roedd eu hysbryd yn isel oherwydd y stumogau gweigion, ac ychydig iawn o sgwrsio a fu. Hyd yn oed petaent yn gweld anifail y gallent ei ddal a'i fwyta, sylweddolodd Sbargo, nid oeddynt wedi chwilio'n ddigon trwyadl drwy adfeilion y dref am daclau ac arfau y gallent eu defnyddio i ladd a pharatoi unrhyw greadur ar gyfer ei fwyta, ac roedd cyllell Pili wedi mynd i ebargofiant.

Roedd y tir oddi tanynt yn laswelltog ac yn garped o flodau gwyllt o bob lliw a llun.

'Biti na 'dan ni'm yn fytwrs bloda, yndê,' meddai Pili.

Ar unrhyw adeg arall byddent wedi medru gwerth-fawrogi'r harddwch yn llawer mwy, ond roedd gormod ar eu meddyliau.

Toc gwelsant goedwig fechan o'u blaenau, ac anelodd y pedwar tuag ati.

'Ella bydd yno anifail gwyllt yn barod i'n llarpio,' meddai Merfus.

'Geith o ffeit felly,' meddai Pili. 'Dwi isio bwyd yn fwy na fo.'

Ond nid anifail gwyllt oedd yn eu disgwyl yn y clwstwr coed.

Wedi iddynt gerdded i ganol y goedwig, daethant at lannerch gysgodol. Yn ei chanol roedd carreg fawr, wastad. Ac ar y garreg, ar blatiau o ddail swmpus, roedd gwledd wedi'i gosod, yn llysiau gwyrddion, ffrwythau amryliw a chig wedi'i goginio. Roedd yr arogl yn fendigedig. Edrychodd y pedwar o'u cwmpas ym mhobman ond heb weld golwg o neb.

'Trap ydio?' holodd Pili.

'Pam mynd i'r fath draffarth?' meddai Sbargo.

'Dyna'r atab o'n i isio'i glwad,' meddai Pili, a rhuthro am y garreg. Roedd y tri arall wrth ei chwt, ac ymosododd pawb ar y bwyd yn awchus.

'Oes 'na rywun yn ein gwylio ni, ti'n meddwl?' gofynnodd Melana i Sbargo.

'Wel, os oes yna, mae gennon ni le i ddiolch iddyn nhw,' atebodd Sbargo.

Gadawsant y goedwig gyda chalonnau tipyn ysgafnach, ond roedd y syniad fod rhywun anweledig yn eu gwylio – boed yn garedig neu beidio – yn eu hanesmwytho.

A rhag eu niweidio gan heuliau achlysurol ar eu taith, Tormon
fab Amoth a gymerth lwch aur ac a ffurfiodd y Gromen. A'i
hanferthedd oedd cymaint fel na ellid gweld y naill ochr na'r
llall iddi, hyd yn oed o ben y mynydd uchaf.

COFANCT: PENNOD 10, ADNOD 10

Eisteddai'r ddau ŵr yn eu dillad moethus ar lawr y gell foel. Synnai Paruch eu bod yn dal yn fyw, ond gwyddai mai obsesiwn Engral ynglŷn â chael ei blant yn ôl oedd yn gyfrifol am hynny. Pan ddychwelai'n llwyddiannus o'r cyrch, fe fyddai gan yr Uwch-archoffeiriad fwy o amser ar ei ddwylo.

'Sut y daeth hi i hyn?' holodd ei gyd-Gysgod.

'Wn i ddim,' atebodd Simel. 'Roedd yr Archest, er yn ddiangen, yn gweithio i'n dibenion ni ond fe dyfodd yn fwystfil, ac Engral gydag ef. Petait ti wedi cael dy ethol i'r swydd yn ei le, mi fyddai popeth wedi bod yn iawn.'

'Roedd Engral wastad yn uchelgeisiol,' meddai Paruch. 'Fe fuom yn ffôl i anwybyddu hynny.'

'Ond fe fu amser pan oedd yn bosib apelio at ei reswm,' dadleuodd Simel. 'Ers marwolaeth Neoma mae ei grebwyll wedi dirywio wrth i'w rym gynyddu.'

'Mae'n ei feio'i hun am ei marwolaeth,' meddai Paruch.

'Yn ôl y sôn, mae'n gywir i wneud hynny.'

'Sut felly?' holodd Paruch.

'Roedd Neoma wedi cael cyngor meddygol na fedrai hi gario plentyn i'w lawn dymor,' meddai Simel. 'Dyna pam y bu iddynt fabwysiadu. Ond roedd balchder Engral yn mynnu'i fod yn cael plentyn o'i gig a'i waed ei hun. Ac felly, yn ôl y stori, pan feichiogodd Neoma gyda Lenia, fe fynnodd

Engral ei bod yn cadw'r plentyn, gan ei sicrhau y byddai popeth yn iawn a bod y meddygon yn gelwyddog.'

'Wyddwn i 'rioed,' meddai Paruch. 'Ond mae hyn yn esbonio llawer.'

'Dwi ddim yn deall,' meddai Simel.

'Wel, yn esbonio pam y collodd Engral ei bwyll yn y lle cyntaf. Ond hefyd, y stori glywais i oedd fod Neoma wedi dod o hyd i faban wrth droed colofn Hara a arferai sefyll ynghanol Sgwâr y Tadau, cyn i Engral orchymyn dinistrio colofnau'r hen Dduwiau i gyd. Yn erbyn ewyllys ei gŵr, fe gymerodd hi hynny fel arwydd a phenderfynu mabwysiadu'r plentyn yn y fan a'r lle.'

'Sbargo?' holodd Simel.

Nodiodd Paruch.

'Felly doedd Engral ddim o blaid mabwysiadu yn y lle cyntaf?'

'Wel, beth bynnag am hynny, roedd dyfodiad plentyn i'r aelwyd yn fygythiad i'w ddyhead am blentyn naturiol, ac nid yw'n anodd dychmygu iddo orfodi Neoma i eni ei phlentyn,' atebodd Paruch.

'Felly pwy yw rhieni Sbargo?' holodd Simel.

'Does gan neb yr un syniad,' meddai Paruch. 'Fe ddefnyddiodd Engral bob adnodd a fedrai i geisio dod o hyd iddynt, ond mae'r peth yn ddirgelwch llwyr hyd heddiw.'

'Fel y mae'n ddirgelwch pam maent wedi dianc rhagddo,' meddai Simel.

'Trueni na fyddem ni wedi gwneud yr un peth,' meddai Paruch. 'Fel y mae, mae Engral wedi troi'r cynllun â'i wyneb i waered a ninnau heb unrhyw fodd o fedru cael neges i Mardoc! Os na fedrwn *ni* rwystro'r Uwch-archoffeiriad, pwy all?'

47

A Duw Gwyddoniaeth a roes i weddill y Duwiau y gallu i deithio i fydoedd eraill. Ac ef a symudodd fynyddoedd, a'i glod a fu fawr.

COFANCT: PENNOD 10, ADNOD 13

Roedd bwyd y diwrnod cynt a noson weddol o gwsg wedi codi ychydig ar eu hwyliau. Serch hynny, taflai pob un ohonynt yn ei dro gip slei o'i gwmpas i weld a oedd rhywun yn eu dilyn. Cerddodd y pedwar yn dawel am amser maith, gan adael y coed a'r llennyrch ond heb grwydro'n rhy bell oddi wrth gwrs afon Risial. Codai'r tir yn raddol a phrinhâi'r borfa o dan eu traed blinedig.

Yna, o'u blaenau gwelsant ddyffryn ffrwythlon yn ymestyn yn bellach nag y medrai eu llygaid ei weld. Drwy ei ganol llifai afon Risial, ac ambell goeden yn gwylio drosti. Ac ymhobman gwelent anifeiliaid ac adar o bob lliw a llun, a'u sŵn a'u harogl yn llenwi'r awyr.

'Y Dyffryn Cudd,' sibrydodd Merfus.

'Waw!' meddai Sbargo, gan gofio'r cyfeiriad ato yn y Cofanct.

'Mae'r Wyneb 'ma'n lle tlws, yn dydi?' meddai Melana.

''Sna rywun 'blaw fi isio bwyd?' meddai Pili, gan edrych yn flysiog ar rai o'r anifeiliaid.

Disgynnodd y pedwar yn araf i lawr i'r dyffryn a chyrraedd afonig fechan.

'Be 'di enw hon, Merfus?' holodd Pili.

'Dwi'm yn cofio,' meddai Merfus.

'Argol, chênj!' ebychodd Pili.

'Gad lonydd iddo fo,' meddai Melana.

'Olreit, olreit – be wyt ti, ei fam o neu rwbath?'

'Pili,' meddai Sbargo'n dawel.

'Arglwy, sensitif, dydach?' meddai honno'n bwdlyd. 'Reit, tali-ho! Cig i swpar!'

Dechreuodd redeg fel peth gwyllt ar ôl un o'r anifeiliaid bychain gwlanog a oedd wedi mentro ychydig yn nes at y newydd-ddyfodiaid i fusnesu, ond roedd yr anifail bach yn llawer rhy gyflym iddi. Ceisiodd Pili dro ar ôl tro nes ei bod yn domen o chwys, ond methu'n rhacs a wnâi bob gafael.

'Dowch i ni drio'i helpu,' meddai Sbargo wrth y lleill.

Ceisiodd y pedwar weithio fel tîm ac amgylchynu un o'r anifeiliaid, ond wrth iddynt geisio cau'r cylch roedd un yn gadael i'r anifail ddianc bob tro – Melana, fel arfer, gan ennyn dicllonedd Pili o ganlyniad.

Fel y pylai'r goleuni yn yr awyr daeth yn amlwg eu bod yn mynd i fod yn aflwyddiannus eto heno, ond doedd dim golwg fod yna neb arall o fewn ffiniau'r Dyffryn Cudd a oedd yn mynd i'w bwydo fel ddoe.

'Be 'nawn ni?' meddai Melana.

'Cael noson dda o gwsg a thrio eto fory,' meddai Pili.

'A methu eto,' meddai Melana.

'Wel ia, mwy na thebyg, efo dy help di,' ebychodd Pili.

Edrychodd Melana arni'n rhwystredig, yn ceisio peidio â chrio. Cododd a cherdded i ffwrdd oddi wrth y lleill ar hyd glan afon Risial.

'Oes raid iti, Pili?' meddai Merfus yn dawel, a chodi i'w dilyn.

Eisteddodd Pili a Sbargo mewn tawelwch.

'Rheina'n closio, dydyn?' meddai Pili toc.

'Oes raid ti fod mor galad arni?' gofynnodd Sbargo.

'Dydi hi fel rhech, dydi? 'Sa hi'n anoddach brifo teimlada Mam.'

'Fel'na gwnaed hi, Pili. 'Dan ni i gyd yn wahanol,' meddai Sbargo.

''Dan ni i gyd yr un fath lle mae dal anifeiliaid yn y cwestiwn,' ebychodd Pili. 'Dwi'n llwgu.'

'Cym' dy gyngor dy hun a chysga,' meddai Sbargo. 'Ella cawn ni ymweliad gan ein cyfaill cudd eto.'

'Dwi'm yn siŵr pa un sy waetha,' meddai Pili, 'mynd heb fwyd o gwbwl 'ta cael bwyd o nunlla.'

'Cysga,' meddai Sbargo, 'a phaid â rwdlan cymaint.'

48

Ac weithiau yr oedd i Ergain un haul, ac weithiau ddau. A'r
Gromen Aur ydoedd fur rhag llid yr heuliau.

COFANCT: PENNOD 11, ADNOD 7

Ddaeth dim bwyd i'r golwg y noson honno, ac er bod afon Risial yno o hyd i ddiwallu eu syched, roedd y pedwar yn gwanhau.

Roeddynt wedi dechrau arfer â'r cylch tywyllwch/goleuni, oedd yn dra gwahanol i'r goleuni unffurf gwannach yr oeddynt yn gyfarwydd ag ef y tu mewn i'r Crombil. Cymaint oedd eu hyder yng ngrym y Gromen Aur i'w cadw'n gynnes drwy'r nos fel nad oeddynt wedi trafferthu i gynnau tân y ddwy noson ddiwethaf. Ond roedd diffyg bwyd yn parhau'n broblem, ac er iddynt weld rhai anifeiliaid gwylltion digon bwytadwy yr olwg, roeddynt yn dal yn hollol ddi-glem sut i'w dal, a'u hwyliau'n prysur droi'n negyddol o'r herwydd.

Wrth adael gwaelod y dyffryn, gwelent fod y dolydd gwyrddion blodeuog wedi troi'n dir moelach, caregog, ag ambell goeden a pherth yma ac acw. Yn y pellter gwelent lethrau'n codi o'u blaenau ac arnynt fôr o goed gwyrddion yn ymestyn cyn belled ag y gallai'r llygad ei weld.

'Be 'di enw fan'cw, Merfus?' holodd Pili.

'Coed Astri,' sibrydodd Merfus.

'*Y* Coed Astri?' meddai Sbargo'n gegrwth.

'Enwog, mwn?' meddai Pili.

Edrychodd Sbargo a Merfus ar ei gilydd.

'Coed Astri ydi'r fforest a roddwyd yn anrheg i Dduwies Natur gan ei mam, Pelora,' esboniodd Merfus. 'Yma mae Toch ei brawd wrth ei fodd yn hela, a ffrwythlondeb Pelora'n cael ei adlewyrchu yn yr holl amrywiaeth o blanhigion ac anifeiliaid sydd yn byw dan ei changhennau.'

'Reit dda,' meddai Pili. 'Siawns am . . .'

'Unwaith yr awn ni i mewn i'r coed, byddwn yn gadael tir dynion ac yn troedio tir y Duwiau,' torrodd Merfus ar ei thraws.

'Ydi hi'n opsiwn i fynd o amgylch y goedwig?' holodd Melana'n ofnus.

'Ddim os 'di'r lle'n llawn o fwyd,' meddai Pili.

'Mae'n rhy fawr beth bynnag,' meddai Merfus. 'Hyd yn oed o edrych arni rŵan, mae'n bellach i ffwrdd nag ydych chi'n ei amgyffred.'

'Dyna'n union o'n i'n feddwl,' meddai Sbargo. 'Chyrhaeddwn ni ddim yno heno. Bydd Lethne wedi'n curo ni.'

'Pwy?' meddai Pili.

'Ti'n dechrau dyfynnu'r llyfr bach du yn amlach na fi, Sbargo,' meddai Merfus a gwên ar ei wyneb. Ni fedrai Sbargo anghytuno, a synnai fod cymaint o'r Cofanct yn dal ar ei gof.

'Lethne ydi Duwies Tywyllwch, Pili,' esboniodd Merfus. 'Ei mam oedd Danell, Duwies Goleuni.'

'Arglwy, 'raid bod 'na ffrae go hyll 'di digwydd rhyngddyn nhw,' ebychodd Pili.

Dewisodd pawb lecyn cysgodol i orffwys dros nos.

''Sna enw ar fama 'ta, Proff?' gofynnodd Pili i Merfus.

' "A Thir Neb a ffurfiai ffin rhwng tiroedd dynion a thiroedd y Duwiau",' dyfynnodd Merfus.

'Addas iawn,' meddai Pili. 'Dwi'n teimlo mod i yn Nhir Neb efo'r stumog 'ma mor wag.'

'Fedrwn ni bara noson heb fwyd?' holodd Sbargo.

'Mi a' i i gyfeiriad yr afon, rhag ofn,' cynigiodd Merfus.

'Ia, ddo i efo ti,' meddai Melana.

'I sgota?' meddai Pili'n goeglyd.

'Pili!' meddai Sbargo.

Ymaith â Merfus a'r empath i gyfeiriad yr afon.

'Arglwy, be mae o'n weld yn honna, d'wad?' meddai Pili.

'Gad lonydd iddyn nhw, wir,' atebodd Sbargo.

Roedd hi'n amlwg i'r ddau fod Melana a Merfus wedi closio dros y dyddiau diwethaf. Wrth gwrs, meddyliodd Sbargo, os oedd teimladau Merfus yn cryfhau fyddai gan Melana, fel empath, ddim llawer o ddewis yn y mater.

'Ond ma 'na rywbeth digon annwyl a diniwed yn eu perthynas nhw,' meddai wrth Pili. 'Er, dyn a ŵyr pa mor ddoeth ydi dechrau perthynas efo neb mewn amgylchiadau fel y rhain. 'Sa'n gallach o'r hannar . . .'

'Be? Ffindio putain? Lle 'sa rhywun yn dod o hyd i un o'r rheiny mewn lle fel hyn, d'wad?' meddai Pili.

'Ddim dyna o'n i'n feddwl,' meddai Sbargo.

'Paid â phoeni – ddim empath ydw i,' meddai Pili.

'Ma hynny'n saff ddigon!'

'Ond dwi'm yn rhad, cofia. Sgen ti bres?'

'Be 'di hyn?' meddai Sbargo. 'Sôn am Merfus a Melana o'n i.'

'Paid â deud nad ydi gweld cwpwl bach hapus yn codi awydd am chydig o gysur ynot titha. Deud gwir, dwinna'n gweld 'i isio fo 'fyd.'

'Pili, stopia rŵan,' meddai Sbargo.

'Tyd 'laen – 'sa'r ddau ohonan ni'n gneud ffafr â'n gilydd. Be ti'n ddeud?' meddai Pili'n awgrymog.

'Na! Dwi'm isio,' gwingodd Sbargo. 'Ddim fel'na.'

'Pa ffordd arall sy 'na?' holodd y butain. 'Ofn i'r ddau arall ddŵad i wbod wyt ti? Fasa'm rhaid i ni ddeud dim wrthyn nhw. Gaen ni gario 'mlaen fory fel tasa 'na ddim wedi digwydd. Tyd,' meddai, gan estyn ei llaw i gyffwrdd rhwng coesau Sbargo.

Am ennyd, roedd Sbargo fel pe bai am ildio, yna'n sydyn symudodd ei llaw oddi yno a gweiddi, 'Paid! Ti'n hollol ddiemosiwn, 'yn dwyt? Dyna ma'r job yn ei neud i chi, ia?'

Edrychodd Pili arno, ac am eiliad tybiodd Sbargo iddo

weld golwg brudd yn ei llygaid. Yna dychwelodd y caledwch fel llen dros ei hwyneb.

'Ia, ma raid,' meddai. 'Ond ma'n well na cha'l dy frifo rownd ril neu fod yn io-io heb damad o reolaeth arni'i hun fatha honna, dydi?'

Cododd a cherdded i ffwrdd i'r gwyll, gan adael Sbargo'n gymysgedd o gynnwrf a rhwystredigaeth y tu ôl iddi.

49

A Duw Cosb a oedd yn gyfrifol am oruchwylio caethle Saraff,
ond nid oedd yn rhaid iddo bryderu canys o'r Twll Du nid oedd
dihangfa.

COFANCT: PENNOD 12, ADNOD 6

Dychwelodd Merfus a Melana ymhen cylchdro. Roedd golwg swil arnynt, fel petaent wedi ceisio siarad am bethau nad oedd yr un o'r ddau'n gyffyrddus iawn yn eu trafod, gyda'r canlyniad mai sgwrs go anwastad a gafwyd.

Gwelsant Sbargo'n cysgu ar y llawr, a phenderfynodd y ddau adael llonydd iddo. Roedd pawb yn wan, a byddai cymaint o gwsg â phosib yn helpu rhywfaint ar y corff ac ar yr hwyliau. Ond yna rhoes Melana waedd.

'Merfus!'

Edrychodd Merfus i'r cyfeiriad yr oedd Melana'n pwyntio tuag ato, a gweld, fel o'r blaen, fwyd wedi'i osod ar blatiau o ddail. Rhedodd Melana at Sbargo a'i ddeffro.

'Sbargo! Edrych!'

Edrychodd Sbargo'n swrth o'i gwmpas, a llamodd ei galon wrth weld y bwyd.

'Welaist ti ddim byd?' holodd Merfus.

'O'n i'n cysgu, do'n i?' atebodd Sbargo.

'Lle mae Pili?' holodd Melana.

Oedodd Sbargo, gan gofio'r ffrae a fu rhyngddynt.

'A'th hi am dro,' meddai'n anghyfforddus.

'Pili!' gwaeddodd Melana drosodd a throsodd. Ymunodd y ddau arall yn y gweiddi ond doedd dim ateb na golwg o'r butain fach.

'Rhaid i ni fynd i chwilio amdani,' meddai Melana.

'Ara deg, Melana. A Merfus, paid â chyffroi.' Nodiodd

Sbargo'n awgrymog i gyfeiriad Melana. Deallodd Merfus a chymryd anadl ddofn.

'Ma Pili'n ddigon abal i edrych ar ei hôl ei hun. Cyn i ni ddechra rhedag o gwmpas y lle fel petha gwirion, dwi'n cynnig ein bod ni'n byta peth o'r bwyd yma ac yn casglu'r gweddill. Wedyn mi awn ni i chwilio amdani.'

Gobeithiai Sbargo ei fod yn swnio'n fwy hyderus nag yr oedd yn teimlo. Efallai fod Pili'n gallu edrych ar ei hôl ei hun yn y Gattws, ond dyn a ŵyr pa beryglon oedd o'u cwmpas yn y fan hon. Beth oedd bwriadau'r un – os un hefyd – oedd yn darparu'r bwyd iddynt? Ai eu cadw'n fyw nes deuai cyfleon fel heno i ymosod arnyn nhw fesul un? Yn sydyn, teimlodd wir ofn dros Pili, a melltithiodd ei hun fod y sefyllfa rhyngddynt yn gynharach wedi datblygu yn y fath fodd.

'Pili!' gwaeddodd, a thinc o banig yn ei lais, cyn sylweddoli ei fod yn trosglwyddo'r neges gwbl anghywir i'r ddau arall. Sobrodd a mynd at y bwyd.

'Reit – sydyn 'ta,' meddai. Llowciodd y tri'r bwyd, ond roedd yr awch wedi mynd – roedd y cyfan yn llafurus a dibleser. Goleuodd Sbargo'r pelydr golau ac i ffwrdd â nhw i chwilio am Pili.

'Pawb i aros efo'i gilydd,' meddai Sbargo. ''Dan ni'm isio colli neb arall.'

Buont yn chwilio am gylchdro cyfan, ond er gweiddi a chwilio'n ddyfal doedd yna ddim byd i ddangos fod Pili Galela erioed wedi bodoli.

Bu'n rhaid iddynt roi'r gorau iddi a dychwelyd i'r fan lle roeddynt wedi bwriadu gorffwys, gan mai i'r fan honno y dychwelai Pili os dychwelai o gwbl. Ond ychydig iawn o gwsg a gafodd yr un ohonynt y noson honno.

50

Ac o Hara, er chwilio dyfal drwy'r canrifoedd, ni fu na sôn nac achlust. Rhai a ddywedent ei bod yn un â'r dyfroedd cyntaf a grëwyd, ac mai yno y trigai o hyd gan eu puro â'i dagrau am ei chymar.

COFANCT: PENNOD 13, ADNOD 1

'Wel?' meddai Engral wrth y capten. 'Pam rydyn ni'n oedi?'

Roeddynt wedi treulio diwrnodiau ar y grisiau ond wedi bod yn ddigon sylwgar, gan fod ganddynt fwy o belydrau golau na'r pedwar ifanc, i weld bod yna ambell blât metel ar ochr dde'r grisiau yn ogystal â'r chwith. Nid oedd y llun o ben Duwies Cynhaliaeth wedi creu unrhyw argraff arnynt ond roedd ganddynt ddiddordeb mawr yn y drws cudd oedd wedi agor yn y graig. Arweiniai'r drws cudd at ystafell wedi'i naddu o'r graig, ac ynddi fwrdd yn llawn lluniaeth – cymaint o luniaeth yn wir, nes diwallu anghenion y cwmni cyfan. Eto i gyd, nid oedd awgrym o ble roedd y bwyd yma wedi dod, oherwydd nid oedd na drws na mynedfa arall i'r ystafell.

'Mae'n rhaid fod yna ddrws cudd arall sydd ddim ond yn agor o'r ochr draw,' myfyriodd Engral. Ond ni pharhaodd ei fyfyrdodau na'i ddiddordeb yn hir iawn. Offrymodd fendith fer o ddiolch i'r Un Gwir Dduw am eu gwarchod, gan obeithio nad oedd yr un o'r Cira Seth erioed wedi gweld copi o'r Cofanct a'i luniau o'r Duwiau Lluosog oedd ar y platiau metel.

Gwyddai Engral, po hwyaf eu taith, y mwyaf o bethau anesboniadwy y byddent yn eu gweld. Ond hyd yma ni chawsai drafferth mawr i gadw'r milwyr yn dawel ac yn ufudd wrth ddringo'r grisiau diddiwedd. Deirgwaith, roeddynt wedi dod o hyd i fwyd a diod a fu'n fodd i'w cadw'n gryf ac mewn hwyliau da. O ganlyniad, roeddynt wedi llwyddo i gynilo ar eu horiau cwsg, a bellach safent o flaen y caets metel a'r hyn a edrychai fel plât metel arall a oedd yn union fel y lleill.

Amneidiodd Terog, ei gapten, ar i wyth o'i ddynion archwilio'r caets. Pwysodd y cyntaf ohonynt y botwm ac aeth yr wyth i mewn. Caeodd y drws ar eu holau, a disgwyliai pawb i'r caets godi i lefel arall o'r twnnel ond yn lle hynny, clywyd sŵn hisian a ddilynwyd yn sydyn iawn gan sgrechfeydd. Rhuthrodd Terog at y botwm metel a'i bwyso dro ar ôl tro, ond nid agorodd y drws. Parhaodd y sgrechfeydd annaearol am ennyd arall, ac yna tawelu. A daeth yr hisian yntau i ben.

Pwysodd Terog y botwm unwaith eto ac agorodd drws y caets, ond medrai weld ei fod yn wag. Rhuthrodd rhai o'i filwyr ymlaen i chwilio am eu cyd-weithwyr ond ataliwyd nhw gan eu capten.

'Neb i fynd i mewn!' gorchmynnodd Terog.

Wedi ennyd o aros, caeodd y drws ohono'i hun a chlywyd y sŵn hisian unwaith eto – ond, diolch byth, heb y sgrechfeydd y tro yma.

'Pelydrau golau!' gorchmynnodd Terog. 'Gwasgarwch! Pawb i chwilio!'

Fe'i gwelsant bron yn syth. Heb aros am orchymyn ei gapten, pwysodd y milwr a'i darganfu'r botwm, a rhuodd y caets ei ffordd fetelaidd i mewn i'r wal gan ddatguddio'r bont dros y pydew.

Cerddodd Terog yn ofalus at ymyl y pydew gan edrych o'i gwmpas. Yna, wedi sicrhau nad oedd perygl yno, cerddodd yn ei ôl i gyfeiriad y milwr oedd wedi pwyso'r botwm.

'Dy enw?' holodd Terog.

'Corbalam,' atebodd y milwr yn falch.

'Dy rif?' meddai Terog.

'Dau pump saith chwech dau, syr!' cyfarthodd Corbalam gyda grym arferiad.

'Dau pump saith chwech dau Corbalam,' meddai Terog gan dynnu'i wn o'i wregys, 'yr wyf yn dy ddienyddio di drwy rym yr awdurdod a roddwyd i mi gan y Cira Seth a gair y Archest, am iti beryglu bywydau catrawd gyfan.'

'Na!' gwaeddodd Corbalam a'i wên yn troi'n arswyd, ond prin oedd y gair wedi gadael ei geg nad oedd Terog wedi gosod y gwn ar ei arlais a'i danio mewn un symudiad. Chwythwyd y rhan helaeth o ben y milwr yn erbyn y wal, a llithrodd ei gorff ar ei union i'r llawr. Trodd Terog at weddill ei ddynion.

'Rheol gynta'r Cira Seth. Neb – *neb* i weithredu o'i ben a'i bastwn ei hun. Arhoswch am y gorchymyn. Asesu'r sefyllfa yn gynta bob amser. Clir?'

'Syr!' gwaeddodd y milwyr fel un nes bod eu lleisiau'n atsain ymhell ar hyd y twnnel.

Edrychodd Terog draw at Engral a'r llwybr newydd y tu hwnt iddo.

'Fodd bynnag, mae Mr Corbalam wedi dod â lwc inni'r tro yma.'

Ni fedrai Engral beidio â gwenu ar sylw eironig y capten.

'Felly, yn ofalus, fesul un – dilynwch ni.'

Dechreuodd y capten groesi'r bont . . . Ond oedodd bron yn syth, a dal ei law yn yr awyr. Symudodd Engral ar ei ôl a gweld ar ei union yr hyn oedd wedi peri i'r capten atal ei gam.

Oddi tanynt, yn goron ar bentwr o gyrff o oesau a fu, gorweddai wyth ysgerbwd mewn lifrai coch a du.

51

*Ond wedi oesau o lafur, y Duwiau a lefasant: 'Ai dyna paham
y byddwn fyw byth, i lafurio ddydd ar ôl dydd heb wobr?'*

COFANCT: PENNOD 14, ADNOD 1

Roedd y gatrawd o'r Cira Seth yn brwydro'n galed i
ailsefydlu'r llinell i Fryn Crud ond roedd y dasg yn un
anobeithiol. Roedd eu gweld yn mynd drwy eu tiriogaeth
am yr eildro wedi cynddeiriogi trigolion y Gattws. Faint
bynnag y llwyddai'r Cira Seth i'w lladd, llifai cannoedd eraill
i gymryd eu lle. Gwyddai'r capten nad oedd gobaith i'w
filwyr; gwyddai hefyd na ddangosid unrhyw drugaredd tuag
atynt wedi i'w harweinydd ysbrydol orfodi trigolion y
Gattws i fyw fel anifeiliaid am yr holl flynyddoedd. Er
gwaethaf iddynt ymladd yn ddewr a lladd llawer, mygwyd
y gatrawd gan y dorf nes y lladdwyd pob un ohonynt.

Wedi clirio'r Gattws Dywyll a'r Gattws Olau, dechreuodd
y dorf ar Sgwâr y Seiri droi ei golygon i gyfeiriad Bryn Crud.
Ers sawl cenhedlaeth roedd llygaid trigolion y Gattws wedi
edrych yn eiddigeddus tua'r goleuni a ddynodai safon byw
lawer uwch na'u heiddo nhw. Aeth si drwy'r dyrfa anferth,
fel petai'n ceisio penderfynu a ddylid ymosod ar y Mur a
goresgyn Mirael yn llwyr. Yr hyn nad oedd ganddynt, yn
dilyn oesau o weithredu fel llofruddion, lladron, puteiniaid
a llu o broffesiynau hunangyflogedig eraill, oedd arweinydd
i'w huno. A dyna pryd y gwelodd un unigolyn ei gyfle.

'Gyfeillion!' gwaeddodd nerth ei lais. Ymatebodd rhai,
ond roedd cannoedd na chlywai ei lais. Neidiodd yn ystwyth
a hanner rhedeg, hanner dringo i ben colofn Tormon fab
Amoth.

'Gyfeillioooon!' gwaeddodd eto. Y tro yma, cafodd dipyn

mwy o ymateb. Tawelodd y rhan fwyaf o'r dorf o'i amgylch er mwyn clywed beth oedd gan y gŵr i'w ddweud.

Ond nid pawb.

'A be sy gen ti i'w ddeud a fydd o unrhyw ddiddordeb i ni, lofrudd?' gwaeddodd un arno'n groch, gan grechwenu ar y rhai o'i gwmpas.

Yr eiliad nesaf clywyd sŵn gwynt wrth i rywbeth chwyrlïo drwy'r awyr a suddo i mewn i wddw'r heclwr. Ffrydiodd ei waed yn goch a suddodd ei gorff i'r llawr yn araf a thawel.

'Reit. Ddechreua i eto,' meddai'r ffigwr ar ben y golofn. 'Gyfeillion – da chi, peidiwch â llosgi Bryn Crud. Nid trigolion Bryn Crud yw eich gelynion, ond y Cira Seth a'r bobol sydd yn eu caethiwo â chelwyddau'r Archest.'

'Ond ym Mryn Crud mae'r Cira Seth,' gwaeddodd llais o'r dyrfa islaw.

'Nagia!' gwaeddodd y ffigwr yn ôl. 'Mae'r rhan fwya ohonynt wedi mynd drwodd i'r Wyneb.'

Edrychodd aelodau'r dyrfa yn hurt ar ei gilydd.

'Yr Wyneb?' holodd un.

'Yr Wyneb o'r lle y daeth ein cyndeidiau, faint bynnag y mae'r Archest a'i gelwydd yn ceisio'i ddweud i'r gwrthwyneb. Maent wedi llwyddo i agor Porth Tywyllwch.'

'Ond i ba bwrpas?' gwaeddodd un arall. 'Ydi hynny ddim yn groes i reolau'r Archest?'

'Mae'n ymddangos fod Engral â'i fryd ar ennill cymaint o diriogaeth ag y medar o,' meddai'r ffigwr.

'Ddim os medra i wneud rhywbeth am y peth!' gwaeddodd rhywun.

'Gyfeillion, ers cenedlaethau lawer – diolch i ddilynwyr yr Archest – mae ein bywydau ni wedi mynd yn dywyllach ac yn dywyllach. A ddowch chi efo mi i brofi unwaith eto'r un goleuni ag a wenodd ar ein cyndeidiau?'

Roedd rhu'r dorf yn annisgwyl, a lledodd fel ton drwy'r strydoedd oddi amgylch mewn modd gwefreiddiol.

'Gwnawn!' gwaeddodd cannoedd gydag angerdd, a

channoedd eraill yn gorws iddynt fel y cyrhaeddai'r
newyddion eu clustiau.

Safodd Satana yno a'r angerdd yn pefrio yn ei lygaid
yntau.

'Ar fy ôl i 'ta, gyfeillion!' gwaeddodd. 'I Borth Tywyllwch!'

Taflodd ei hun o ben y golofn a syrthio fel carreg drwy'r
awyr nes cael ei ddal gan y dorf islaw. Cariwyd ef ar
ysgwyddau rhai o'r dynion talaf nes cyrraedd man lle medrai
roi ei draed ar lawr a cherdded o'u blaenau. Gwahanodd y
miloedd o'i amgylch i adael iddo fynd heibio iddynt fel y
medrai arwain y dorf drwy'r ddwy Gattws ac i fyny'r llethrau
tua'r Porth. Wrth iddo'u harwain, cafodd ddigon o amser i
bwyso a mesur pa un oedd y mwyaf rhyfeddol – ai ei
gymysgedd o lwc ac ystwythder yn medru gafael mewn
planhigion a darnau o graig a'i galluogodd i hanner rhedeg,
hanner disgyn i lawr y clogwyn y diflannodd drosto, ynteu
pa mor hawdd ydi hi i ddylanwadu ar dorf anfoddog os
ydach chi'n digwydd bod yn y lle iawn ar yr amser iawn.

Ac os oes ganddoch chi ychydig o grebwyll a phen blaen,
wrth gwrs . . .

52

'Nyni yw'r Duwiau. Ein creadigaethau sydd ryfeddodau. Paham,
felly, na chrëwn fyddin o weithwyr i ysgafnhau ein llafur?'

COFANCT: PENNOD 14, ADNOD 2

Gwawriodd bore newydd ar Ergain ond gyda chalonnau
trymion y cododd Sbargo, Merfus a Melana. Doedd Pili ddim
wedi dychwelyd yn ystod y nos a doedd goleuni cynnar y
bore ddim wedi cynnig unrhyw olwg ohoni ymhell nac agos.

'Be ydyn ni'n mynd i'w wneud?' holodd Merfus yn betrus.
'Ddylien ni aros yma?'

Ddywedodd Sbargo ddim byd. Roedd yn hollol sicr y
byddai ei dad a'i filwyr yn ceisio'u dilyn drwy'r ddau borth.
Yr unig beth nad oedd yn glir oedd faint o amser a gymerai
iddynt eu hagor – os llwyddent o gwbl. Ond *pe* llwyddent,
byddai milwyr wedi'u hyfforddi a chyda chyflenwad parod
o fwyd a diod yn teithio dros yr Wyneb yn dipyn cynt na
nhw.

'Dwi'n cynnig ein bod ni'n aros am ddiwrnod arall, a
chwilio'r ardal o gwmpas yn fanwl,' meddai Melana.

'O'n i'n meddwl na toeddach chi'ch dwy'm yn licio'ch
gilydd,' meddai Sbargo. 'Ti'n gweld ei cholli hi neu rwbath?'

'Ei thafod hi sy'n llym, nid ei chalon,' meddai Melana.

Unwaith eto teimlodd Sbargo bang o euogrwydd. Trodd i
ffwrdd.

'Dwi'n mynd i'r afon i folchi,' mwmiodd, gan geisio swnio
mor ddi-hid â phosib, ond gwyddai ei bod yn rhy hwyr iddo
guddio'i deimladau euog oddi wrth yr empath.

Dau gylchdro'n ddiweddarach roeddynt wedi dychwelyd
i'w man cychwyn ond doedd dim arlliw o Pili yn unman.
Holodd Sbargo'i hun a oedd yna bwrpas iddynt aros lle

roeddynt am noson arall, a chododd ei olygon unwaith eto tua'r goedwig eang a welai yn y pellter.

'Sut gallai hi jyst diflannu?' meddai.

'Sut gallai'r bwyd 'na jyst ymddangos?' meddai Melana.

'Ma'n rhaid bod yna gysylltiad,' meddai Sbargo.

Ceisiodd ddarlunio'r sefyllfa yn ei ben unwaith eto.

'Mi oeddach chi wedi mynd at yr afon. Mi oedd Pili wedi mynd i'r cyfeiriad arall. Mi o'n i yn y canol yn cysgu. Mi ddaeth 'na rywun neu rywrai â'r bwyd yma tra oeddwn i'n cysgu, ac . . . O Neoma! Dwi'n meddwl mod i'n gwbod be sy 'di digwydd!'

'Be? Ti'n gwbod ble mae hi?' meddai Merfus wedi cyffroi.

'Wnes i'm deud hynny, naddo,' meddai Sbargo.

'Sut gwyddost ti be sy wedi digwydd?' holodd Melana.

'Am mod i'n nabod Pili Galela'n ddigon da bellach i wbod ei bod hi'n gweithredu cyn meddwl. Gobeithio nad ydi hi wedi mynd i helynt.'

'Wnei di ddeud wrthon ni beth sydd wedi digwydd?' holodd Merfus yn daer.

'Ma hi 'di'u dilyn nhw, yn dydi?'

'Pwy?' holodd Melana.

'Pwy bynnag ddaeth â'r bwyd, yndê,' meddai Sbargo. 'Mae'n rhaid fod pwy bynnag sy'n ein gwylio ni wedi'ch gweld chi'n mynd at yr afon ac yna Pili'n mynd y ffordd yma, ac wedi meddwl bod ganddyn nhw ddigon o amser cyn y basa hi'n dychwelyd. Ond ma raid ei bod hi wedi dŵad yn ei hôl yn gynt na'r disgwl. Dach chi'n gwbod pa mor ysgafn ar ei thraed ydi hi – fasa ganddi hi fwy o siawns na neb i beidio â chael ei chlywad ganddyn nhw. Mi gwelodd nhw, ac ma hi 'di'u dilyn nhw. A rŵan ma raid i ni'i dal hi cyn iddyn nhw'i gweld hi. Dowch!'

Cychwynnodd Sbargo i gyfeiriad y goedwig.

'Aros!' meddai Merfus. 'Sut wyt ti'n gwbod mai'r ffordd yna'r aethon nhw?'

Trodd Sbargo i edrych arno.

'Am fod y person neu'r personau anweledig yma'n gwbod i ble rydan ni'n mynd. A gobeithio fod Pili, os ydi hi'n saff, yn meddwl yn yr un ffordd. Yn gadael i ni ddod ati hi.'

'I Goed Astri? Ddown ni byth o hyd iddi!'

'Ti'n anghofio dy Gofanct, Merfus. Er dy fod ti'n gweld Coed Astri o'r fan yma, dydi hynny ddim yn golygu mai dyna'r lle nesaf o'n blaenau. Edrycha yn y cwm o dan y goedwig.'

Edrychodd Merfus. Ni allai weld llawr y cwm o'r fan lle safai, ond serch hynny fe wyddai'n syth at beth roedd Sbargo'n cyfeirio. Griddfanodd yn dawel.

'Lle ydi'r lle nesa o'n blaenau?' gofynnodd Melana'n betrus.

Edrychodd Merfus yn boenus arni.

'Cors yr Ellyll,' meddai.

'Ellyll?' meddai Melana, a'i chalon yn suddo. 'Rhyw fath o ysbryd drwg neu ddrychiolaeth ydi hwnnw, yndê?'

Doedd hi ddim eisiau gofyn y cwestiwn nesaf, ond fe wnaeth.

'Ac oes 'na . . . ellyll . . . yn y gors yma?'

'Oes. Galfarach,' atebodd Merfus. 'Doedd brodyr Astri ddim yn hoffi'r ffaith fod dynion yn dod i'r goedwig i wylio'u chwaer yn dawnsio.'

'Pam?' holodd Melana.

'Mae'n stori hir,' meddai Sbargo. 'Geith Merfus ddeud wrthat ti ar y ffordd. Dowch.' A chychwynnodd eto.

'Dwi'm yn meddwl mod i isio mynd,' meddai Melana. 'Rŵan mod i'n gwbod be sy o mlaen i.'

'Doedd Pili ddim yn gwbod be oedd o'i blaen hi,' meddai Sbargo, 'a ma hi wedi mynd. Rŵan, dowch!'

'Mi fyddwn ni'n iawn,' meddai Merfus. 'Mae'n siŵr fod Galfarach wedi marw ers canrifoedd.'

Ond roedd ei galon yn llawer mwy huawdl na'i eiriau cyn belled ag roedd Melana yn y cwestiwn.

53

Ac wedi hir ystyried a thrafod maith, y Duwiau a greasant greadur byw i lafurio yn eu lle.

Cofanct: Pennod 14, Adnod 5

Roedd Engral, Terog a'r milwyr wedi gwledda ar y ffrwythau a welsent yn yr ystafell garreg, ac yn barod i symud yn eu blaenau'n syth.

Cyrhaeddodd y fyddin Borth Goleuni a'r bwlch enfawr o'i flaen.

'Unrhyw syniadau, Capten?' holodd Engral.

'Pelydrau golau,' gorchmynnodd Terog. 'Chwiliwch.'

Chwiliodd y milwyr o'u cwmpas gan geisio dod o hyd i unrhyw beth a fyddai o gymorth i agor y porth anferthol o'u blaenau. Aeth un neu ddau ohonynt cyn belled yn ôl â'r ystafell lle roeddynt wedi dod o hyd i'r bwyd, ond heb lwyddiant. Wedi chwarter cylchdro o chwilio diffrwyth, galwodd Terog ei filwyr yn ôl eto.

'Llusernau i gyd yma!' gorchmynnodd, gan amneidio at y twll mawr o'u blaenau. Gyda chymaint o belydrau o oleuni ar waith yr un pryd, llwyddodd Terog i weld yn bellach i lawr na Sbargo a'i gyfeillion ond y düwch oedd yn teyrnasu eto yn y pen draw.

'Mae'n ddrwg gen i, Barchedig Un,' meddai Terog.

Astudiodd Engral y cerfiadau ar y drws.

'Capten,' meddai, 'welwch chi'r cylch yng nghanol y patrymau eraill?'

'Gwelaf,' meddai Terog.

'Mae'n edrych yn bwysig. Ai hwnna yw'r allwedd i agor y porth?'

'Mae'n bosib,' meddai Terog.

'Ond sut allwn ni gyrraedd ato?' myfyriodd Engral.

Gwenodd Terog, ac estyn ei wn. Anelodd yn ofalus, bwyllog, a thanio. Atseiniodd y glec drwy'r twnnel a thrawodd y fwled ei tharged yn union, cyn adlamu oddi ar y garreg a saethu'n ôl drwy'r gwagle heibio i droed un o'r milwyr.

'A, wel. Gwerth cynnig,' meddai Terog.

'Nid yw methiant yn destun ysgafnder,' cystwyodd Engral ef. 'Mae'n rhaid i ni ddod o hyd i ffordd o agor y porth yma, a hynny'n gyflym!'

54

Ac enw'r creadur hwn ydoedd Dyn.

COFANCT: PENNOD 14, ADNOD 6

Roedd gweddill y Cira Seth, fel milwyr da, wedi cilio i fyny'r llethrau i ennill safle gwell i'w hamddiffyn rhag y miloedd a oedd yn llifo tuag atynt o bob cyfeiriad. Yn anffodus iddyn nhw, doedd eu llygaid, wedi blynyddoedd o arfer â goleuni Bryn Crud, ddim yn medru gweld yn bell i unrhyw gyfeiriad yn lled-dywyllwch y Geudwll. Ac felly, er i'r milwyr lwyddo i saethu llawer oedd yn union o'u blaenau, buan iawn y daeth ymosodiadau o'r ochrau mewn niferoedd na fedrent eu gwrthsefyll. Ciliodd yr ychydig oedd ar ôl ar hyd y silff, a rownd y gornel, o'r golwg.

'Be wnawn ni rŵan?' meddai Radog, llofrudd arall a oedd yn un o gyd-garcharorion Satana yn y Geudwll. 'Allwn ni'm mynd rownd fanna fesul un i gael ein lladd.'

'Fydd dim raid i ni,' meddai Satana. 'Ti'n ddringwr da, yn dwyt?'

'Dim cystal ag o'n i,' meddai Radog.

'Mi 'nei'r tro.' Gwaeddodd Satana ar y dorf. 'Os 'di Pistar, Sorgath a Llerfal yn dal yn fyw, wnân nhw ddangos eu hwynebau?'

Aeth murmur trwy'r dorf nes gweld rhywun yn symud drwyddi. Daeth dyn tenau a chanddo graith o'i glust i'w geg i'r golwg, a sefyll wrth ochr Satana.

'Un allan o dri,' meddai Satana. 'Ddim yn ddrwg, ma'n debyg. Lle mae'r lleill?'

'Llerfal wedi'i ladd; dwi'm yn gwbod am Pistar,' meddai Sorgath.

'Dwi'n fama!' meddai llais islaw. Gwahanodd y dorf eto i adael Pistar drwodd.

'Wel, wel,' meddai Satana gan chwerthin. 'Pwy fasa'n meddwl y basan ni'n gweld cymaint o lofruddion yn cydweithio? Ddylan ni ddechra undeb!'

'Be 'di'r cynllun?' meddai Radog.

'Y cynllun ydi,' meddai Satana, 'ein bod ni'n pedwar yn dringo i fyny fama ac ar hyd yr ochor uwchlaw'r Cira Seth.'

'Dwi'n ei gasáu o'n barod,' meddai Pistar.

'O'n i'n meddwl basat ti,' meddai Satana'n llawen. 'Yn anffodus, hwn ydi'r unig gynllun sy gennon ni. Yn fwy anffodus, mi ydan ni'n mynd i orfod gofyn i rai ohonoch chi gerdded rownd y silff yna i dynnu eu sylw nhw, neu mi saethan ni fel brain os sylwan nhw arnon ni. Unrhyw un isio marw heddiw?'

'Ymlaen!' gwaeddodd y dorf, gan ddechrau symud tuag at y pedwar llofrudd.

'O wel, os dach chi mor frwdfrydig â hynny,' meddai Satana, 'welwn ni chi wrth y porth. Pob lwc.'

Yna neidiodd i fyny fel pry copyn ar y wal, a dechrau dringo'n osgeiddig a rhwydd. Dilynodd y tri arall ef, hwythau bron mor hyderus â Satana ar y graig.

Llifodd y dorf ar y silff a rhedeg ar hyd-ddi i gyfeiriad y cwmni bychan o Gira Seth oedd yn gwarchod y porth gerllaw. Saethwyd rhai ohonynt yn syth, ac roedd ambell un yn ei sêl wedi rhedeg yn rhy gyflym i gymryd y gornel yn ddiogel ac wedi plymio oddi ar y silff i'r gwagle islaw.

Ond roedd hi'n dod yn amlwg na fedrai'r Cira Seth ail-lwytho'u harfau a dal eu tir yr un pryd. Neidiodd y ddau filwr oedd ar ôl dros y bwlch at y tri arall wrth y Porth Tywyll ac ail-lwytho o'r fan honno, gan adael i'r tri arall saethu yn eu lle am y tro. Ond golygai hynny fod y rhai ar flaen y dorf bellach yn medru rhedeg nerth traed tuag at y bwlch, gyda'r canlyniad ei bod yn llawer anos eu taro. Yn ogystal â hyn, roedd y ffaith eu bod yn nesáu at y milwyr yn rhoi cyfle i'w harfau gael eu defnyddio'n fwy effeithiol. Lladdwyd un Cira Seth â phicell wedi'i phlannu drwy ei fol. Gorfodwyd un arall i saethu â'i law wannaf wrth i gyllell finiog dorri'r gewynnau yn y llaw arall. Ond er gwaethaf y pwysau gynyddol o du'r dorf yr ochr arall, oherwydd eu proffesiynoldeb llwyddodd y milwyr i gadw'r bwlch rhag cael ei groesi am gryn amser.

Yna, mewn fflach, roedd popeth drosodd. Lladdwyd tri o'r milwyr, gan gynnwys yr un clwyfedig, gan dri asasin a ddisgynnodd arnynt megis o'r nefoedd a thorri eu gyddfau. Gwelodd eu pennaeth beth oedd wedi digwydd a sylweddoli fod y gêm ar ben. Rhedodd yn ôl at y porth i geisio tynnu braich Masocat oddi ar yr handlen a thrwy hynny gau'r porth. Ond ac yntau ar fin ei gyrraedd, glaniodd ffigwr tywyll o'i flaen a gwenu arno.

'Helô,' meddai Satana'n gyfeillgar. 'Cofio fi?'

Edrychodd y milwr mewn anghrediniaeth pan welodd pwy a safai o'i flaen, a dechrau cerdded tuag yn ôl oddi wrtho.

'Ges inna sioc mod i'n dal yn fyw hefyd,' meddai Satana wrtho. ''Na i'm deud 'i fod o'n hawdd, ond dio'm yn amhosib. Tria fo.'

A chyda hynny, rhoes gic sydyn ac annisgwyl i'r milwr nes bod hwnnw'n ei faglu hi tuag yn ôl, heb fedru ei atal ei hun rhag camu'n drwsgl dros y dibyn. Gwaeddodd am ei einioes cyn diflannu i'r tywyllwch islaw.

Erbyn hyn roedd y tri llofrudd arall wedi cyrraedd, a'r dorf yn neidio dros y bwlch i ymuno â nhw. Edrychodd Satana ar y porth agored.

'Dwi'n eitha mwynhau'r busnes cydweithio 'ma,' meddai wrth y tri arall. 'Ymlaen?'

55

Fel mae'n digwydd, roedd darlun Sbargo o'r hyn a allai fod wedi digwydd yn bur agos ati. Roedd Pili wedi cerdded i ffwrdd mewn tymer ond wedi sylweddoli'n fuan iawn nad oedd fawr o bwrpas crwydro'n ddiamcan drwy'r gwyll ac efallai fynd ar goll o'r herwydd. Felly cymerodd ychydig funudau i ymdawelu cyn troi'n ei hôl. Ond ar ôl ychydig gamau safodd yn stond – roedd wedi sylwi ar y symudiad lleiaf i'w chwith yn y gwyll. Ar amrantiad, er ei blinder, teimlai'n hollol effro a phob cyhyr yn ei chorff wedi tynhau. Clustfeiniodd am y sŵn lleiaf ond chlywodd hi ddim smic. Arhosodd yno am beth amser, mewn cyfyng gyngor p'un a ddylai rybuddio'r lleill neu aros yn ei hunfan. Ai anifail o fath oedd yna – un peryglus? A oedd yn ffynhonnell bosibl o fwyd? Beth ddylai hi ei wneud?

Yn sydyn, synhwyrodd symudiad arall. Yn raddol, toddodd y symudiadau i ffurfio siâp a symudai'n araf ond yn bendant i gyfeiriad Sbargo.

Roedd yn rhaid iddi wneud rhywbeth. Mor ofalus ag y medrai, cymerodd gam yn ei blaen. Yna un arall. Ni thynnodd ei llygaid unwaith oddi ar y ffurf, na pheidio â chlustfeinio am eiliad. Gyda chamau araf, pwrpasol, symudodd yn nes at y llecyn yr anelai'r ffurf tuag ato.

Sylweddolodd Pili'n sydyn fod y ffurf wedi aros, fel petai'n synhwyro rhywbeth. Llamodd ei chalon – a oedd wedi'i chlywed? Neu ei harogli, os mai anifail ydoedd – byddai ganddo synhwyrau a weithiai'n llawer gwell na'i rhai hi dan olau gwan y sêr. Yna dechreuodd y ffurf symud unwaith eto.

Anadlodd Pili'n dawel mewn rhyddhad. Camodd yn ei blaen yn ddigon agos iddi sylweddoli mai ar ddyn yr edrychai, ac nid anifail. Yn ogystal, medrai weld siâp Sbargo'n gorwedd ar y llawr. Dyna pam roedd y dyn wedi aros, meddyliodd Pili – i wneud yn siŵr fod Sbargo'n cysgu.

Roedd y dyn wedi aros eto. Beth oedd ei fwriad? Roedd yn rhaid i Pili benderfynu'n gyflym beth i'w wneud. Os rhedai tuag ato gan weiddi fe ddeffrai Sbargo, ond roedd y dyn yn fwy na hi ac yn siŵr o fod yn adnabod yr ardal yn well, felly, ac eithrio eiliad o syrpréis, ddôi dim llawer o elw o hynny. Penderfynodd gadw'n dawel a dal ati i wylio.

Gwelodd fod y dyn yn cario llwyth ac wrthi'n ei osod i lawr nid nepell o'r fan lle gorweddai Sbargo. Llamodd calon Pili eto. Tybed ai hwn oedd dyn y bwyd? Drwy'r gwyll, ymddangosai'n debyg i'r hyn a welsent o'r blaen: y dail, y danteithion. Pam oedd 'na ddyn yn eu helpu fel hyn? Teimlodd ychydig o ollyngdod – mae'n rhaid nad oedd yn bwriadu gwneud unrhyw niwed iddynt os oedd mor barod i'w helpu. Ond ni allai ymddiried digon ynddo i'w gwneud ei hun yn hysbys iddo chwaith. Ddim ar hyn o bryd.

Cododd y ffurf oddi ar ei gwrcwd a dechrau symud yn ei ôl yn dawel. Daeth Pili i benderfyniad sydyn. Roedd hi am wybod mwy ynglŷn â'r dyn dirgel yma, felly roedd hi'n mynd i'w ddilyn. Hyd yn oed pe câi ei dal ganddo, fe gymerai'r siawns fod ei fwriadau'n rhai da. Sylweddolodd fod hyn yn groes i'w greddf arferol; meddwl y gwaethaf o bawb a wnâi fel arfer. Roedd hynny wedi bod yn help iddi oroesi yn y Gattws. Cofiodd am Merfus yn tynnu ar Sbargo oherwydd fod hwnnw'n cofio adnodau'r llyfr bach du. A oedd yr Wyneb yn gwneud iddynt newid mewn rhyw ffordd? Doedd ganddi ddim amser i boeni am y peth, nac i nôl dim o'r bwyd a adawyd gan y dyn. Mae'n siŵr y cadwai Sbargo a'r ddau arall beth ar ôl iddi.

Dilynodd y ffigwr am ddau gylchdro heb iddo sylwi ei bod hi yno. Erbyn hyn difarai Pili na chymerodd o leiaf ychydig o fwyd, a dadleuodd â'i hun p'un a ddylai hi droi'n ôl ai peidio. Yna dechreuodd y tir syrthio oddi tani a chyflymodd y dyn ei gam. Penderfynodd Pili ddal ati.

Disgynnodd y ddau yn is ac yn is mewn tawelwch. Bellach, gwelai Pili ei bod yn nesu at waelod cwm, a'r bryniau'r naill ochr a'r llall iddo'n cuddio llawer o'r sêr. Roedd y tir o dan ei thraed yn dechrau meddalu a chlywai ambell sŵn gwlyb yn dod o dan draed y dyn o'i blaen. Byddai'n anodd ei ddilyn heb iddo'i chlywed mewn tir fel hyn, meddyliodd, ac arafodd ychydig i roi mwy o bellter rhyngddynt.

Roedd y tir yn gwaethygu gyda phob eiliad, a'r dyn yn cael y blaen arni o ddifrif erbyn hyn, a'i thraed a'i choesau hithau'n gwlychu mwy gyda phob cam. Sylweddolodd Pili ei bod mewn cors a bod y dyn o'i blaen yn gwybod am y llwybrau sychaf drwyddi, hyd yn oed yn y tywyllwch – ond doedd hi ddim.

Bellach, ni allai weld na chlywed dim. Melltithiodd ei hun am fod mor wirion a cheisiodd ddyfalu beth oedd y peth gorau i'w wneud. Craffodd tua'r bryniau o'i blaen a gweld amlinell y goedwig yn ffurfio o flaen ei llygaid. Trodd i edrych yn ei hôl a sylweddoli ei bod eisoes dros hanner ffordd drwy'r gors, ond yr eiliad y byddai'r dyn yn cyrraedd y goedwig fyddai ganddi ddim gobaith dod o hyd iddo. O leiaf medrai orffwys ar ôl ei chyrraedd, meddyliodd. Edrychodd yn ôl eto. Roedd hi'n daith bell yn ôl at y lleill, ac roedd blinder yn ei llethu bellach. Edrychai'r goedwig mor agos mewn cymhariaeth. Penderfynodd fynd ymlaen, gan hidio llai a llai gyda phob cam a gymerai p'un ai oedd hi'n gwneud gormod o sŵn ai peidio. Doedd fawr o bwrpas cadw'n dawel bellach, beth bynnag – byddai'r dyn wedi hen gyrraedd y goedwig ac wedi brasgamu'n ei flaen i'w loches, lle bynnag roedd honno.

Roedd Pili'n gwybod ei bod hi wedi gwyro'n ddifrifol oddi ar y llwybr erbyn hyn. Suddai i fyny at ei chlun gydag ambell gam, ac roedd hi'n anodd tynnu ei choesau allan o'r dŵr a'r llysnafedd.

'Diolch byth mod i'm yn gwisgo blydi sgidia,' rhegodd wrthi'i hun.

Stryffagliodd yn ei blaen, yn difaru o ddifrif na fyddai wedi troi'n ôl ac aros am olau dydd. Yna sylweddolodd ei bod yn nesu at y goedwig: â'i llygaid wedi dod i arfer â'r tywyllwch, gwelai ffurfiau'r coed yn glir o'i blaen yn awr. Teimlodd egni newydd yn byrlymu drwyddi a symudodd yn fwriadol tuag atynt. Yna rhoddodd waedd wrth iddi gamu i wagle, cyn plymio dros ei phen i ddŵr tywyll.

'Shit!' gwaeddodd, pan gododd yn ôl i'r wyneb. 'Bastard cors!'

Stryffagliodd i afael mewn rhyw fath o blanhigyn neu dyfiant i'w thynnu'i hun yn ôl i'r tir, ond roedd wedi colli'i synnwyr cyfeiriad yn y tywyllwch. Chwifiodd ei dwylo a'i choesau o gwmpas yn wyllt i chwilio am unrhyw beth a allai ei chynnal. Teimlodd rywbeth dan ei thraed a rhoddodd ei phwysau arno'n ddiolchgar. Ymbalfalodd â'i dwylo am dir sych, a daeth o hyd i beth i'r chwith.

Yna, gydag anghrediniaeth, sylweddolodd Pili fod y tir o dan ei thraed yn dechrau codi oddi tani.

'Be gythral . . .?' meddai, ond prin roedd y geiriau allan o'i cheg nad oedd rhywbeth llysnafeddog a chryf wedi'i lapio'i hun amdani a'i chodi allan o'r dŵr. Gwaeddodd nerth esgyrn ei phen gan gicio a bwrw'n galed, ond roedd beth bynnag oedd yn ei chwifio drwy'r awyr yn llawer mwy na hi, ac ychydig iawn o effaith roedd ei brwydro'n ei gael. Yna gwelodd gorff a phen tywyll yn un yn codi allan o'r dŵr oddi tani ac yn rhuo nes gyrru ias o arswyd i lawr ei chefn. Roedd drewdod yr anadl a ddôi i'w chyfeiriad yn codi cyfog arni, a'r fraich lysnafeddog a oedd wedi'i lapio amdani yn gwasgu cymaint nes ei bod yn methu â chael ei gwynt.

Y peth olaf a gofiai Pili oedd y geg ddanheddog, ffiaidd yn dod yn nes ac yn nes . . .

56

A theulu Dyn ydoedd hirhoedlog yn y dyddiau cynnar.

COFANCT: PENNOD 14, ADNOD 11

Roedd Engral yn prysur gyrraedd pen ei dennyn. Roedd ei syniadau'n brin a rhai Terog yn brinnach fyth. Yn waeth na'r cyfan, nid oedd y rhelyw o'r Cira Seth fel petaent yn malio'r un botwm corn – bron nad oedd yna elfen o ryddhad yn yr awyr yn sgil y posibilrwydd na fyddai'n rhaid iddynt wynebu peryglon yr Wyneb wedi'r cwbwl. Meddyliodd Engral tybed a oedd hi'n bryd cael gwers arall gan Terog ond penderfynodd gadw'n dawel am y tro.

Yna ailystyriodd – cadw'n dawel?

'Agor!' gwaeddodd yn sydyn nerth ei lais. Edrychodd Terog a'r milwyr yn hurt arno.

'Barchedig Un?' meddai Terog yn ofalus.

'Mae'n gweithio gyda sain,' meddai Engral gydag argyhoeddiad.

'Ond dio ddim wedi agor,' meddai Terog yn gymysglyd.

'Dio ddim wedi agor,' meddai Engral yn amyneddgar, 'am yr un rheswm ag na allai llaw gyffredin agor Porth Tywyllwch. Terog, mae'n rhaid i rai o'ch milwyr fynd yn ôl i lawr i'r Crombil i chwilio am ben Masocat.'

Edrychodd y capten yn wirion ar yr Uwch-archoffeiriad.

'Beth?' meddai. 'Rydach chi'n sylweddoli fod rhywun wedi rhoi cic iddo dros y clogwyn cyn inni ddod i'r twnnel?'

Symudodd Engral ei ben ychydig yn nes at Terog.

'Ydw, Capten, mi ydw i'n sylweddoli hynny. Ond heb y pen yna dydan ni ddim yn mynd i allu agor y drws yma a chyrraedd yr Wyneb, felly tra ydych chi'n parhau i fod yn gapten ar fy Nghira Seth, fyddech chi cystal ag ufuddhau i'm gorchymyn, os gwelwch yn dda?'

Sobrodd Terog, a churo'i sodlau yn erbyn ei gilydd.

'Wrth gwrs, syr.'

Erbyn hyn roedd y gair wedi mynd ar led drwy rengoedd y milwyr beth oedd ar fin digwydd. Edrychai un milwr ychydig yn euog, a dadleuai â fo'i hun tybed a ddylai gadw'n dawel, yn enwedig o weld y driniaeth roedd Corbalam wedi'i derbyn dan law ei gapten.

'Deg o wirfoddolwyr,' gorchmynnodd Terog. Edrychodd y milwyr ar ei gilydd, ac yn araf camodd dau neu dri ymlaen. Roedd yn amlwg i bawb nad oedd yr un o'r dynion yn orawyddus i fynd yr holl ffordd yn ôl i lawr i'r Crombil ac yna'r holl ffordd yn ôl i fyny eto – gyda phosibilrwydd gwirioneddol na fyddent yn medru dod o hyd i'r pen coll beth bynnag.

'Deg ddudis i!' bytheiriodd Terog. 'Be ydach chi – Cira Seth 'ta dolis clwt? Dowch 'laen!'

'Syr?' meddai llais bychan o blith y milwyr. Chwiliodd Terog am berchennog y llais.

'Pwy ddudodd hynna?' gorchmynnodd.

Ymwahanodd y rhengoedd o filwyr fel llenni gan adael un milwr yn sefyll ar ei ben ei hun yng nghanol y twnnel. Camodd Terog yn araf ato.

'Wel?'

'Syr, falla na fydd angan mynd i lawr i'r Crombil eto,' meddai'r milwr.

'Mae'n ddrwg gen i?' meddai Terog yn fygythiol.

Cliriodd y milwr ei wddw.

'Falla, syr, na fydd angan . . .' cychwynnodd y milwr, cyn i Terog dorri ar ei draws mewn llais uchel.

'Mi glywais i be ddwedaist ti! Rŵan, dywed wrtha i yn union be ydi dy feddwl yn torri ar fy nhraws i fel yna. Ydyn ni'n cyflogi milwyr i feddwl y dyddia yma, ydyn ni? Pan oeddwn i'n filwr cyffredin, ufuddhau i orchmynion fyddwn i'n ei wneud! Be ydi dy enw di?'

'Pentil, syr,' meddai'r milwr mewn llais bychan.

'Rhif!' cyfarthodd y capten.

'Chwech dau dau saith naw,' sibrydodd Pentil. Gwelodd law'r capten yn estyn am ei wn a meddyliodd am Corbalam. Gwelodd Terog fod y milwr wedi cau ei lygaid fel pe bai'n paratoi i dderbyn ei dynged, ond fel y tynnai Terog y gwn o'i wain, sylwodd fod y milwr yntau wedi tynnu rhywbeth o'i boced ac yn ei ddal o'i flaen.

'Be gythral 'di hwnna, chwech dau dau saith naw?' sgrechiodd Terog.

Roedd y milwr fel petai'n un gymysgedd o gywilydd ac ofn.

'Tafod y carcharor,' meddai'n dawel. ''Wnes i 'i godi fo a'i roi yn fy mhoced.'

Edrychai Terog fel pe bai ei lygaid yn mynd i neidio o'i ben.

'I be, neno'r tad?' meddai, pan ddaeth o hyd i'w dafod ei hun.

'Dwi'm yn gwbod,' meddai Pentil yn ddidwyll. 'Swfenîr o fath.'

Roedd Terog yn gandryll.

'Swfen. . . Mae'r peth yn droëdig!' meddai. 'Mi ddylwn i dy saethu yn y fan a'r lle!'

'Mae gennyf syniad gwell,' meddai Engral, oedd wedi camu at Terog ar ôl gweld y datblygiad hwn. 'Efallai fod Mr Pentil yn llygad ei le.'

57

A Lethne, Duwies Tywyllwch, a feddai'r gallu i leddfu blinder
Dynion ac i esmwytháu eu gweledigaethau beunosol. A hi
ydoedd Dduwies Breuddwydion iddynt hwy.

COFANCT: PENNOD 15, ADNOD 3

Roedd Merfus yn nerfus, ac nid fo oedd yr unig un. Safai'r
tri ohonynt yng nghanol y tir corsiog yn edrych tua'r
goedwig anferth nid nepell oddi wrthynt, ond a oedd yr
eiliad honno yn ymddangos fel pe bai hi fyd i ffwrdd.

'Waeth 'ni heb â sefyll yn llonydd,' meddai Sbargo, 'neu
'dan ni'n suddo'n ddyfnach. Rhaid i ni ddal i symud.'

'Mae 'nhraed i'n oer,' meddai Melana'n wylofus.

'Ma dy draed ti'n oer am eu bod nhw'n wlyb,' meddai
Sbargo'n amyneddgar. 'Y ffordd ora i ti 'u cnesu nhw ydi
drwy ddal i symud, Melana.'

'Ond mae'r gors yn mynd yn ddyfnach,' meddai Merfus.

'Merfus, dwyt ti ddim yn helpu, mae arna i ofn,' meddai
Sbargo wrth ei gyfaill. 'Rŵan, matar o chwilio am y llinell
sycha yn hytrach na'r un sytha ydi hi. Reit, driwn ni ffor'ma,'
meddai, gan gymryd cam a barodd iddo suddo at ei ben-glin
yn y dŵr llysnafeddog.

'Iawn 'ta, falla ddim ffor'ma,' meddai, gan geisio cadw
cymaint ag oedd yn bosib o hunan-barch. Er ei gwaetha,
daeth gwên fechan i wyneb Melana.

Yn raddol, a chyda sawl cam gwag a rheg, roeddynt yn
nesu at y tir lle roedd ffin y goedwig. Fel roedd Merfus yn
dechrau caniatáu iddo'i hun obeithio unwaith eto, daeth llais
Sbargo y tu blaen iddo.

'Dach chi'm yn mynd i licio hyn . . .'

Stryffagliodd Merfus a Melana tuag ato, a gweld bod y gors o'u blaenau wedi troi'n llyn llonydd fwy neu lai.

'O mam bach,' meddai Melana. 'Fedra i ddim nofio.'

'Sut o'n i'n gwbod dy fod ti'n mynd i ddeud hynna?' meddai Sbargo, gan deimlo'i ysbryd yn suddo unwaith eto.

'Ydi hi'n werth trio mynd o gwmpas y gors rywsut?' gofynnodd Merfus.

Craffodd Sbargo i bob cyfeiriad.

'Dwi'n ama. Ma hi mor llydan yn fama, ma hi'n debycach i afon lonydd nag i lyn. Fydd raid inni nofio drosodd.'

'Y? Pa ran o "fedra i'm nofio" wyt ti ddim yn 'i ddallt?' holodd Melana.

'Ni, Melana. Merfus a fi. Y ni fydd yn nofio – fyddi di'n cael lifft. Iawn, Merfus?'

Nodiodd Merfus.

'Paid â bod ofn, Melana,' meddai'n garedig. 'Cadw dy ben uwchlaw'r dŵr, dyna i gyd.'

Nodiodd Melana eto.

'Gyda llaw, gawn ni neud hyn mor ddistaw â phosib, plis?' meddai Sbargo. 'Os oes yna ellyll, dwi'm isio bod yn gloc larwm iddo fo.'

'Oedd raid i ti sôn am hynna rŵan?' griddfanodd Melana.

Gafaelodd Sbargo a Merfus am ei chanol ag un fraich yr un, a cherddodd y ddau i mewn i'r dŵr gan ddechrau nofio â'r fraich arall.

'Iawn?' gofynnodd Merfus i Melana.

Ni fedrai Melana ateb gan ei bod yn canolbwyntio cymaint ond nodiodd yn gadarnhaol ddwywaith neu dair.

Roedd y cynllun yn gweithio'n ddigon effeithiol, er yn araf, ac roedd y tri yn agosáu at lan bellaf y llyn.

'Glywsoch chi sŵn?' meddai Sbargo'n sydyn.

'Naddo,' meddai Merfus.

Nofiodd y ddau yn eu blaenau, a'u nerfau bellach yn hollol dynn. Roedd y lan yn agos iawn. Ychydig eiliadau, ac fe fyddent yno.

'Ma 'na rwbath yn y dŵr yma efo ni,' meddai Sbargo.

'Paid, Sbargo! 'Di hynna ddim yn ddoniol!' meddai Melana.

'Dwi o ddifri,' meddai Sbargo. 'Merfus, nofia'n gynt!'

Ymdrechodd y ddau'n galetach i gyrraedd y lan ond yna clywsant gynnwrf newydd yn y dŵr y tu cefn iddynt. Sgrechiodd Melana.

'Peidiwch ag edrych 'nôl!' gwaeddodd Sbargo. 'Dal i fynd, Merfus!'

Doedd dim angen dweud ddwywaith wrth Merfus. Bellach, roedd unrhyw ymdrech i gadw'n dawel wedi'i thaflu i'r gwynt a chorddai Sbargo a Merfus y dŵr yn eu braw, gyda'r canlyniad fod Melana'n llyncu dŵr rhwng pob sgrech. Ond yna boddwyd ei sgrechiadau gan ru annaearol y tu ôl iddynt.

'O mam bach!' meddai Merfus.

'Dal i fynd!' gwaeddodd Sbargo. 'Bron yna!'

Daeth rhu arall a swniai fel petai'n dod bron o'r hochr yn hytrach nag o'r tu ôl iddynt. Dyna'r sbardun olaf yr oedd ei angen ar Merfus i roi un ymdrech eithafol arall i gyrraedd y lan. Teimlodd y ddau fachgen y tir dan eu traed a gweithiodd y ddau eu coesau fel dwy injan, gan hanner llusgo Melana i fyny i dir sych ar eu hôl. Teimlodd hithau'r tir o dan ei thraed a gwneud yr un modd. Rhedodd Merfus a Melana nerth eu traed tua'r goedwig dan weiddi, ond ildiodd Sbargo i'r ysfa i droi i weld beth oeddynt newydd ei osgoi. Dyna fu'i gamgymeriad – yr hyn a welodd oedd siâp llwyd anferth gyda cheg ddanheddog a thentaclau tewion yn chwipio'r dŵr o'i amgylch yn wyllt. Trodd Sbargo i geisio dianc ond roedd wedi oedi'n ddigon hir i un o'r tentaclau saethu tuag ato a gafael fel chwip am ei goes.

'Aaa!' gwaeddodd Sbargo, gan dynnu yn erbyn y fraich lwyd nerthol. Ond ni fedrai ryddhau ei hun. 'Merfus!' gwaeddodd wedyn.

Trodd y ddau arall.

'O, na,' meddai Melana. "Dan ni'n gorfod mynd yn ôl, 'yn dydan?'

'Yndan!' meddai Merfus yn wyllt a rhedeg tuag at Sbargo, a oedd erbyn hyn yn cael ei lusgo'n ôl i'r llyn.

Ceisiai Sbargo sigo'i gorff i bob cyfeiriad er mwyn dianc o afael Galfarach, ond methu a wnâi bob cynnig. Gwyddai pe deuai tentacl arall drwy'r awyr i afael ynddo y byddai'n ddiwedd arno. Ar hynny cyrhaeddodd Merfus a Melana, a gafaelodd Merfus yn rhan ucha'i gorff a thynnu â'i holl nerth, tra ceisiai Melana daro'r fraich lysnafeddog â'i dyrnau mewn modd hynod aneffeithiol.

'Bratha fo!' gwaeddodd Sbargo.

Edrychodd Melana gydag arswyd arno.

'Be?'

'Bratha fo!' gwaeddodd Sbargo eto. 'Brifa fo!'

Roedd wyneb Melana'n glaer wyn. Caeodd ei llygaid, a suddo'i dannedd mor galed â phosib i mewn i'r tentacl. Trodd y rhuo o'r llyn yn sgrechian byddarol a gollyngodd yr ellyll ei afael. Cododd y tri a'i heglu hi am y coed cyn i'r bwystfil gael amser i ddod ato'i hun ddigon i ddechrau ymosod eto. Sychodd Melana ei cheg wrth redeg, a gweld y gwaed glas oedd bellach ar gefn ei llaw.

'Aaa!' gwaeddodd.

Rhedodd pawb i'r goedwig heb aros nac edrych yn ôl unwaith nes cyrraedd llannerch fechan o'i mewn. Gan benderfynu bod y llecyn hwn yn ddigon diogel a phell o'r llyn, suddodd y tri i'r llawr i gael eu hanadl yn ôl.

A dyna pryd y clywsant lais cyfarwydd uwch eu pennau.

'O'n i'n dechra meddwl bo chi ddim am ddŵad, cofiwch,' meddai Pili.

58

Eithr y Duwiau ni freuddwydiant.

COFANCT: PENNOD 15, ADNOD 4

Roedd Pentil ar wastad ei gefn â sawl un o'r milwyr yn ei ddal yno rhag iddo symud.

'Wna i ddim deud celwydd wrthat ti – mae hyn yn mynd i frifo,' meddai Terog wrtho, cyn amneidio ar filwr oedd wedi estyn edau a nodwydd o'r pecyn ar ei gefn. 'Ond mae o at achos da. Dewrder, Pentil – y peth mwyaf hanfodol i unrhyw filwr gwerth ei halen.'

Plannodd y milwr y nodwydd yn nhafod Pentil gan ysgogi sgrech o artaith.

'Daliwch o,' gorchmynnodd Terog.

Tynnwyd yr edau drwy dafod Pentil nes cyrraedd y pen lle roedd yn angori wrth dafod Masocat.

'Paid â phoeni, rydan ni wedi rhyw lun o'i golchi hi,' cysurodd Terog ef. Nid oedd yn amlwg a oedd Pentil yn derbyn unrhyw gysur o'r wybodaeth yma.

Daliodd y milwr ati i blymio'r nodwydd i dafod Pentil a chlymu'r tafod marw yn sownd i un Pentil nes i'r boen fynd yn drech nag o ac iddo lewygu. Gadawodd Terog i'r gwnïwr orffen ei waith yng ngheg y milwr anymwybodol. Byddai'n haws i bawb felly.

'Ydach chi wir yn meddwl fod hyn yn mynd i weithio?' meddai Terog wrth Engral.

'Yr ateb gonest, Capten? Nac ydw. Ond ydych chi eisiau aros yn y fan yma am yn agos i wythnos tra mae'r milwyr ar eu taith â dim ond ffrwythau i'n cynnal, heb inni fod wedi gwneud pob peth o fewn ein gallu?'

Edrychodd Terog arno a nodio.

'O'r gorau, Barchedig Un,' meddai, a gweld fod y milwr bellach wedi gorffen gwnïo'r tafod dwbl.

'Dŵr,' meddai Terog. Camodd milwr yn ei flaen gyda photelaid o ddŵr, a thywallt peth o'i chynnwys ar y ffigwr llonydd ar lawr. Dadebrodd Pentil ac edrych o'i gwmpas, yna teimlodd y lwmp anghyfarwydd, poenus yn ei geg a chofio beth roeddynt wedi'i wneud iddo.

'Deud rwbath,' meddai Terog wrtho.

'Gegyg i ge?' atebodd Pentil yn ddolurus.

'Be ydi dy enw?'

'Cencil.'

'Be ydi dy rif?'

'Chech gau gau chaich ngaw,' stryffagliodd y milwr.

'Ar dy draed, chwech dau dau saith naw,' gorchmynnodd Terog. Ufuddhaodd Pentil.

'Wyneba'r Porth,' meddai'r capten. Trodd Pentil i gyfeiriad y drws anferth.

'Rŵan – yn glir ac yn uchel, dwed y gair "Agor".'

Tybiodd Pentil (yn anghywir) fod hwn yn amser da i fargeinio.

'Ge gwi'ng ga'l?' holodd.

'Mi gei di fyw,' meddai Terog yn felys, 'os wyt ti'n llwyddo i agor y drws.'

Syrthiodd wyneb y milwr ifanc, a throdd i wynebu'r drws eto.

'Agog,' meddai.

Ddigwyddodd dim byd.

'Deud o'n gliriach,' meddai Terog.

'Agog,' meddai Pentil eto.

'Agorrr,' meddai Terog, gan rowlio'r 'r' olaf yn arwyddocaol.

'Agodddd,' ymdrechodd Pentil.

'Naci – "r". Duda "rrr"!'

'Dd.'

'BLYDI HEL!' gwaeddodd Terog.

'Chgenga i'm helc, ngagoech? Ma'r cwac ynga gi gnïo hi chy gynn, yng gygi!' cwynodd Pentil.

'Filwyr – gwyliwch eich hunain,' rhybuddiodd Engral.

Tawelodd y ddau filwr.

'Un waith eto, Mr Pentil,' meddai Engral yn dawel. 'Cofiwch fod eich bywyd, efallai, yn dibynnu ar un llythyren. Rŵan, canolbwyntiwch.'

Caeodd Pentil ei lygaid. Ceisiodd ddychmygu'r siapiau fyddai'n rhaid i'w geg eu gwneud er mwyn yngan y gair yn gywir, yna cymerodd anadl ddofn a rhoi ei gynnig gorau arni.

I glustiau Engral a'r milwyr roedd yr ynganiad yn dal ymhell o fod yn berffaith ond ni falient yr un botwm corn bellach. Gyda rhu anferth, roedd Porth Goleuni wedi dechrau agor a'r pelydrau cyntaf yn llifo i mewn i'r twnnel tywyll.

59

A daeth oes pan ydoedd Dyn yn fwy niferus na'r Duwiau, a'r Duwiau a edrychent yn ffafriol arnynt.

Cofanct: Pennod 16, Adnod 1

'Pili!' gwaeddodd Merfus gan redeg ati a'i chofleidio.

'Arglwy, callia!' meddai Pili. 'Golwg 'di bod mewn strach arnoch chi'ch tri.'

'Do, 'chan,' meddai Sbargo. 'Diolch am dy help.'

'Duw, roedd bob dim dan reolaeth,' meddai Pili.

'Doedd o'm yn teimlo felly i mi,' meddai Sbargo.

'Fasach chi 'di bod yn iawn. Oedd Brwgaij yn cadw llygad arnoch chi,' meddai Pili.

'Pwy?' meddai Melana.

'Brwgaij 'de. Wel, Brwgaij dwi'n 'i alw fo. Sgenno fo'm enw, medda fo. Mae o'n siarad yn od ddiawledig – dwi'm yn dallt hannar y petha mae o'n ddeud, felly ma Brwgaij cystal enw â dim, am wn i. O, ac mi achubodd 'y mywyd i.'

Edrychodd Sbargo ar Pili.

'Fo sy 'di bod yn paratoi bwyd i ni?' gofynnodd.

'Ia.'

'Wnest ti ofyn iddo fo pam?'

'Ew, dwi 'di colli dy gwestiyna gwirion di, cofia. Do, siŵr dduw,' meddai Pili.

Bu saib. Gwelai Sbargo y byddai'n rhaid iddo ofyn cwestiwn gwirion arall.

'A be ddudodd o?'

'Mai ei blaned o ydi hon, neu ryw nonsens fel'na. Mi ydan ni'n westeion iddo fo, medda fo.' Symudodd Pili ei phen er mwyn sibrwd yng nghlust Sbargo. 'Dwi'm yn meddwl ei fod o'n llawn llathan, rhyngddach chdi a fi.'

'Lle mae o 'ta?' holodd Merfus.

'Mi fydd yma mewn munud,' meddai Pili. 'Doedd o'm ar gymaint o hast â chi.'

Sylwodd Melana fod Pili'n gwisgo gwregys o ddail mawr am ei chanol.

'Dyna ydi'r ffasiwn yn y goedwig, ia?' meddai'n felys.

'Ma dail ffostwydd yn dda am wella clwyfau,' meddai Pili.

'Ydyn nhw?' meddai Merfus.

'Ydyn, yn ôl Brwgaij. Fo wnaeth hwn.'

'Pa glwyfau?' holodd Melana.

'Fel o'n i'n deud, mi nath o achub 'y mywyd i,' meddai Pili.

Edrychodd Sbargo yn ei ôl i'r cyfeiriad y daethant ohono. 'Be . . . yr . . .'

'Y peth mawr llwyd hyll 'na, ia,' cadarnhaodd Pili. 'Galfastard neu be bynnag di'i enw fo. Gweld dy fod titha wedi'i gwarfod o hefyd.'

Edrychodd Sbargo ar ei goes a sylwi am y tro cyntaf fod y croen wedi chwyddo'n goch lle roedd yr ellyll wedi gafael amdano.

''Dio'n wenwynig?' meddai Sbargo mewn dychryn.

'Ryw chydig, 'swn i'n feddwl. Mwy o niwsans na dim arall. Chydig o ddail ffostwydd a fyddi di'm 'run un. Dio'm fel tasat ti 'di'i fyta fo na dim byd felly, nacdi?' chwarddodd Pili.

Edrychodd Sbargo a Merfus yn gegrwth ar Melana. Deallodd Pili.

'Ma'r empath 'di trio byta'r ellyll. Briliant.'

'Be ydw i'n mynd i' neud?' llefodd Melana.

'Peidied y ferch ifanc â phoeni,' meddai llais addfwyn o'r tu ôl iddynt.

Trodd y tri i edrych a gweld dyn a golwg trempyn arno, mewn carpiau blêr a'i wallt yn hir a chaglog. Eto roedd caredigrwydd yn y llygaid gleision, hyd yn oed os oedd yna ryw olwg bell, anesmwyth ynddynt hefyd. Cariai declyn bychan du yn ei law.

'Henffych, gyfeillion,' meddai wrth y newydd-ddyfodiaid. 'Croeso i'm planed.'

60

A thrwy law Dyn, y tir o amgylch Caredroth a droes yn ddolydd ffrwythlon, ac arnynt bopeth yr oedd ei angen arno fel cynhaliaeth.

COFANCT: PENNOD 16, ADNOD 3

Syllodd Sbargo ar y teclyn bychan yn llaw Brwgaij. Edrychai fel bocs â dwy weiren yn dod allan ohono.

'Efo hwnna oeddach chi'n mynd i'n hachub ni?' meddai mewn anghrediniaeth.

'Wel ia, siŵr dduw,' meddai Pili. 'Efo hwnna achubist ti fi, yndê Brwgaij?'

Gwenodd Brwgaij arni. Er ei waetha, methodd Sbargo beidio â meddwl tybed a gawsai Brwgaij ei wobrwyo am achub bywyd Pili, a theimlodd yn euog am feddwl y fath beth. Wedi'r cwbl, doedd o'n ddim o'i fusnes o hefo pwy y dewisai Pili fodloni ei chwant.

'Be mae'r bocs yn ei wneud?' holodd Merfus.

'A!' meddai Brwgaij, fel petai'n rhannu cyfrinach, a chydag wyneb dramatig gwthiodd y swits ar ochr y bocs. Ddigwyddodd dim byd. Edrychodd Sbargo'n hurt arno.

'Glywi di ei sain?' gofynnodd Brwgaij iddo.

'Na chlywaf,' atebodd Sbargo.

'Na minnau. Ond yr ellyll a'i clyw, a'r sŵn sy'n artaith iddo.'

Edrychodd Sbargo ar Pili.

'Ydi hwn o ddifri?'

'Yndi tad,' meddai Pili. 'Mi ollyngodd yr ellyll fi'n syth pan roth Brwgaij hwnna 'mlaen, ac mi fedris nofio i'r lan yn saff tra o'dd y cwd hyll yn dal i ddawnsio disgo.'

'Wel pam na fasach chi wedi'i roi o 'mlaen gynna fach 'ta?' meddai Sbargo'n flin.

'Cyd-weithwyr da oeddech,' atebodd Brwgaij. 'Addysg i unigolyn.'

'Ti'n gweld be dwi'n feddwl?' meddai Pili'n gyfrinachol wrth Sbargo, i danlinellu'i hofn nad oedd Brwgaij yn llawn llathen.

'Ym, dwi'm isio swnio fel tôn gron, yndê,' meddai Melana, 'ond be dwi'n mynd i'w neud?'

'Yn wir, yn wir!' meddai Brwgaij yn syth. 'Bu imi anghofio – anghwrteisi, anghwrteisi! Deuwch!'

Arweiniodd nhw ymhellach i mewn i'r goedwig ac at gaban pren. Diflannodd Brwgaij drwy'r drws ac arhosodd y pedwar arall y tu allan. Ymhen eiliad agorodd drws y caban eto a chwifiodd Brwgaij ei fraich arnynt i fynd i mewn.

'Croeso, croeso!' meddai.

Y tu mewn i'r caban roedd llu o greiriau coginio wedi'u gwneud o fetel a chlai. Ar silffoedd yn y cefn, roedd jariau'n llawn o hylifau amryliw, a chreaduriaid trychfilaidd bychain yn crwydro y tu mewn i rai ohonynt. Anelodd Brwgaij am un o'r rhain a chyda theclyn metel dwygoes, gafaelodd yn un o'r trychfilod a'i dynnu o'r botel. Daliodd ef o flaen Melana gan wenu.

'Bwytewch,' meddai.

'Ydach chi'n gall?' meddai Melana ag arswyd. 'Dwi newydd fwyta un peth 'sglyfaethus, a dydw i ddim yn mynd i wneud hynny eto!'

'Gwna fel mae o'n deud,' medda Pili.

Edrychodd Melana ar y pen bychan corniog â'r coesau'n gwingo i bob cyfeiriad. Roedd ei stumog yn troi.

'Fedra i ddim,' meddai. 'Oes modd bwyta'r dail ffostwydd 'na at beth fel hyn?'

'Nid oes, gresynaf,' meddai Brwgaij. 'O'r gorau – hwylusaf y llafur.'

Estynnodd bestl a breuan a malu'r trychfil yn siwrwd. Yna

tywalltodd ef i gwpan, a thywallt dŵr berwedig o un o'r sosbenni ar ei ben.

'Iachâd i'm chwaer newydd,' meddai'n garedig.

Gafaelodd Melana yn y gwpan ac edrych i mewn iddi. O leiaf nid oedd coesau na chyrn yn syllu arni bellach. Penderfynodd roi cynnig arni – pa mor ddrwg allai hynny fod wedi'r cwbl?

'Yyy . . . ma'n *uffernol*!' meddai wedi iddi'i flasu, gan wag-gyfogi.

''Mots,' meddai Sbargo. 'Yfa fo i gyd.'

Er gwaetha'i ffieidd-dra, ufuddhaodd Melana.

'Teimlo'n well?' holodd Pili'n chwareus.

'Nacdw,' pesychodd Melana.

'Llawenhewn,' meddai Brwgaij. 'Bydd byw Melana!'

'Be? O'n i o ddifri mewn peryg?' meddai Melana, fel petai'r syniad newydd ei tharo go iawn.

'Yn wir,' meddai Brwgaij. 'O'i gymryd yn fewnol, chwe chylchdro yn unig a gymerth gwenwyn yr ellyll cyn trengi o'r corff. Ond weithian, byddi holliach.'

Chlywodd Melana mo ran olaf y frawddeg, gan iddi lewygu i freichiau Merfus a safai y tu ôl iddi.

61

A'r Duwiau a boblogasant y bydoedd gyda Dynion, gan oruchwylio eu llafur am gyfnod, ac yna dychwelasant i Ergain gan adael i Ddynion wneud a fynnent.

COFANCT: PENNOD 17, ADNOD 1

'Pam gwnaethoch chi'n helpu ni?'

Sbargo ofynnodd y cwestiwn oedd ar dafod pob un ohonynt. Eisteddent y tu allan i'r caban pren yn yfed paned gynnes – o beth, wydden nhw ddim, ond fod Brwgaij wedi'u sicrhau bod y dail yn llesol ac y byddent yn eu cryfhau. Edrychodd Brwgaij ar Sbargo, a gwelodd hwnnw'r tristwch y tu ôl i'r wên addfwyn.

'Gyfaill, a ddatgelwyd iti ar yr Wyneb un enaid byw oddieithr myfi?' gofynnodd.

'Naddo,' meddai Sbargo.

'Isio cwmni oeddat ti?' holodd Pili.

'Dwi'n teimlo'i unigrwydd,' meddai Melana, oedd wedi cael cyfle i ddadebru erbyn hyn.

'Wyt, mwn,' ebychodd Pili dan ei gwynt.

'Ti'n deud bod 'na neb arall yma 'blaw chdi?' meddai Sbargo.

'Ni welais neb oddieithr chwychwi,' atebodd Brwgaij.

'Beth am y Duwiau?' holodd Merfus yn eiddgar.

'Pa beth yw'r Duwiau?' meddai Brwgaij.

'Wyddoch chi ddim am y Duwiau?' meddai Merfus yn syfrdan. 'Pobol llawer pwysicach na ni. Maen nhw'n byw ar Fynydd Aruthredd. Wel, rhai ohonyn nhw. Mae Jero wedi gadael ac mae Astri'n treulio'r rhan fwyaf o'i hamser yn y coed yma yn rhywle. Fe'i gwelsoch, efallai?'

'Paid â mwydro'r creadur, Merfus,' meddai Pili.

'Ni wn am unrhyw Dduwiau,' atebodd Brwgaij. 'Myfi sydd berchen y blaned hon – ni raid i mi wrth unrhyw Dduwiau.'

'Pam dach chi'n mynnu mai'ch planed chi ydi hon?' holodd Sbargo.

'Myfi sy'n trigo arni'n unig,' meddai Brwgaij, gan edrych yn hurt arno.

'Oi – 'dan ni'n byw arni, pal!' meddai Pili, gan frochi.

Edrychodd Brwgaij yn anghyfforddus am y tro cyntaf ers iddynt gyfarfod.

'O?' meddai.

'Rydan ni wedi teithio o du mewn y blaned hon. Mi ddaethon ni allan o Borth Goleuni yn y Bryniau Mwyn, nid nepell o Garedroth, tre'r Gweithwyr, lle gadawsoch chi'r bwyd i ni. Mi welsom eich gwely yno,' meddai Sbargo.

'Fe welais y tân,' eglurodd Brwgaij. 'Gwelais eich bod yn deisyf ymborth. Yr oedd yn weithred uniawn.'

'Wel rydan ni'n ddiolchgar iawn beth bynnag,' meddai Melana.

'Beth bynnag 'di dy fwriada di,' meddai Pili.

'Pili,' meddai Sbargo'n ddistaw. Ni chafodd ddim yn ôl ond edrychiad herfeiddiol.

'Fy mwriadau'r awron, frodyr a chwiorydd,' meddai Brwgaij yn fwyn, 'yw cynnig athrawiaeth ichwi oroesi ar fy mhlaned. Ni wnaethoch yn orwych hyd yma.'

'Be ddudodd o?' meddai Pili.

'Bod ni'n mynd i lwgu heb 'i help o,' atebodd Sbargo.

Edrychodd Pili ar Brwgaij.

'Ers faint ti'n byw yma?' gofynnodd iddo.

'Ni chofiaf.'

'O 'le doist ti, 'ta?'

'Ni chofiaf.'

'Be ydi d'enw di?'

'Ni chofiaf.'

'Faint ydi d'oed di?'

'Ni chofiaf.'

'Oes gen ti'm teulu?'

'Ni chofiaf.'

Trodd Pili at y lleill.

'A 'dan ni i fod i drystio hwn?'

Edrychodd Sbargo'n geryddgar ar Pili eto, ond doedd gan y butain ddim bwriad o edrych arno.

'Ni raid wrth ymddiriedaeth, chwaer,' atebodd Brwgaij. 'Ond hwylustod a ddaw yn ei sgil.'

'Taswn i wedi ymddiried mewn mwy o bobol, ella 'sa mywyd inna'n haws, ond 'sa fo hefyd wedi bod drosodd yn lot cynt,' meddai Pili.

'Bid a fo,' meddai Brwgaij.

'*Dwi*'n ymddiried ynddoch chi,' meddai Melana.

'Jyst i dynnu'n groes, ma'n siŵr,' meddai Pili.

'Naci, am fod ei galon yn dyner,' meddai Melana'n amyneddgar. 'Ac oherwydd iddo achub fy mywyd i. Mae hynny'n gystal rheswm â dim.'

'Eich penderfyniad hamddenol,' meddai Brwgaij. 'Yn y cyfamser, awn i hela.'

62

A rhai o'r Duwiau a ymserchasant ym mhlant Dynion, ac nid
oedd hyn yn gymeradwy yng ngolwg Ea a'r Chwech.

COFANCT: PENNOD 17, ADNOD 6

Wedi dau gylchdro o hyfforddiant gan Brwgaij, roedd yr
Wyneb fel petai wedi dod yn gwbl fyw i Sbargo a'r lleill.
Drwy roi'r gorau i ganolbwyntio arnynt eu hunain a
defnyddio'u llygaid, eu clustiau, ac mewn ambell achos, eu
trwynau, dechreuodd y pedwar weld a chlywed holl
drigolion y goedwig o'u cwmpas. Gwelsant anifeiliaid
bychain blewog yn rhuthro o un man i'r llall o dan eu traed,
ac adar a chreaduriaid â breichiau a choesau hirion uwch eu
pennau yn y coed; clywsant sŵn ymlusgiaid a thrychfilod yn
mynd yn ôl a blaen trwy'r dydd ar y ddaear oddi tanynt –
ac, ambell dro, gwelsant un neu ddau o greaduriaid mawr
danheddog a sbardunai Brwgaij i symud yn syth i ran arall
gyfagos o'r goedwig.

Yna arweiniodd Brwgaij nhw at lecyn agored glaswelltog
yn y goedwig, a gwelsant fod yno bedwar neu bump o
anifeiliaid o gryn faint yn pori'r ochr draw i'r llannerch.

'Llystfilod,' sibrydodd Brwgaij. Amneidiodd ar y lleill i fod
yn dawel ac aros yn eu hunfan, yna tynnodd y bwa o bren
tenau oddi ar ei ysgwydd ac estyn un o'r picellau miniog o'r
wain ar ei gefn, cyn symud yn sydyn ac yn ddistaw o'r golwg
drwy'r coed o amgylch y llannerch.

Arhosodd y pedwar yno'n fud am dipyn, yn gwylio'r
anifeiliaid yr ochr draw. Ddigwyddodd dim am amser hir.
Yna, cododd un o'r llystfilod ei ben a safodd ei glustiau'n
syth i fyny fel petai wedi clywed rhywbeth. Brefodd yn uchel
i geisio rhybuddio'r lleill, ond roedd yn rhy hwyr. Fel

roeddynt yn dechrau troi a rhedeg am eu bywydau o'r llannerch, disgynnodd un ar ei wyneb i'r llawr fel pe bai ei goesau wedi cael eu torri oddi tano. Gwyliodd Sbargo a'r tri arall yr anifail yn gwingo yn ei unfan, tra diflannodd yr anifeiliaid eraill o'r golwg. Yna camodd Brwgaij o'r coed a cherdded yn bwrpasol tuag at y llystfil. Parhâi hwnnw i wingo a brefu yn ei wewyr. Tynnodd Brwgaij bicell arall o'r wain a'i gosod yn y bwa; yna, gan anelu'n ofalus, saethodd y llystfil yn ei ben a llonyddodd hwnnw'n syth.

'Swpar!' gwaeddodd Pili, gan redeg draw at yr anifail marw. Dilynodd Sbargo hi, a gadael Melana a Merfus yn sefyll ar ymyl y llannerch. Roedd Melana yn ei dagrau wrth deimlo gwewyr yr anifail, a gafaelodd Merfus amdani a'i chofleidio'n dynn cyn i'r ddau ymlwybro'n araf i gyfeiriad y lleill.

Roedd tipyn o bwysau yn y llystfil ond llwyddodd y tri dyn a Pili i'w gario heb ormod o drafferth at gaban Brwgaij. Yna dangosodd Brwgaij iddynt sut i baratoi'r anifail i'w fwyta – ei waedu, ei flingo, ei ddiberfeddu, ei hollti, ac yna'i rostio'n araf ar bicell uwchben y tân. Wedyn aeth ati i godi llysiau a pherlysiau o wahanol lecynnau yn ymyl ei gaban.

'Merfus, atolwg iti gylchdroi ein llystfil,' meddai, gan ddiflannu i'w gaban.

Roedd y lleill eisoes wrthi'n ceisio paratoi ar gyfer yr hyn oedd yn amlwg yn datblygu'n wledd. Casglodd Pili naw neu ddeg o'r dail mawr a welsent o dan eu gwleddoedd blaenorol – nid yn unig am eu bod yn lân, ond hefyd am eu bod yn arbennig o dda am gadw gwres. Ceisiodd Sbargo hogi ffyrc pren â chyllell Brwgaij – gyda llwyddiant amrywiol – tra ceisiai Melana dacluso a pharatoi llecyn addas iddynt fwyta o amgylch y tân.

Yn dilyn y gwaith paratoi, cludwyd y llysiau a'r perlysiau ar eu dail unigol, a cherfiodd Brwgaij y cig tyner a phinc i bawb yn ei dro. Bwytawyd mewn tawelwch gyda dim ond ambell ebwch o bleser pur yn tarfu ar y distawrwydd.

'O! Fy nghof truenus!' meddai Brwgaij, gan ddiflannu i'r caban ac ailymddangos gyda dwy botel bridd.

'Sudd y celffrwyth,' meddai. 'Ac iddo ychwanegiadau cyfrin!' meddai wedyn, gyda winc fach slei. Rhoddodd un botel yn llaw Sbargo a'r llall i Merfus. Edrychodd y ddau ar ei gilydd, yn amau bod y sarff ar fin gwneud ymddangosiad unwaith eto. O weld yr oedi gafaelodd Pili ym mhotel Merfus a drachtio ohoni.

'Waw! Cic!' meddai. Yna cymerodd ddracht arall. 'Ma hwn yn neis, Brwgaij!'

Yfodd Sbargo. Roedd Pili'n dweud y gwir. Roedd yn gryf heb unrhyw amheuaeth, ond yn fendigedig serch hynny. Wedi gweld mwynhad amlwg y ddau arall, mentrodd Merfus, ac yna Melana ar ei ôl.

Gwenodd Brwgaij. Roeddynt yn ei hoffi, fel roedd wedi gobeithio y byddent. Efallai na fyddai byth yn unig eto.

63

A'r Duwiau, gyda chymorth Dynion, a greasant blaned ddihafal
ei phrydferthwch ar gyfer eu mwyniant.

COFANCT: PENNOD 18, ADNOD 1

Ar ôl tynnu'r pwythau o dafod Pentil a diheintio'i geg, roedd Engral, Terog a'r Cira Seth wedi cyrraedd yr afon, a phrofi'r syndod o ddarganfod tre'r Gweithwyr. Buan iawn y darganfyddwyd olion y tân, ynghyd â gwely achlysurol Brwgaij.

Gorchmynnwyd i rai o'r milwyr gasglu dŵr yfed o'r afon, gan ofalu rhoi tabledi puro ynddo yn gyntaf. Gyrrwyd eraill i chwilio am unrhyw olion a roddai syniad iddynt i ba gyfeiriad yr aethai Sbargo, Lenia, Merfus ac unrhyw un arall oedd gyda nhw. Roedd Engral a Terog hefyd wedi sylwi fod yr haul yn prysur suddo. I raddau, roedd yn gysur i Engral fod y tywyllwch ar ddod oherwydd byddai hynny'n llenwi meddyliau ei filwyr. Gwyddai, petaent yn cael gormod o amser i bwyso a mesur yr hyn oedd wedi digwydd yn ystod y cylchdroeon diwethaf, y byddai ganddynt ormod o gwestiynau ynglŷn â'r Crombil a'r Wyneb a dilysrwydd dysgeidiaeth y Archest iddo fedru rhoi atebion boddhaol iddynt. Diolchodd mai natur milwr oedd ufuddhau heb holi.

Yn fuan iawn, dychwelodd rhai o'r milwyr â'r newyddion fod yna olion traed amlwg yn arwain tua'r dwyrain.

'Da iawn,' meddai Engral. 'Fe gychwynnwn ben bore fory. Gwersyllwn yma heno, Terog.'

Gadawodd i'w gapten wneud y trefniadau perthnasol parthed y tân, y mannau cysgu a'r chwilio am fwyd. Ymhen cylchdro roedd y milwyr wedi saethu digon o anifeiliaid i fwydo'r cwmni cyfan, ac os nad oedd safon y coginio'n wych, cawsant ddigon o faeth ar gyfer eu siwrnai y diwrnod canlynol.

Roedd ambell un ychydig yn ofnus pan dywyllodd y ffurfafen, ond fel pob milwr gwerth ei halen buan iawn y derbyniodd pawb y drefn newydd. Yn fuan wedi i'r haul ddiflannu'n llwyr roedd pawb yn ei fan cysgu priodol, ar wahân i'r pedwar a benodwyd i wylio yn ystod rhan gynta'r noson.

64

*A'r blaned oedd yn llifeirio o laeth a mêl, ac nid oedd arni eisiau
am ddim.*

COFANCT: PENNOD 18, ADNOD 2

Roedd y sudd celffrwyth wedi gadael ei ôl ar y rhan fwyaf
o'r cwmni. Daeth sawl potel arall i'r golwg o'r caban wedi'r
wledd, a bu'n help i iro'u clwyfau emosiynol os nad y rhai
corfforol tra oeddynt yn mwynhau cwmni'i gilydd o amgylch
y tân. Roedd hyd yn oed Pili a Melana fel petaent yn fwy
serchog tuag at ei gilydd bellach. Yr unig beth a oerodd
ychydig ar wres yr hwyl oedd i Sbargo, dan ddylanwad y
sarff, ildio am gyfnod i'w hiraeth am ei chwaer. Parodd
hynny i Melana hefyd deimlo'n isel, ac am ychydig torrwyd
ar draws naws hwyliog y noson. Ond bu Brwgaij o gymorth
mawr i'r sefyllfa drwy holi Sbargo'n addfwyn ynglŷn â'i
chwaer a'i berthynas â hi, gyda'r canlyniad fod y chwerwder
o'i cholli yn gymysg â melystra'r atgofion amdani. Deallodd
Brwgaij fod y berthynas rhyngddynt, er yn un fer, wedi bod
yn un gyfoethog.

Bellach roedd Sbargo, ynghyd â Brwgaij a Melana, yn
cysgu, gan adael Pili a Merfus i syllu'n swrth ar y fflamau'n
dawnsio o'u blaenau. Cododd Pili'r botel oedd yn ei llaw at
ei cheg a darganfod ei bod yn wag. Edrychodd o'i chwmpas
yn hurt. Mi fyddai wedi taeru mai newydd ei dechrau yr
oeddynt. Dechreuodd anesmwytho wrth feddwl y gallent fod
wedi gorffen y botel olaf a chwiliodd â'i llygaid ymysg y
poteli gweigion o'i chwmpas.

'A-ha!'

Roedd un botel lawn ar ôl. Estynnodd Pili amdani'n
ansad, gafael yn y plwg yn ei gwddf gyda'i dannedd, a'i

dynnu allan. Drachtiodd gegaid dda a rhoi ebwch o gymeradwyaeth i Brwgaij am ei weledigaeth, cyn rhoi pwniad i Merfus a dal y botel o'i flaen. Nid ymatebodd Merfus am funud. Roedd ymhell yn ei fyd bach ei hun.

'Oi!' meddai Pili.

Clywodd Merfus y sŵn a throi i edrych yn hurt ar Pili, cyn sylweddoli bod potel yn cael ei dal nid nepell o'i drwyn. Gafaelodd ynddi.

'Diolch,' meddai, gan yfed.

'Lle o't ti rŵan, d'wad?' holodd Pili'n gellweirus.

'O . . . meddwl,' meddai Merfus yn fyfyriol.

'Dydw i'n gallu gweld hynny'n dydw'r lob,' meddai Pili. 'Meddwl am be?'

Ceisiodd Merfus ddeffro'i ymennydd cysglyd ddigon i fedru egluro iddi.

'Meddwl bod fy mywyd i i gyd wedi bod yn union yr un fath, rywsut, tan ryw wythnos yn ôl. Ond ers hynny mae popeth wedi newid cymaint. Lenia. Gweld cymaint o bethau newydd. Y posibilrwydd na wela i byth mo'n rhieni eto. Perygl ym mhobman. Harddwch ym mhobman. Cyfarfod Melana . . .'

Edrychodd Pili arno.

'Ti'n licio hi, 'yn dwyt?'

Syllodd Merfus i'r tân, cyn troi ati.

'Dwi'n meddwl mod i'n ei charu hi.'

Er na fedrai Pili ddechrau rhannu cynhesrwydd Merfus tuag at yr empath, penderfynodd mai cadw'n dawel fyddai orau ar y pwynt yma.

'Ond . . . dwi'm yn gwbod be i' neud,' meddai Merfus toc. 'Be ti'n feddwl?'

Cymerodd Merfus lwnc arall o'r botel.

'Wel . . . dwi isio gneud be mae cariadon yn 'i neud. Mae'n rhy beryglus i wastraffu amser yn disgwyl am yfory. Dwi isio'i neud o rŵan.'

Edrychodd Pili'n hurt arno.

'Ond ma hi'n cysgu . . .'

'Naci!' meddai Merfus yn ddiamynedd. 'Nid rŵan *rŵan*. Rŵan – yn fuan.'

'O . . .' ebychodd Pili. Roedd hi'n meddwl ei bod yn deall. 'Ond dwi'm yn gwybod be i' neud.'

'Reit.' Doedd Pili ddim yn siŵr lle roedd y sgwrs yma'n mynd.

'A meddwl oeddwn i, mi wyt ti'n gwybod am bethau fel'na, 'yn dwyt? Efo dy waith a ballu?'

'Dwi'n gwbod dim am gariad, Merfus bach,' meddai Pili, ag ochenaid fechan.

'Ia, na, ia – ond ti'n gwbod be i' neud, 'yn dwyt?'

Gwenodd Pili'n chwerw.

'Yndw. Mi ddylwn i erbyn hyn.'

'Sut dysgaist ti?'

'Be?'

'Sut dysgaist ti be i' neud?'

'Sgin i'm co mod i wedi dysgu. Ddoth o'n reit naturiol.'

'Paid â deud celwydd!'

'Does na'm lot i'w ddysgu 'sti, Merfus. 'Di'm yn rhyw gyfrinach fawr. Fel arfar ma dy gorff di'n deud wrthat ti be i' neud.'

'Dydi f'un i ddim.'

'Sut ti'n gwbod? Ti 'di trio?'

'Wel ia – ond trio be? Dyna dwi'n ei ofyn!'

''Sat ti 'di trio, 'sat ti'n gwbod.'

'Sut dwi fod i wbod be dwi fod i drio?' Roedd llygaid Merfus yn daer erbyn hyn.

'Merfus bach, ti'n meddwl gormod,' meddai Pili. 'Gwranda ar dy gorff.'

'Dydw i'm yn gwbod am be i wrando, Pili,' meddai Merfus. 'Wnei di wrando?'

'Arglwy, pasia'r botal 'na wir dduw,' meddai Pili, ond phasiodd Merfus moni iddi.

'Wnei di'n helpu fi?' gofynnodd.

'Tyd â honna yma,' meddai Pili.

'Na!' meddai Merfus. 'Dwi isio i ti addo'n helpu fi. Dydw i ddim yn gofyn lot.'

'Does 'na'm byd i' ddeud,' meddai Pili.

'Dwi isio i ti'i ddeud o beth bynnag,' meddai Merfus. 'Ti'n ffrind i mi – i fod.'

'Dwi *yn* ffrind i ti, Merfus,' meddai Pili.

'Ti'm yn bod yn llawer o ffrind ar hyn o bryd,' meddai Merfus yn bwdlyd.

'Tyd â'r botal 'na yma,' meddai Pili. 'Ti 'di meddwi.'

'Naddo,' meddai Merfus. 'Dysga fi!'

Syllodd Pili arno, a gweld yr ofn yn gymysg â'r angen taer yn ei lygaid. Daeth i benderfyniad.

'Olreit,' meddai. 'Mi ddysga i chdi.'

'Gaddo?' meddai Merfus.

'Gaddo,' meddai Pili. 'Rŵan, tyd â'r botal 'na yma cyn i mi dy dagu di.'

Gwenodd Merfus, a phasio'r botel iddi. Yfodd Pili, ac yna yfodd eto.

'Reit,' meddai mewn ychydig. 'Wyt ti wedi'i chusanu hi?'

'Do.'

'Sut ma'n gneud i ti deimlo?'

'Braf.'

'Braf? Dio'm yn dy gyffroi di?'

'Wel . . .' Ystyriodd Merfus. 'Yndi, ma'n debyg . . .'

'Arglwy, sgen ti waed yn dy gorff, d'wad?'

'Be . . . be dwi'n neud o'i le?' meddai Merfus yn boenus.

'Dim, dim,' meddai Pili'n frysiog. 'Reit – da 'mi'i roi o fel'ma. Pan ti'n cusanu Melana, wyt ti'n teimlo rwbath yn digwydd lawr fanna?'

'Lawr ymhle?' meddai Merfus.

'Rhwng dy goesa,' meddai Pili.

'O!' meddai Merfus yn swil, wedi deall. 'Yndw, chydig bach . . .'

Diolch byth am hynny, meddai Pili wrth ei hun. 'Reit. Wyt ti 'di gweld merch hollol noeth erioed?'

'Bobol, nacdw!' meddai Merfus.

'Hen bryd 'ti neud felly,' meddai Pili, gan sefyll a diosg hynny o garpiau oedd amdani, a thaflu coedyn arall ar y tân yr un pryd.

Syllodd Merfus yn gegrwth arni.

'Fel pob dyn, y peth cynta ti'n sylwi arnyn nhw 'di'r bronna. Ma dynion yn licio bronna. Lot. Ddallta i byth pam.'

Symudodd yn nes at Merfus, a oedd yn dal i syllu arni fel delw.

'Teimla nhw. Wnân nhw'm byd iti.'

Estynnodd Merfus ei law yn araf, a chyffwrdd â'r cnawd meddal, cynnes â'i fysedd.

''Na chdi. Reit – pan ma dynion o'r diwadd yn llusgo'u hunain odd' wrth y bronna, ma nhw'n symud i'r lle sy'n bwysig, sef lawr fama.'

Camodd yn ôl a phwyntio i lawr rhwng ei choesau.

'Achos, er mor neis ydi cael sylw i'r bronna, ma cael sylw fama'n neisiach byth.'

Syllai Merfus arni fel dyn wedi'i barlysu.

'Be sy'n digwydd ydi bo ti'n rhoi dy hun tu mewn i mi. Dyna 'di caru. Hawdd.'

Daliai Merfus i eistedd a golwg hurt ar ei wyneb. Ystyriodd Pili eto.

'Ma'n haws i mi esbonio hyn yn ymarferol, dwi'n meddwl,' meddai.

Roedd Merfus yn fud. Ochneidiodd Pili a rhedeg ei llaw yn ysgafn dros drowsus Merfus. Teimlodd yr hyn yr oedd yn chwilio amdano.

'Reit . . . dwi'n mynd i fod yn eitha technegol am hyn,' rhybuddiodd Pili ef, 'felly dwi'n ymddiheuro. Pan w't ti efo Melana, fydd o'n lot mwy naturiol, ocê?' Nodiodd Merfus, er nad oedd ganddo'r syniad lleiaf pam y gwnaeth hynny.

'Iawn, felly 'dan ni'n cusanu,' meddai Pili, gan orwedd

wrth ochr Merfus a symud ei hwyneb tuag ato. Wrth i'w gwefusau gyffwrdd â'i wefusau ef, tynnodd Merfus ei ben yn ôl. Edrychodd Pili'n gymysglyd arno, yna sobrodd.

'Ti'n gwbod be? Ti'n iawn,' meddai. 'Cadwa di'r cusanu ar gyfar dy gariad. Dwinna'm yn gneud pan dwi'n gweithio chwaith. O'r gora – ti a Melana'n cusanu. Wedyn yn raddol, ma dy ddwylo di'n dechra crwydro . . .'

Gafaelodd yn nwylo Merfus, a'u defnyddio i fwytho'i bronnau'n ysgafn.

'. . . ac yna ymhellach i lawr . . .'

Tywysodd law Merfus i lawr yn araf nes cyrraedd rhwng ei choesau.

'Tra wyt ti'n gneud hynna, ella bydd Melana'n dechra tynnu dy ddillad.'

Plygodd i lawr a datod ei drowsus.

'Da, Merfus!' canmolodd Pili. 'Hogyn mawr . . .'

Gafaelodd ynddo, a rhoddodd Merfus ochenaid fechan.

'Neis, dydi? Reit, dy dro di i roi plesar i Melana rŵan.'

Dangosodd i Merfus beth i'w wneud. Ufuddhaodd yntau.

''Na chdi,' ochneidiodd Pili gyda phleser. 'Ti'n gneud yn ardderchog, Merfus. Fydd Melana wrth ei bodd. Rŵan 'ta . . . os ti'n meddwl bod hynna'n neis, ma hyn yn neisiach . . .'

A chyda hynny, gwthiodd Pili Merfus yn ôl ar ei gefn a symud i lawr ei gorff.

Caeodd Merfus ei lygaid mewn perlesmair, ond pan agorodd nhw, cafodd fraw. Gwelai Sbargo'n syllu'n ddiddeall arnynt o'r man lle gorweddai. Synhwyrodd Pili fod rhywbeth o'i le a chododd ei phen i edrych. Dilynodd edrychiad Merfus i gyfeiriad Sbargo, a gweld mab yr Uwch-archoffeiriad yn syllu'n hurt arnynt.

Roedd Sbargo wedi cael hunllef, am ei dad yn arteithio rhieni Merfus a chael mwynhad o wneud hynny. Rywle yn yr hunllef roedd Lenia a'r ysgol raff am ei gwddf, a'i dad yn ei gyhuddo ef, Sbargo, o fod yn gyfrifol am ei marwolaeth. Trefnwyd dienyddiad cyhoeddus, a Sbargo wedi'i ddedfrydu i grogi ar raff i wneud iawn am ei chwaer. Fel roedd y rhaff yn cael ei thynhau am ei wddf, deffrodd.

Neu roedd yn meddwl ei fod wedi deffro. Yr hyn a welai mewn silwét o flaen y tân oedd dyn a merch yn gwneud yr un pethau ag a welsai ei dad a Lenia'n eu gwneud. Ai dyna pwy oeddynt? Roeddynt yn llawer tebycach o ran ffurf i Merfus a Pili. Gorweddodd yno'n syllu am eiliad, yn ceisio rhoi trefn ar ei ymennydd gwasgaredig. Yna penderfynodd fod y sudd celffrwyth yn chwarae triciau yn ei ben ac yn gwneud iddo freuddwydio pethau odiach nag arfer, a chaeodd ei lygaid. O fewn hanner munud, roedd yn cysgu'n sownd.

'Reit . . . Mae o'n cysgu,' meddai Pili, gan droi'n ôl at Merfus.

'Dwi'm yn meddwl bod hyn yn syniad da,' meddai Merfus, wedi sobri trwyddo.

'Arglwy, ti oedd yn mynnu cal gwbod!' meddai Pili. ''Tisio i fi ddangos i ti 'ta be?'

'Na! Dwisio cadw'n hun ar gyfer Melana.'

'Ma isio gras . . . Reit, fel lici di. Gobeithio mod i di bod o rywfaint o help i chdi. Pob lwc. 'Sa chwanag o'r sudd 'na ar ôl?'

Estynnodd Merfus y botel iddi a chymerodd Pili lwnc mawr ohoni cyn gwisgo'i dillad yn ddiffwdan. Caeodd Merfus yntau ei drowsus, yn llawn cywilydd oherwydd ei ymddygiad dros y chwarter cylchdro diwethaf.

''Tisio gorffan hon?' holodd Pili.

'Y . . . na . . . dim diolch,' atebodd Merfus.

Llyncodd Pili'r diferion olaf o'r botel ac yna gorwedd i lawr.

'Reit. Nos da,' meddai.

Daeth ofn dros Merfus yn sydyn.

'Pili?'

'Ia?'

'Wnei di'm deud wrth Melana, na 'nei?'

'Taw'r ffŵl,' meddai Pili'n gysglyd. Gwrandawodd Merfus ar ei hanadl yn trymhau, ac o fewn ychydig roedd yntau, er gwaetha'i brofiadau cyffrous a chymysglyd, yn cysgu'n drwm.

65

A'r Duwiau a ddywedasant: 'Atolwg benllanw ein creadigaethau.
Nyni a'i galwn yn Halafal.'

COFANCT: PENNOD 18, ADNOD 5

Cododd y milwyr gyda thoriad y wawr. Roedd pawb wedi
cysgu drwy'r nos ac eithrio un cyfnod byr pan daniodd un
o'r gwylwyr at anifail anweledig a swniai, yn ei dyb ef, yn
fygythiol. Eisoes roedd yr helwyr wedi dod yn ôl gyda
lluniaeth ar gyfer brecwast. Sylweddolodd Engral â pheth
diflastod y byddai'n rhaid iddynt gerdded efo'r haul yn eu
hwynebau am yr oriau cyntaf. Dechreuodd roi ei feddwl ar
waith ynghylch sut y medrai fwydo'r profiadau yma ar yr
Wyneb i Wirioneddau'r Archest. Os medrai wneud hynny'n
llwyddiannus, efallai y byddai ganddo ddwy deyrnas i'w
rheoli. Hyd yn hyn, doedd dim arwydd fod yr Wyneb yn lle
poblog iawn. Pwy a ŵyr? Efallai na fyddai ehangu ei rym
mor broblematig â hynny.

Bwytaodd y Cira Seth yn dawel gan synhwyro'r profiad
newydd o fod mewn man lle nad oedd ond awyr uwch eu
pennau. Nid oedd y milwyr yn rhai a ryfeddai'n ormodol,
eto i gyd anodd oedd bod yn hollol ddifater ynglŷn â'u
sefyllfa. Ac wrth gwrs, roedd yr ansicrwydd ymhle y byddai
eu taith yn dod i ben yng nghefn eu meddyliau. Eto, os
dychwelent i'r Crombil yn fyw, byddai ganddynt stori werth
chweil i'w dweud wrth eu gwragedd a'u plant – stori y
byddai eu cyndadau wedi rhyfeddu ati. Cyn belled â'u bod
yn cyrraedd yn ôl . . .

Roedd tinc bychan o hiraeth yn meddyliau y rhan fwyaf
ohonynt, yn bennaf oherwydd nad oedd yma'r teimlad saff

o fod yn barhaol dan do. Roedd absenoldeb unrhyw beth uwch eu pennau yn eu hanesmwytho ychydig.

Synhwyrodd Engral eu bod yn dechrau meddwl yn rhy ddwys am eu hamgylchiadau a'u sefyllfa. Anogodd Terog i roi cychwyn ar bethau'n syth, ac o fewn dim roedd y cwmni ar ei ffordd i gyfeiriad y belen o oleuni a godai yn y dwyrain. Gwyddai Engral y byddai'r daith yn anoddach iddo ef nag i neb arall gan ei fod yn dipyn hŷn ac yn llai heini na'r Cira Seth, ond gwyddai hefyd ei bod yn hollbwysig iddynt deithio dros bellteroedd mor eang â phosib er mwyn dal ei fab, a dod â'i annwyl ferch adref yn ddiogel unwaith eto.

66

A'r Duwiau nid oeddynt am rannu Halafal â neb ac eithrio eu hetholedig rai.

COFANCT: PENNOD 18, ADNOD 7

Roedd yr haul eisoes yn uchel a'r tân wedi hen ddiffodd erbyn i bawb ddeffro. Teimlent yn swrth ac roedd eu pennau ychydig yn boenus ar ôl yfed y sudd celffrwyth, ond roedd yn rhyw gysur i wybod nad nhw yn unig oedd yn dioddef o'i herwydd.

'Henffych,' meddai Brwgaij wrth ddod â phaned o'r ddiod ddail iddynt ar ddechrau eu diwrnod.

'Ia, ag i titha,' meddai Pili'n boenus. 'Ar be ti'n gwenu?' brathodd ar Brwgaij wrth iddo roi ei phaned iddi.

Ceisiodd Melana helpu ychydig ar Brwgaij i glirio llanast y noson cynt.

''Sna'm rhyfedd ein bod ni'n diodda,' meddai. 'Sbiwch ar y poteli 'ma!'

'Well i ni drio codi, debyg,' meddai Sbargo, 'neu chyrhaeddwn ni nunlla.'

'Ga i gynnig 'yn bod ni'n aros yma heddiw,' meddai Pili. ''Sna'm siâp teithio ar yr un ohonon ni.'

Edrychodd Sbargo o'i gwmpas.

'Ella bo ti'n iawn,' meddai.

'Ydi hynny'n iawn gen ti, Brwgaij?' holodd Melana.

'Gyfeillion, fy nghoedwig i sydd goedwig i chwi am ba hyd bynnag y deisyfwch.'

'O'n i'n meddwl mai coedwig Astri oedd hi,' meddai Pili.

Syllodd Brwgaij arni fel pe bai wedi colli rhywbeth. Yna gwenodd.

'Na – fy nghoedwig i. Fy mhlaned i.'

'O, 'na chdi. Fydd raid i ti drafod hynny efo'r ffanatics 'na sy'n byw lawr grisia, ond diolch beth bynnag,' meddai Pili. 'Dwrnod o holidês – braf. Ti'n effro, Merfus?'

Roedd Merfus, er yn effro, wedi bod yn dawedog iawn – yn myfyrio dros ddigwyddiadau'r noson cynt ac yn ceisio penderfynu mewn sawl ffordd yr oedd wedi pechu yng ngolwg y Cofanct.

'Yndw,' meddai. 'Bore da.'

'Bore da,' meddai pawb. Teimlai Merfus nad oedd eisiau'r fath sylw. Byddai'n well ganddo dreulio'i ddiwrnod ychwanegol yn anweledig yn y goedwig.

'Reit, be 'di'r plan?' gofynnodd Pili.

'Codi, am wn i, ia?' meddai Sbargo.

Yn araf a phoenus, llwyddodd pawb i godi a tharo slempan o ddŵr dros eu hwynebau. Roedd cleisiau a briwiau pawb yn edrych yn well erbyn hyn, er bod un neu ddau braidd yn welw ac ychydig yn benysgafn.

'Sut wyt ti'n teimlo, Melana?' meddai Sbargo.

'Fel taswn i'n yfed gormod o bethau diarth,' meddai'r empath, a chwarddodd Brwgaij a Sbargo. 'Fel arall, yn dda iawn am rywun sydd wedi brathu ellyll – diolch i Doctor Brwgaij. Ac mae gen i nyrs dda hefyd, chwara teg,' meddai'n gellweirus, gan edrych ar Merfus. Ceisiodd Merfus wenu gan wybod y gallai Melana ddarllen unrhyw deimlad o euogrwydd neu gywilydd. Gwenodd hithau'n ôl arno'n gariadus.

'Gorffwys sydd rinwedd heddiw,' meddai Brwgaij. 'Eich pererindod sydd eto'n faith, a rhydd gyfle i baratoi lluniaeth gogyfer â hi. Cawn weld a fu buddiol fy ngwers hela.'

'Hela?' meddai Pili. 'Nid dyna'r math o ddiwrnod o'n i 'di dechra edrach 'mlaen ato fo.'

'Mi fyddwn ni angan bwyd, Pili,' meddai Sbargo. 'Mi deithiwn ni'n bellach mewn llai o amser heb orfod gwastraffu cylchdroeon yn chwilio am fwyd bob tro.'

'Pam na ddaw Brwgaij efo ni?' meddai Pili. 'Mae o'n giamstar efo bwyd.'

'A be fydd Brwgaij yn ei gael o'r fargen?' holodd Sbargo.

'Ein diolchgarwch tragwyddol,' meddai Pili'n goeglyd.

'Ddowch chi, Brwgaij?' holodd Melana.

'Ni wn,' atebodd. 'I ba fan yr eloch? Y goedwig yw'r fangre hynotaf ar yr Wyneb. Nid oes ond anialdir i'r Dwyrain.'

''Dan ni'n mynd i Fynydd Aruthredd,' meddai Sbargo.

'Ond paham?' gofynnodd Brwgaij.

'I chwilio am y Duwiau,' meddai Merfus braidd yn ofnus.

Unwaith eto edrychodd Brwgaij fel pe bai ychydig ar goll, ond yna daeth ato'i hun.

'Chwi gellweiriwch, gyfeillion. Oni ddywedais nad oes Duwiau ar yr Wyneb? Nid oes ond myfi yma.'

'Ella ma swil 'dyn nhw,' meddai Pili.

'Paid â chellwair ynglŷn â'r Duwiau,' meddai Merfus.

'Pigog bora 'ma, yndan?' holodd Pili.

'Nacdw,' meddai Merfus gan gochi. 'Jyst . . .'

'Rhoswch funud,' meddai Sbargo. 'Ydi hi'n bosib dy fod ti wedi cwarfod y Duwiau, a'u bod nhw wedi dwyn dy go' di fel na fedri di gofio dim am y peth?'

'Paham y gwnaent hynny?' holodd Brwgaij.

'Dwn 'im. Jyst meddwl.'

'Felly, os 'dan ni'n mynd i gyrraedd y Mynydd Aruthredd 'ma, ma nhw'n mynd i neud yn union yr un peth i ni? Dyna ti'n drio'i ddeud?' meddai Pili.

'Dwi'm isio mynd,' meddai Melana. 'Mae Brwgaij yn iawn. Dowch i ni aros yn y coed. Mae'n neis yn fama.'

'Ydyn ni'n gwneud peth call yn mynd i chwilio am y Duwiau?' holodd Merfus. 'Maen nhw wedi alltudio pob dyn oddi ar yr Wyneb – ar wahân i Brwgaij, ac mae o wedi colli ei gof.'

'Argol, mond theori oedd hi!' meddai Sbargo. 'Be sy matar arnoch chi?'

Bu tawelwch am ennyd.

'Rhoswch funud!' meddai Sbargo eto. 'Os mai dim ond ti sydd ar yr Wyneb, Brwgaij, ma'n rhaid dy fod ti yma ers cyfnod dynion! Ond mae hynny ganrifoedd yn ôl!'

'Mae'n rhaid, felly, dy fod ti'n un o'r cenedlaethau cyntaf o ddynion oedd yn byw am gyfnodau maith,' meddai Merfus.

'Os felly, mae'n rhaid dy fod ti wedi gweld y Duwiau!' meddai Sbargo'n fuddugoliaethus.

'Ia, ond dio'm yn gwneud gwahaniaeth, nacdi, achos maen nhw wedi dwyn ei go' fo, fel byddan nhw'n ei neud i ni os awn ni i chwilio amdanyn nhw,' meddai Pili.

'Pwy sy'n deud?' meddai Sbargo'n ddiamynedd. 'Ella bod Brwgaij wedi deud rwbath amharchus amdanyn nhw.'

'Ydi Brwgaij yn dy daro di fel person amharchus?' atebodd Pili.

'Wnewch chi stopio siarad am Brwgaij fel tasa fo ddim yma?' meddai Melana.

Edrychodd Sbargo a Pili arni.

'Allwch chi ddim cofio unrhyw beth?' holodd Merfus.

Syllodd Brwgaij arno ac ysgwyd ei ben.

'Be 'di'r peth cynta wyt ti'n ei gofio 'ta?' meddai Pili.

'Gadwch lonydd iddo fo,' meddai Melana. 'Mae'r dyn wedi mynd allan o'i ffordd i'n helpu ni.'

Ond roedd y tri arall yn gwylio Brwgaij, ar goll yn ei feddyliau. Ar ôl ychydig, dechreuodd siarad gan ddal i syllu i'r pellter.

'Cofiaf ddeffro mewn gwely,' meddai.

'Yn lle?' holodd Sbargo.

'Yn y fangre y gwelais chwi gyntaf.'

'Caredroth?' meddai Merfus.

'Caredroth,' ailadroddodd Brwgaij, fel petai'r geiriau'n newydd iddo.

'Unrhyw beth arall?' meddai Sbargo.

'Arhosais yno am amser maith.'

'Faint 'di maith?' meddai Pili.

'Ni chofiaf,' meddai Brwgaij.

'Ti'n cofio pan ma unrhyw un arall yn gofyn iti,' meddai'r butain yn bwdlyd.

'Pam roeddat ti isio aros mor hir yng nghanol adfeilion?' holodd Melana.

Meddyliodd Brwgaij am y peth.

'Nid oeddynt adfeilion,' meddai.

Edrychodd y lleill ar ei gilydd.

'Ti'n siŵr?' holodd Sbargo.

'Nid oeddynt adfeilion,' ategodd Brwgaij yn bendant. 'Cofiaf furiau gwresog a mwg tanau. Cofiaf weithiau mwyn a chwareli meini. Cofiaf felin ddŵr ac anifeiliaid corlannog. Cofiaf deimlad y gadawyd popeth ar ei hanner.'

Syllodd Sbargo'n ddwys arno.

'Wyt ti'n cofio'r porth yn y bryn gyferbyn â'r dref?' holodd yn dawel.

Crychodd Brwgaij ei dalcen yn ei ymdrech i gofio.

'Cofiaf lwybr glaswelltog,' meddai. 'Cofiaf droedio'r llwybr at faen ac arno ddelweddau ysblennydd yn addurn. Cofiaf sefyll wrth y maen a darganfod bwa gerllaw. Cofiaf ddefnyddio'r bwa nes edwinodd y pren. Yna bu imi greu un tebyg iddo, a phan edwinodd hwnnw, creais un arall. Ni welais borth.'

Syllodd y pedwar arno mewn anghrediniaeth.

'Faint o fwâu wyt ti wedi mynd drwyddyn nhw?' holodd Sbargo toc.

'Ymron ddeugain,' atebodd Brwgaij yn ddi-hid.

Ceisiodd Sbargo amgyffred y ffaith ddadlennol yma.

'Felly, ti wedi bod ar dy ben dy hun ar yr Wyneb ers canrifoedd?' meddai â thosturi yn ei lais. Methai ddychmygu'r fath unigrwydd. Teimlai ei fod eisiau crio.

'Ni chyfrifais y blynyddoedd,' atebodd Brwgaij, heb ronyn o hunandosturi.

'Mae'n bosib dy fod wedi byw ers yr union ddiwrnod y

gadawodd dynion yr Wyneb i fynd i'r Crombil!' meddai Sbargo.

'A mwy,' meddai Pili. 'Jyst bod o'm yn cofio.'

'Mae 'na rwbath wedi digwydd y diwrnod hwnnw wnaeth i ti golli dy go' am unrhyw beth oedd wedi digwydd cynt. Os mai'r Duwiau oedd yn gyfrifol, a'u bod nhw wedi gadael i ti grwydro'r Wyneb 'ma am ganrifoedd heb hyd yn oed wybod dy enw dy hun, maen nhw hyd yn oed yn greulonach nag o'n i'n ei feddwl!' meddai Sbargo.

Bellach roedd stori Brwgaij wedi sobri'r lleill hefyd, a'u tristáu. Yn sydyn, cafodd Sbargo syniad.

'Dwi'n meddwl y dylen ni i gyd fynd i Fynydd Aruthredd a phledio efo'r Duwiau ar ran Brwgaij. Beth bynnag oedd dy drosedd, dydi hyn ddim yn deg.'

Edrychai Brwgaij ychydig yn hunanymwybodol yn sgil yr holl sylw.

'Yn wir,' meddai gydag embaras, 'bydded i chwi weithredu fel ag sydd yn gyfiawn yn eich tyb chwi. Ond ni thramwyaf gyda chwi hyd at Fynydd Aruthredd, fel y gelwch ef.'

'Pam?' meddai Pili.

'Ni wn,' meddai Brwgaij. 'Anesmwythyd yn unig a brofaf bob tro y crybwyllir ei enw.'

'Paid â deud hynna, wir,' meddai Melana. 'Newydd lwyddo i 'mherswadio fy hun i fynd ydw i.'

'Mi fyddwn ni'n iawn,' ceisiodd Merfus ei chysuro. 'Alla i ddim credu fod Duwiau'r Cofanct mor afresymol ag rydan ni'n gwneud iddyn nhw swnio.'

'Gen ti fwy o ffydd na fi,' meddai Pili. 'Ond 'swn i'n licio deud mod i 'di ca'l gweld rhyw Dduw bach.'

'Pili, paid â rhyfygu!' meddai Merfus.

'Pam lai?' atebodd Pili. 'Fel dudodd rhywun, mae bywyd yn rhy fyr i wastraffu amsar, dydi?' – a chochodd Merfus er ei waethaf.

'Ac yn rhy fyr i drafod y gwastraff o amser,' meddai Brwgaij. 'Wele ni yn gwag-symera, rhagor nag ymbaratoi am eich pererindod yfory. Dewch – ymrannwn er sicrhau helfa swmpus. Ond gocheler! Na fyddwch ganiataol parthed harddwch y goedwig. Peryglon a lechant ynddi.'

'Wel grêt. Diolch am y cysur yna, 'rhen ffrwyth,' meddai Pili.

67

Ac ni ranasant yr wybodaeth ynglŷn â'i lleoliad, onid y ffaith ei bod y tu hwnt i'r Blaned Las.

COFANCT: PENNOD 18, ADNOD 8

Penderfynwyd rhannu'n dri grŵp. Âi Brwgaij ar ei ben ei hun gan ei fod wedi hen arfer, a gadael y pedwar arall i rannu'n ddau bâr. Gan ei bod yn amlwg fod Merfus a Melana eisiau bod gyda'i gilydd, nid oedd gan Sbargo fawr o ddewis ond bod yn gwmni i Pili.

Penderfynodd y ddau mai deuparth gwaith oedd ei ddechrau, ac wedi benthyg picell a rhwyd o gaban Brwgaij, i ffwrdd â nhw gan adael y ddau arall i wneud fel y mynnent.

Roedd Merfus yn dal yn dawedog ac ni allai Melana beidio â sylwi ar hynny.

'Oes rhywbeth o'i le, Merfus?' holodd yr empath.

'Na, dim,' meddai yntau, gan godi i adael. 'Awn ni?'

'Ti'n dawel iawn,' meddai Melana.

Ceisiodd Merfus feddwl am ateb a fyddai'n ei bodloni am y tro.

'Ychydig o ben mawr, dyna i gyd. Mi fydda i'n well toc.'

'O,' ebychodd Melana.

'Awn ni?' holodd Merfus eto. Oherwydd ei awydd i osgoi ychwaneg o holi, methodd â chadw tinc diamynedd rhag dod i'w lais.

'Ti'n siŵr dy fod ti'n iawn?' holodd Melana.

'Ydw!' meddai Merfus, yn fwy diamynedd fyth.

'Ti ddim yn chdi dy hun o gwbwl heddiw, Merfus. Wyt ti am ddeud wrtha i be sy'n dy boeni di?'

Trodd Merfus ati i wadu eto. Edrychodd ar wyneb difeddwl-drwg ei gariad, a sylweddolodd na fedrai.

'Dwi 'di gneud . . . wel, dwi ddim wedi gneud . . . bron â gneud . . . ond wnes i ddim . . . ddim yn iawn . . . ond ddyla mod i ddim wedi dechra yn y lle cynta,' meddai'n herciog.

'Merfus bach, ti'n gneud dim math o synnwyr!' chwarddodd Melana. 'Tria eto, yn ara deg tro 'ma.'

Cymerodd Merfus anadl ddofn, a dechrau, ac yn araf, dechreuodd roi rhyw fras syniad i Melana o'r hyn oedd wedi digwydd dan ddylanwad y sudd celffrwyth y noson flaenorol. Teimlai Melana edifeirwch didwyll Merfus yn llenwi pob gair. Serch hynny rhoddodd ei eiriau gryn ysgytwad iddi, a pho fwyaf y deuai enw Pili Galela i'r stori, cryfaf yn y byd y tyfai teimladau cas yr empath tuag at y ddraenen barhaol honno yn ei hystlys.

'Mi lladda i hi,' meddai'n dawel.

'Melana, paid ag ymateb fel yna,' plediodd Merfus. 'Trio helpu oedd hi.'

'Helpu o ddiawl – dy lygru di, y peth tebyca. Cymryd mantais o hogyn diniwad. Doedd hi'n gwbod yn iawn be oedd hi'n ei neud, siŵr? A'r fantais ychwanegol o gael fy sbeitio i yn y fargen.'

'Dwyt ti ddim yn bod yn deg rŵan,' meddai Merfus. 'Y fi oedd eisiau gwbod – fi roddodd bwysau arni hi. Sut arall fedrai hi ymateb?'

'Drwy ddeud "Na" ella? "Sori, fedra i ddim – ti'n gariad i rywun arall." Ynteu ydi hynny'n cael ei gyfri'n rhy henffasiwn y dyddia yma?'

'Melana, plis paid â bod yn rhy hallt arni. Mae yna gymaint o fai arna i ag sydd arni hi, os nad mwy. Dwi'n gwybod nad ydych chi'n ffrindiau pennaf . . .'

'Hy!'

'. . . ond paid â gadael i hynny liwio dy farn di'n ormodol. Roedd y ferch yn ceisio fy helpu. Gwers oedd hi i fod, dyna i gyd. Doedd dim byd rhywiol yn y profiad o gwbwl.'

Edrychodd Melana arno fel pe bai'n wallgof.

'Merfus bach, ti mor naïf,' meddai. 'Dim byd rhywiol, wir! Pam oedd rhaid i ti gael gwbod? Be oedd o'i le ar inni ddysgu efo'n gilydd? Pam buost ti mor wirion?' A dechreuodd Melana grio a tharo Merfus yn ei rhwystredigaeth.

'Melana, paid!' gwaeddodd Merfus. ''Nes i stopio cyn mynd yn rhy bell, dwi'n addo i ti.'

'Mi oedd dechrau yn mynd yn rhy bell!' wylodd Melana. 'Y ffŵl gwirion!'

Llonyddodd yn raddol, a bu tawelwch ar wahân i sŵn anadlu'r ddau ohonynt.

'Do,' meddai Merfus. 'Dwi wedi bod yn ffŵl, dwi'n sylweddoli hynny, ond roedd fy mwriadau'n rhai da, Melana. Wnaeth beth ddigwyddodd ddim ond digwydd am fy mod i wedi sylweddoli fy mod i'n dy garu di!'

Syllodd Melana arno. Gwyddai ei fod yn dweud y gwir.

'A dyna sut wyt ti'n dangos dy gariad, ia? Drwy roi dy hun i ferch arall? Wel diolch yn fawr am dy gariad, Merfus, ond nid dyna'r math o gariad rydw i'n chwilio amdano fo, yn saff i ti!'

'Wnes i ddim rhoi fy . . .' dechreuodd Merfus, ond doedd dim stop ar Melana bellach.

'Be ar y ddaear fasat ti'n ei alw fo 'ta? Dwi'm yn disgwyl gwell gan y slwt fach yna – does ganddi hi ddim moesa gwerth sôn amdanyn nhw. Ond *ti*, Merfus? O'n i'n meddwl bod dy safona di gyda'r rhai ucha. O'n i'n meddwl dy fod ti'n hogyn gallwn i 'i drystio.'

'Mi ydw i . . .'

'Paid â gneud i mi chwerthin. Mi wyt ti wedi mradychu i – wedi poeri ar ein perthynas ni.'

'Naddo! Trio symud ein perthynas ni yn ei blaen oeddwn i!'

'Mi oedd ein perthynas ni'n ddigon abal i symud yn ei blaen yn ei hamsar ei hun. Rŵan, diolch i ti, dwi ddim hyd yn oed yn siŵr a oes ganddon ni berthynas.'

'Be? Melana – ti'm o ddifri?'

'Wrth gwrs mod i o ddifri. Be ydi'r pwynt o fod mewn perthynas efo rhywun na fedra i 'i drystio?'

'Mi fedri fy nhrystio! Wneith o ddim digwydd eto! Camgymeriad oedd o!'

'A hanner, Merfus. Rŵan, os gwnei di f'esgusodi i, dwi isio bod ar ben fy hun am dipyn.'

Dechreuodd Melana gerdded i ffwrdd.

'Ond mae angen dau ohonom i fedru hela'n effeithiol,' meddai Merfus yn gloff.

'Mae gen i bethau pwysicach ar fy meddwl na blydi hela!' brathodd Melana, gan adael Merfus ar ei ben ei hun yn teimlo'n fach ac yn unig iawn.

68

*A Choed Astri oedd falm i eneidiau'r Duwiau. Yno y gwelid
natur Ergain ar ei harddaf.*

COFANCT: PENNOD 19, ADNOD 3

'Be sy?' gofynnodd Sbargo, wrth i Pili fethu taro'r anifail â'r
bicell am y pumed tro.

'Be sy dy hun,' atebodd Pili'n swta. 'Tria di neud yn well
'ta.'

'Argol, mond gofyn,' meddai Sbargo. 'Paid â bod mor
bigog.'

'Pwy sy'n bigog?' meddai Pili.

Atebodd Sbargo ddim.

''Di'i gor-neud hi braidd neithiwr, dyna'r cwbwl,' meddai
Pili. ''Sna neb 'di marw.'

''Sna neb *yn* mynd i farw chwaith, y ffordd wyt ti'n taflu'r
bicell 'na,' meddai Sbargo.

'A mi wyt ti'n wych, ma'n siŵr, wyt?' meddai Pili'n flin.
'Hwda, Mr Hollwybodus – gad 'ni weld os ti'n da i rwbath
go iawn.'

Brochodd Sbargo.

'A be ma hynna i fod i feddwl?'

'Be ma be i fod i' feddwl?' meddai Pili.

'Ti'n dal yn flin efo fi am y noson 'na, dwyt?'

'Pa noson? Be ti'n rwdlan?'

'Wyddost ti'n iawn pa noson, Pili.'

'Na wn i.'

'Y noson diflannist ti.'

'Be amdani?'

'Oeddach chdi'n flin efo fi.'

'Nago'n tad.'

'Oeddat.'

'Am be faswn i'n flin efo chdi?'

'Am beidio cysgu efo chdi.'

Chwarddodd Pili'n uchel.

'Am be?'

'Am beidio cysgu efo chdi.'

'Paid â malu cachu.'

'Mi oeddach chdi.'

'Ma gen ti lot o feddwl ohonat dy hun, does?' meddai Pili'n ddirmygus.

'Dwi'm yn meddwl. Ddim mwy na s'gen titha. Ond dwi'n dy nabod di, a dwi'n gwbod dy fod ti'n flin efo fi'r noson o'r blaen am mod i wedi gwrthod cysgu efo chdi.'

'Ti'n rong.'

'Dwi ddim.'

'Cau hi, Sbargo.'

'Chest ti mo dy ffordd dy hun, ac felly . . .'

'Cau hi!'

Roedd Pili wedi codi'r bicell ac yn ei dal gyferbyn â mynwes Sbargo.

'Argol,' meddai Sbargo'n dawel. 'Callia. Mond tynnu coes.'

'Ella mai dim ond putain ydw i i ti, ond ma gan butain ei theimlada hefyd,' meddai Pili'n dawel ond yn glir.

'Ia, iawn,' meddai Sbargo'n ddiddeall.

Gostyngodd Pili'r bicell, a'i rhoi yn nwylo Sbargo.

'Tyd â'r rhwyd 'na yma,' meddai. 'Be uffar ma rhywun i fod i' ddal yn hwn, dwn i ddim chwaith.'

'Pysgod, ma siŵr 'de,' mentrodd Sbargo.

''Sa'n syniad i ni fynd yn nes at y blydi afon felly, ella?' meddai Pili.

Bu'n rhaid i Sbargo chwerthin.

'Nath hi noson hwyr neithiwr, felly?'

'Rhy hwyr 'de.'

'Pwy oedd ar ôl?'

'Mond Merfus a fi.'

'Dyna gyd-ddigwyddiad,' dechreuodd Sbargo. Ond fe'i hataliodd ei hun.

'Be?' gofynnodd Pili.

Cachgïodd Sbargo.

'O, dim,' meddai.

'Na, deud,' meddai Pili.

'Wel, 'nes i freuddwydio amdanach chdi a Merfus . . .'

'O?'

'Do.'

'A?'

Cochodd Sbargo.

'Y . . . wel, 'sat ti'm yn coelio . . .'

'Tria fi . . .'

'Wel, oeddach chi'n . . . oeddach chdi'n . . .' Chwarddodd Sbargo mewn embaras a phlygu ei ben. Yna edrychodd ar Pili'n syllu arno, a sylweddoli nad oedd arlliw o wên ar ei hwyneb.

Wedi i'r gwir ei daro, edrychodd Sbargo ar y bicell yn ei law a dechrau cerdded tuag at yr afon gan adael Pili'n gafael yn ei rhwyd, yn ansicr a ddylai hi ei ddilyn.

69

Yn wyrthiol, er gwaetha'r miloedd a heidiodd drwy'r ystafell ffrwythau gan fwyta'n awchus, roedd digon ar ôl o hyd. Roedd fel petai rhyw rin ar waith yn adnewyddu'r cnwd bob tro y câi ffrwyth ei gasglu. A diolch am hynny, oherwydd parhau i lifo drwy'r ystafell a wnâi'r fintai enfawr, lwglyd.

Bu sawl un yn ysglyfaeth i'r cawell twyllodrus – gan gynnwys Pistar – cyn i rywun sylwi ar y plât metel ar y mur y tu cefn iddynt. Trefnwyd shifftiau i'w ddal yn ei le rhag i'r cawell ddychwelyd i'w safle gwreiddiol, a thrwy hynny arbedwyd amser a chaniatáu i lif cyson deithio dros y bont fetel uwchlaw'r cyrff.

Nid oedd y ddau Gira Seth a adawyd yno wedi breuddwydio y byddai'n ofynnol iddynt wylio'u cefnau. Torrwyd gwddw un ohonynt gan Satana cyn i'r llall hyd yn oed sylwi ei fod yno. Sylweddolodd yn llawer rhy hwyr fod yna berygl iddo yntau, wrth i gyllell y llofrudd gyrraedd ei wddw.

'Ffordd aethon nhw, os gwelwch yn dda?' meddai Satana gan ddal y llafn ar groen y milwr.

'Ygh . . . y . . .' Ni lwyddodd y milwr i yngan gair a wnâi synnwyr ond roedd cyfeiriad ei edrychiad yn dweud digon.

'Mae hi'n olygfa fendigedig, yn tydi?' meddai Satana, gan dynnu'r llafn ar draws gwddw'r milwr. Disgynnodd hwnnw'n araf ar y silff wrth i'w fyd dywyllu.

'Gyfeillion!' meddai Satana. 'Yr Wyneb!'

Roedd wedi setlo mor gyfforddus i'w rôl fel arweinydd

nes hanner disgwyl clywed bonllef o gymeradwyaeth, ond roedd rhyfeddod y lleill o weld byd chwedlonol yn dod yn fyw o flaen eu llygaid yn golygu na fedrent ymateb.

'O wel, plesiwch eich hunain,' meddai Satana'n ffug-bwdlyd. 'Ffordd yma ddudodd y dyn. Dowch!' gwaeddodd, gan ddechrau rhedeg i lawr ochr y bryn i gyfeiriad yr afon islaw.

70

*Ond pan glybu Corwyll a Thoch, ei brodyr, am yr arferiad, hwy
a greasant Galfarach yr Ellyll i rwystro llygaid Dynion rhag
gweled ohonynt noethni eu chwaer.*

COFANCT: PENNOD 19, ADNOD 6

'A! Bwyd!' meddai Engral, wrth iddynt gyrraedd llawr y
Dyffryn Cudd.

Rhoddodd Terog orchymyn i'w filwyr, ac o fewn eiliadau
roedd yr awyr yn berwi o sŵn tanio gynnau a chri anifeiliaid
ac adar yn un côr. Pan lonyddodd pethau, roedd cyrff
blewog a phluog yn drwch o'u cwmpas.

'Campus,' meddai Engral. 'Mae Duw yn dda – fe gawn
wledd heno!'

71

A Thir Neb a ffurfiai ffin rhwng y Dyffryn Cudd a thir y Duwiau.
A thu hwnt i Dir Neb yr oedd gwaharddiad ar Ddynion, dan
orchymyn y Duwiau.

COFANCT: PENNOD 19, ADNOD 10

Ni fedrai Merfus ganolbwyntio ar geisio dod o hyd i fwyd
tra gwyddai fod Melana'n dioddef o'i achos ef. Yn anffodus,
roedd wedi gadael i ormod o amser fynd heibio rhwng
diflaniad Melana a cheisio chwilio amdani, felly doedd
ganddo ddim syniad i ba gyfeiriad i fynd. Ond teimlai y dylai
wneud rhywbeth yn hytrach nag eistedd yn ddiymadferth
yn y llannerch, ac aeth i'r caban i weld pa arfau oedd yn
weddill yno – nid yn gymaint at bwrpas hela, ond yn fwy i'w
amddiffyn ei hun pe bai raid. Yr unig beth y llwyddodd i
ddod o hyd iddi oedd picell arall.

Penderfynodd ddilyn llinell syth i'r cyfeiriad y gadawodd
Melana'r llannerch. Tybiai y byddai merch ar goll yn ei
meddyliau yn fwy tebygol o ddilyn llinell syth yn hytrach na
chrwydro'n igam-ogam drwy'r goedwig, er nad oedd yn siŵr
pa sail oedd i'r gred honno chwaith. Crwydrodd am amser
hir gan wylio a gwrando am unrhyw sŵn, ond doedd dim
golwg o neb – dim ond yr haul yn taflu'i belydrau rhwng y
dail uwch ei ben ac ambell gân aderyn oedd yn gwmni iddo
ar ei daith. Gwyddai na welai Brwgaij oni bai i Brwgaij
benderfynu ei fod am gael ei weld, ond byddai gwybodaeth
hwnnw o'r goedwig wedi bod yn ddefnyddiol iawn iddo'n
awr.

Brwydrodd Merfus ymlaen er gwaethaf ei ofn cynyddol.
Meddyliodd am yr ellyll a fu bron yn ddigon amdanynt, ac
ystyried os oedd yna un bwystfil ar yr Wyneb, efallai fod yna

rai eraill hefyd. Aeth ias oer i lawr ei gefn a gafaelodd yn dynnach yn ei bicell, cyn camu ymlaen yn bwrpasol a dewr i lawr y llinell syth, anweledig a ddilynai drwy'r coed.

72

Ac afon Risial a newidiai ei gwedd yn gydnaws â'i chartref:
weithiau'n osgeiddig, weithiau'n fyrlymus, weithiau'n urddasol,
ac weithiau'n angladdol megis ag y llifai drwy Gors yr Ellyll.

COFANCT: PENNOD 19, ADNOD 13

Yn anffodus i Merfus, nid oedd ei theori'n gywir. Mae'n wir
fod Melana wedi cychwyn mewn llinell syth wrth ymgolli yn
ei meddyliau, ond pan arweiniodd y meddyliau hynny'n ôl
at Pili, trodd yn syth i'r cyfeiriad y tybiai roedd Sbargo a Pili
wedi mynd iddo.

Bwriodd yn ei blaen yn ei gwylltineb nes dychryn sawl
anifail a fyddai wedi bod yn bryd amheuthun, ond doedd
ganddi ddim amser i ystyried pethau o'r fath. Cerddodd yn
bwrpasol am chwarter cylchdro nes gweld yn y pellter ddau
ffigwr yn sefyll benben â'i gilydd.

Sbargo a Pili.

Yna trodd Sbargo a cherdded ymaith, gan adael y butain
ar ei phen ei hun. Nid oedd ar Melana angen gwahoddiad
pellach.

'Hei!' meddai, pan oedd yn ddigon agos i Pili fedru ei
chlywed.

'Hei be sy rŵan 'to?' oedd ateb blinedig Pili. Ond cyn iddi
hyd yn oed fagu'r amynedd i droi ac edrych ar Melana,
roedd honno wedi hyrddio'i hun tuag ati a rhoi hergwd filain
iddi nes bod y butain fach yn hedfan i'r llawr.

'Be uffar sy matar arna. . .' cychwynnodd Pili, ond cyn iddi
orffen y frawddeg roedd Melana ar ei phen yn ei dyrnu a'i
chicio a'i chrafu'n wyllt.

Er ei bod yn dipyn llai o ran corffolaeth na Melana, Pili
fyddai'r enillydd mewn ffeit rhwng y ddwy fel arfer, ond

roedd sydynrwydd a ffyrnigrwydd ymosodiadau Melana – ynghyd â rhyw dinc o euogrwydd o du Pili, efallai – yn peri bod amheuaeth ynghylch pwy fyddai'n trechu yn yr ymladdfa yma. Ar ôl gwingo a bustachu am sbel, llwyddodd Pili i rowlio'r empath oddi arni a chodi ar ei thraed, ond dal i ddod ar ei hôl yn wyllt a wnâi Melana.

'Wei, wo,' meddai Pili. 'Be am 'ni siarad am hyn, ia?'

'Siarad?!' sgrechiodd Melana. 'Ti wedi trio dwyn 'y nghariad i!'

'Callia'r het! Dio'm 'y nheip i.'

'Mi faswn i'n deud bod unrhyw un dy deip di'r hwran!' gwaeddodd Melana. 'Wyt ti wedi deud "Na" erioed?'

'Oi!' meddai Pili'n rhybuddiol. 'Os oes 'na rywun arall yn siarad efo fi fel 'swn i'n ddarn o faw, dwi'n mynd i'w brifo nhw.'

'O, wyt ti wir?' meddai Melana. 'A be fedri di neud i mrifo i'n fwy nag wyt ti wedi'i neud yn barod?'

Sobrodd Pili.

'Melana, dwi'n gaddo i ti mai trio helpu o'n i. Ma Merfus yn gwirioni arnach chdi. O'dd o jyst isio gwbod be i' neud.'

'Pam na fasat ti wedi deud "Na" 'ta?' gofynnodd Melana.

'Am nad oedd o'n mynd i gymryd "Na" fel atab. Ond er dy fwyn di gwna'th o.'

Safai Melana yno'n anadlu'n drwm a'i dyrnau wedi cau.

'Gwranda,' meddai Pili. 'Dwi'n gwbod mod i'n rhoi amsar calad i chdi, ond coelia neu beidio, dydw i ddim yn dy gasáu di.'

Gwyddai Melana yn ei chalon fod hynny'n wir.

'A ma raid fod 'na rwbath amdanat ti bod boi neis 'fath â Merfus yn dy licio di gymaint, a dwi *isio* i chi fod yn hapus. Dwi'n bendant ddim isio i chi fod yn anhapus o'n achos i. Ond dwi'm yn meddwl y daw hi i hynny, achos dwi'n gwbod digon amdanach chi empaths i fod yn siŵr o un peth – unwaith dach chi'n rhoi'ch calonna i rywun, dach chi'm yn newid eich meddylia ar chwara bach. Ti'n gallu darllan 'y nghalon i a ti'n gallu darllan calon Merfus. Ti'n gwbod mod i'n deud y gwir a ti'n gwbod bod o'n dy garu di. Mi o'n i'n meddwl mod i'n gneud peth da. 'Nes i gamgymeriad. Paid â gadal i hynna ddifetha petha efo fo.'

Yn raddol roedd dyrnau Melana'n llacio a'i hanadl yn arafu. Gwyddai fod yr hyn a ddywedai Pili'n wir.

'Cer i siarad efo Merfus,' meddai Pili. 'Mi fydd o'n torri'i galon.'

Daliodd Melana i sefyll yno. Yna rhoddodd nòd ar Pili, a throi ar ei sawdl yn ôl tua'r llannerch. Rhoddodd y butain ochenaid, ac yna troi ei phen i gyfeiriad yr afon.

Dim ond Brwgaij eto, meddyliodd, ac fe fydda i wedi llwyddo i bechu pawb o fewn un diwrnod.

73

A daeth y dydd pan ydoedd y Bryniau Mwyn wedi eu dihysbyddu o'u holl gyfoeth, a dyfal fu'r chwilio am ffynhonnell amgen o adnoddau.

COFANCT: PENNOD 20, ADNOD 1

Roedd Engral yn teimlo'i oed. Er na fu'n ŵr diog erioed, a'i fod o ganlyniad yn dal yn eitha heini, eto roedd yn rhaid iddo edmygu lefelau ffitrwydd a stamina ei Gira Seth. Roedd y Fyddin Sanctaidd wedi teithio am bellter yn ystod y cylchdroeon diwethaf, heb oedi o gwbl heblaw i yfed bob hyn a hyn. Mentrodd Terog ofyn iddo o dro i dro a oedd yn iawn, ond nid oedd Engral am ddangos unrhyw wendid i'w gapten. Eto i gyd roedd yn dra diolchgar pan fyddai'r capten yn gorchymyn i bawb oedi am ryw reswm neu'i gilydd.

Arweiniodd un o'r milwyr ei gapten at lecyn cyfagos. Gwelodd Terog yr olion bwyd ac ôl y cyrff yn gorwedd ar lawr. Yna cododd ei olygon tua'r dwyrain, a gwelodd y goedwig enfawr, lydan a oedd yn ymestyn i'r naill ochr a'r llall cyn belled ag y medrai'r llygad ei weld. Nid oedd dim yn sicrach na bod y rhai a geisient wedi mynd i gyfeiriad y goedwig. Aeth at yr Uwch-archoffeiriad i adrodd yr hyn a welsai ef a'r milwr.

'Pryd oeddynt yma?' holodd Engral.

'Tua echnos,' atebodd Terog.

Sionciodd yr Uwch-archoffeiriad drwyddo. Roeddynt wedi ennill diwrnod arnynt yn barod, diolch i ddisgyblaeth lem ei filwyr.

'Mae yna rai oriau o oleuni eto, Barchedig Un,' meddai Terog. 'Ydych chi am i ni fwrw ymlaen ynteu a fyddai'n well gennych . . .' Oedodd. 'Fyddai'n . . . well i ni orffwys am dipyn? Mae wedi bod yn ddiwrnod caled.'

Teimlai Terog yn falch ei fod wedi addasu rhywfaint ar ei frawddeg, ond edrychiad o ddirmyg a gafodd gan Engral yn wobr am ei ddiplomyddiaeth.

'Wel ymlaen, siŵr iawn, Capten. Efallai ein bod ni wedi ennill diwrnod ond maent yn dal ddiwrnod a hanner da o'n blaenau. Nid da lle gellir gwell.'

'Barchedig Un,' meddai Terog, a mynd i orchymyn ei fyddin i barhau â'r daith.

Cychwynnodd y milwyr yn ddirwgnach am y goedwig, heb eto fedru gweld y cwymp yn y tir o'u blaenau a'r gors islaw.

74

*A'r Blaned Las a oedd mor gyfoethog ei mwynau fel y'i pennwyd
hi'n Blaned Adnoddau.*

COFANCT: PENNOD 20, ADNOD 7

Ni fedrai geiriau ddisgrifio pa mor wylaidd y teimlai
aelodau'r fintai flêr pan ddaethant i gyrion tre'r Gweithwyr
a sylweddoli arwyddocâd yr hyn roeddynt yn edrych arno.

'Caredroth,' meddai Satana'n dawel.

Roedd ei emosiynau'n gymysglyd. Ar y naill law teimlai'n
falch ei fod yn perthyn i'r llinach hir ac anrhydeddus a
ddeilliai o'r man hwn, ac ar y llaw arall teimlai ddicter tuag
at y Duwiau am yr alltudiaeth a orfodwyd ar ei gyndadau,
a'u tynghedodd i fyw ar friwsion yn y tywyllwch.

Ond yn llosgi'n fwy na hynny, hyd yn oed, yr oedd ei
ddicter tuag at yr unigolyn diegwyddor a oedd wedi llwyddo
i ychwanegu at ei rym trwy ledaenu system grefyddol oedd
yn gelwydd i gyd. Trwy arwain y bobol i wadu bodolaeth yr
Wyneb, yr oedd wedi peri iddynt wadu eu hetifeddiaeth a'u
dyled i'w cyndeidiau.

'Dwi'n meddwl fod gan y Duwiau – heb sôn am ein cyfaill
yr Uwch-archoffeiriad – ychydig o waith esbonio i'w wneud,'
meddai Satana, a deigryn yn ei lygad.

'Paid â'i arddel wrth y teitl yna byth eto,' meddai Radog.
'Dio'm yn haeddu'r fath barch.'

'Ti'n iawn. Be galwn ni o? Y lleidar? Y llofrudd?'

'Ma hynny'n ein sarhau ni fel lladron a llofruddion!'
meddai Sorgath.

Chwarddodd sawl un.

'Y twyllwr?' cynigiodd rhywun.

'Mae 'na dwyllo ac mae 'na dwyllo,' atebodd Satana.

'Y byrhoedlog?' meddai llais sarrug.

'Hwnna 'dio!' meddai Satana. 'Bywyd byr, ond ella farwolaeth hir ac ara. Be 'di d'enw di, lofrudd?' meddai, gan droi at berchennog y llais.

'Gerech,' atebodd y llofrudd.

'Wel, Gerech,' meddai Satana, 'pan ddaw dydd y chwyldro, chdi fydd ein swyddog marchnata.'

Yna meddai ag awdurdod, 'Dowch – mae'n tadau ni wedi chwysu, gwaedu a marw yn enw cyfiawnder. Nid dyma'r adeg i feddwl am orffwys. Ymlaen!'

'Ymlaen!' gwaeddodd y dorf, gan ddilyn Satana allan o'r dref tua'r dwyrain. Tu cefn iddynt, roedd y llif dynoliaeth yn ymestyn i fyny'r bryn ac yn parhau i lifo allan o geg Porth Goleuni.

75

A'r Blaned Adnoddau ydoedd ffynhonnell cynhaliaeth i Ergain a Halafal, yn ogystal â phlanedau eraill. A'r Duwiau a osodasant fwy o Ddynion i weithio ar y blaned hon nag ar unrhyw blaned arall yn y bydysawd.

COFANCT: PENNOD 20, ADNOD 8

Teimlai Melana ei bod wedi crwydro drwy'r goedwig ers cylchdroeon yn chwilio am Merfus. Yr oedd wedi llwyddo i ailddarganfod y llannerch, ac o'r fan honno wedi cychwyn i'r un cyfeiriad ag y cychwynnodd hi ar ôl y ffrae gyda Merfus, gan resymu y byddai yntau wedi'i dilyn i geisio cymodi.

Teithiodd mewn llinell syth am amser hir, cyn dechrau digalonni o weld neb na dim – nac olion o unrhyw fath. Ambell waith dychmygai ei bod yn clywed sŵn, a dilynai ef yn obeithiol heb sylweddoli mai synau anifeiliaid y goedwig yr oedd hi'n eu clywed. Nid oedd penderfyniadau o'r fath yn dod â hi'n nes at ddarganfod ei chariad, ond yn hytrach yn ei harwain yn ddyfnach ac yn ddyfnach i mewn i'r goedwig dywyll.

Sylweddolodd ei bod ar goll go iawn. Dechreuodd deimlo iasau bychain o arswyd a barai iddi rewi yn ei hunfan, yn hytrach na cheisio gwneud penderfyniadau a dal ati i symud. Teimlai fel crio. Meddyliodd am weiddi ac roedd ar fin ildio i'r demtasiwn honno, ond yn sydyn mygwyd y sgrech oedd fin dod allan o'i cheg. O'i blaen, gryn bellter i ffwrdd, roedd anifail du o'r un maint â hi os nad mwy, gyda phawennau enfawr a dannedd arswydus o fawr, yn syllu arni. Safodd Melana'n stond. Os rhedai, gwyddai na fyddai unrhyw obaith iddi ddianc rhag coesau cyhyrog y bwystfil tywyll.

Arhosodd y ddau'n gwbl lonydd am gyfnod hir. Yn raddol, llwyddodd Melana i ddod dros y parlys meddyliol a ddylanwadai ar ei chorff, a dechrau meddwl unwaith eto. Rhyfeddodd sut gallai unrhyw beth a oedd yn amlwg mor beryglus fod mor hardd, a dechreuodd ystyried efallai nad oedd y creadur mor beryglus ag roedd hi wedi'i ofni.

Yna gwelodd y bwystfil yn troi ei ben yn sydyn, wedi synhwyro rhywbeth mewn cyfeiriad arall. Edrychodd yn ôl arni unwaith, ddwywaith, gan geisio dod i benderfyniad. Clywodd Melana sŵn creaduriaid eraill yn dod ar wib i gyfeiriad y bwystfil, a sylweddolodd fod yr anifail wedi gwneud ei benderfyniad. Roedd yr hyn oedd yn dynesu tuag ato'n rhywbeth mwy cyfarwydd a olygai fywyd haws iddo.

Gwelodd Melana dri llystfil yn rhedeg yn wyllt i gyfeiriad yr anifail mawr, ond heb ei weld. Yna gyda sydynrwydd anhygoel i greadur o'i faint, llamodd y bwystfil tuag at yr olaf ohonynt a phlannu'i safn yn ei war. Gwingodd ei brae am ennyd ond buan iawn y llonyddodd. Aeth y bwystfil ati ar unwaith i ddefnyddio'i ddannedd i rwygo'r cnawd yn dalpiau oddi ar yr esgyrn, a'u cnoi'n awchus. Edrychai'n ddigon bodlon ar ei sesiwn hela, ei ddannedd yn goch gan waed a chig, a rhoddodd ru o foddhad.

Yn rhyfedd iawn, nid oedd Melana wedi ystyried dianc tan y foment honno, ond roedd rhywbeth yn ansawdd y sŵn dwfn a ddaeth o'i geg a wnaeth iddi sylweddoli pa mor wironeddol rymus a pheryglus oedd y bwystfil du. Trodd ar ei sawdl a dechrau rhedeg nerth ei thraed, heb edrych yn ôl unwaith. Gydag arswyd, meddyliodd iddi glywed sŵn brigau'n torri y tu ôl iddi a cheisiodd redeg yn gynt nes oedd ei gwddw'n llosgi. Bellach roedd y fath ru yn ei chlustiau fel na fedrai glywed dim o'r tu ôl iddi, ond roedd ei dychymyg yn mwy na gwneud iawn am y diffyg sŵn allanol. Yn erbyn pob greddf oedd ganddi, trodd ei phen i edrych. Prin yr oedd wedi cael cyfle i roi anadl o ryddhad o weld nad oedd na dyn na chreadur yn ei hymlid, pan faglodd ar wreiddyn coeden a phowlio'n bendramwnwgl i lawr cwymp yn y tir gan daro'i phen ar y ddaear wrth iddi stopio.

Doedd hi ddim yn siŵr a oedd hi wedi bod yn anymwybodol ai peidio, ond aeth rhai eiliadau heibio cyn iddi fentro agor ei llygaid. Yn rhyfeddol, lle bu'r rhuo yn ei chlustiau wrth iddi redeg, yr hyn a glywai'n awr oedd sŵn dŵr. Mentrodd agor ei llygaid a gweld goleuni gwyrddlas uwch ei phen. Cododd yn araf, a darganfod ei bod wedi disgyn i lannerch arall – un llawer harddach na'u cartref dros dro yn y rhan arall o'r goedwig. Roedd y goleuni gwyrddlas drwy'r dail yn rhoi rhyw naws arallfydol i'r lle, ac yn goron ar y cyfan llifai nant fechan a'i dŵr yn glir fel grisial, yn byllau a rhaeadrau bychain byrlymus. Gwenodd Melana ar waetha'r cur yn ei phen. Ni freuddwydiodd fod y fath harddwch yn bosibl.

Gwelodd rywun yn rhedeg i'w chyfeiriad dros y cerrig yn y nant, a llamodd ei chalon o weld mai Merfus oedd o. Teimlodd ei gariad yn ei chyrraedd ymhell o'i flaen.

'Roedd hwnna'n entrans reit ddramatig!' meddai Merfus yn swil.

'Ac alla inna ddim meddwl am le hyfrytach i fod yn'o fo hefo ti,' meddai Melana.

'Ydw i'n cael maddeuant felly?' meddai Merfus.

Gwenodd Melana arno.

'Tyd yma,' meddai hi, ac agor ei breichiau led y pen.

Cofleidiodd y ddau, a chusanu'n swil i ddechrau, yna gyda mwy o angerdd. Ymhen sbel, penderfynodd Merfus fagu'r plwc i ofyn i Melana:

'Wyt ti'n meddwl y dylien ni . . .'

Er mor braf fuasai dilyn eu greddf, gwyddai Melana nad oedd calon y naill na'r llall ohonynt yn barod am hynny eto. Efallai ei bod hi wedi maddau iddo, ond byddai'n gam yn rhy bell i'r ddau ohonynt dan yr amgylchiadau. Roedd am iddo fod yn rhywbeth cwbl arbennig, heb ddim i gymylu'r foment.

'Well i ni beidio,' meddai. 'Mae gen i chydig o gur pen.'

Gwenodd Merfus, gan wybod ei bod wedi darllen ei galon yntau.

'Chdi sy'n iawn,' meddai. 'Ma gynnon ni ddigon o amser . . .'

'Dydi'r lle 'ma'n fendigedig?' meddai Melana.

'Mi wn i am rywle gwell na hyn,' meddai Merfus. 'Tyd efo fi.'

Fe'i cododd ar ei thraed a gafael yn ei llaw i'w harwain dros y nant.

'Bydd yn ofalus,' meddai, wrth groesi o garreg i garreg a'r dŵr croyw'n llifo o'u hamgylch. Cyrhaeddodd y ddau yr ochr draw, ac arweiniodd Merfus hi i ardal arall lle roedd y goleuni o liw gwahanol eto – yn fwy melyn y tro hwn, ac ambell lafn o haul yn llwyddo i wanu drwy'r dail oddi uchod a chreu effaith fel rhaeadr o oleuni bron. Gwelent ambell greadur bychan â chynffon cyn hired â'i gorff yn rhedeg a neidio drwy'r coed, ac un neu ddau o greaduriaid bychain iawn, iawn oedd y tu hwnt o hardd, â'r adenydd mwyaf lliwgar a welodd llygaid neb erioed. Edrychent mor sidanaidd a brau wrth hedfan o flodyn i flodyn. Roedd patrymau coch a du ar rai ohonynt, eraill yn felyn a glas, ac un math fel petai pâr o lygaid gleision mewn dwy aden borffor arnynt.

'Welist ti unrhyw beth mor fendigedig?' gofynnodd Merfus. Estynnodd ei law i godi creadur bychan arall oddi ar ddeilen – a'i adenydd glas tywyll wedi'u haddurno â phatrwm melyn. Ond cyn gynted ag yr oedd y creadur hardd ar ei law, plannodd ei golyn yng ngarddwrn Merfus. Er iddo sgrechian mewn poen a chwifio'i fraich, aros yn sownd a wnaeth y creadur am eiliadau a ymddangosai fel oriau i Melana. O'r diwedd rhyddhaodd y creadur ei hun, a hedfan i ffwrdd gan adael Merfus yn gafael yn ei arddwrn clwyfedig a'i wyneb yn troi'n las.

'Merfus!' gwaeddodd Melana, yn teimlo pob gronyn o'i boen. 'Merfus?'

Disgynnodd Merfus yn anymwybodol i'r llawr. Teimlodd Melana'r gwacter lle bu'r boen, a sgrechiodd fel dynes wallgof uwch ei ben.

'Merfus!'

76

Ond genynnau Dyn oeddynt amhurion, a'u hoedl a grebachodd.

COFANCT: PENNOD 21, ADNOD 4

'Help!' sgrechiodd Melana, heb falio gronyn a oedd y bwystfil du yn digwydd bod yn agos ac yn dal yn llwglyd. 'Help!'

Dringodd allan o'r llannerch a'i gwallt rhwng ei dannedd.

'Help! Help!' gwaeddodd yn wallgof. 'Helpwch fi rywun!'

Ymhen rhai eiliadau, clywodd sŵn brigau a dail. Roedd rhywun neu rywbeth yn symud yn gyflym tuag ati. Daliodd Melana i weiddi'n wallgof heb falio am y canlyniadau.

Cyrhaeddodd Brwgaij ar wib, gan symud yn rhyfeddol o chwim i rywun oedd yn ganrifoedd oed.

'Pa argyfwng?' meddai.

'M . . . M . . .' wylodd Melana, gan bwyntio i lawr i'r llannerch.

Arhosodd Brwgaij ddim iddi esbonio ymhellach. Rhedodd i lawr i'r man lle gorweddai Merfus ac edrych arno. Roedd gwawr las drosto a'i wefusau'n troi'n las tywyllach.

'Pa niwed?' gwaeddodd Brwgaij ar Melana, oedd yn ceisio'i ddilyn yn ôl i lawr.

'Ei . . . ei arddwrn,' meddai Melana, fel petai'n feddw.

Edrychodd Brwgaij yn sydyn ar arddyrnau Merfus a gweld y man lle'r aethai'r colyn i mewn i'r cnawd.

'Pa fath greadur ydoedd hwn?' holodd.

Edrychai Melana ar goll.

'Dwi . . . dwi'm yn gwbod be oedd o.'

'Ond fe'i gwelaist?'

'D-do . . .'

Disgwyliodd Brwgaij am ateb, ond dim ond sefyll yno'n edrych arno am achubiaeth a wnâi Melana.

'Melana! Pa fwystfil a'i niweidiodd?' meddai Brwgaij eto, gan ddangos y garddwrn llonydd iddi. 'Bywyd Merfus allai ddibynnu ar yr wybodaeth!'

Neidiodd corff Melana'n sydyn fel petai rhywun wedi'i tharo.

'Ym . . . ym . . . peth bach – mi oedd o'n hedfan – ac yn lliwgar – ac oedd, roedd o mor dlws . . .'

'Sidanfil,' meddai Brwgaij wrtho'i hun. 'Pa liw?' gofynnodd iddi.

'Pa liw . . .?'

'Ie. Pa liw, pa liw, Melana? Yr wybodaeth sydd hanfodol! Rhaid fod it atgof!'

Ceisiodd Melana ail-fyw'r olygfa hunllefus.

'Glas,' meddai toc.

'A ydoedd lliw arall?'

'Oedd. Patrwm melyn, dwi'n meddwl.'

'Meddwl?'

'Na! Melyn. Glas a phatrwm melyn. Dwi'n siŵr.'

'Helô . . .?'

Deuai'r waedd o ymyl y llannerch.

Sbargo oedd yno, wedi clywed y sŵn.

'Yma!' gwaeddodd Brwgaij. Cododd gorff Merfus yn ei freichiau a dechrau cerdded tuag ato.

'Be goblyn sy 'di . . .?' dechreuodd Sbargo, ond roddodd Brwgaij ddim cyfle iddo orffen. 'Amser sydd wrthwynebus,' meddai. 'Rhaid cynnal ei fywyd cyn ymdrechu i'w iacháu. Dychwelwn i'r caban. Bydd geidwad i Melana – ei chorff a frawychwyd. Cyfranna gynhesrwydd iddi.'

'Iawn!' meddai Sbargo. Edrychodd ar gorff llonydd ei ffrind bore oes. Ni fedrai beidio â gofyn i Brwgaij, 'Dio'n ddrwg?'

Roedd edrychiad Brwgaij yn ddigon i wneud i'w waed fferru.

'Ofnaf am ei einioes, ond ymdrechaf hyd fy eithaf,' meddai'n dawel, cyn rhedeg i ffwrdd nerth ei draed.

Yr unig gysur i Sbargo yng nghanol ei wewyr oedd na chlywodd Melana eiriau Brwgaij.

A Duw Gwyddoniaeth a welodd fethiant ei arbrawf, a'i reswm a ymglafychodd.

COFANCT: PENNOD 21, ADNOD 7

Edrychodd Satana a'i ddynion ar y cyrff a'r gwaed o amgylch y Dyffryn Cudd.

'Dydyn nhw ddim hyd yn oed wedi byta'u hannar nhw,' meddai Radog. 'I be oedd angen lladd mwy nag oeddan nhw'u hangen? Wnaeth yr un llofrudd o'r Gattws hynny erioed.'

'Gwir fo'r gair,' meddai Satana'n fyfyriol.

Edrychodd ar y fyddin flêr o'i gwmpas.

'Dowch,' meddai. 'Rhai ohonoch i ddilyn Sorgath a minnau. Efo cymaint ohonon ni, dau funud fyddwn ni'n eu claddu nhw. Y lleill – helpwch Radog i ladd digon i ni gael bwyd. Dim mwy. Brysiwch!'

A Thormon a Marlis a ymddieithrasant. A Marlis a ymserchodd yn un o blant Dynion, ac a feichiogodd. A mawr drwst a fu ym Mynydd Aruthredd.

COFANCT: PENNOD 22, ADNOD 5

Cyrhaeddodd y milwyr cyntaf ymylon y gors a dechrau cerdded trwyddi. Dilynai Engral a Terog yn bur agos i'r blaen. Bellach roedd Engral yn flinedig iawn ac yn llai na hapus fod ei esgidiau addurnedig fel Uwch-archoffeiriad yn gwbl anaddas i groesi cors. Pe na bai'n ŵr crefyddol, mae'n siŵr y byddai wedi melltithio.

O edrych ar y sefyllfa o'r tu allan, gellid dweud mai yma y gwnaeth Terog ei gamgymeriad cyntaf fel arweinydd, sef arwain y cwmni cyfan i mewn i'r gors ar yr un pryd. Petai byddin o elynion yn aros amdanynt yn y coed o'u blaenau, byddent wedi bod yn darged hawdd. Yn ffodus, doedd y fath fyddin ddim yn aros amdanynt – dim ond un ellyll anferth mewn coblyn o dymer ddrwg. Ac roedd yn benderfynol na fyddai'n colli ei brae am y trydydd tro yn olynol.

Felly pan godod yr ellyll yng nghanol y milwyr cyntaf i fentro i'r dŵr, roedd Terog ac Engral yn beryglus o agos ato. Rhedodd milwyr eraill o'u blaenau i'w hamddiffyn, tra ceisient hwythau gilio yn eu holau i osgoi breichiau'r creadur a chwipiai o gwmpas. Roedd yr ymosodiad hwn mor sydyn ac mor filain o'i gymharu â'r ddau flaenorol, fel y cafodd nifer o filwyr eu bwyta, a thaflwyd sawl un arall i'w farwolaeth.

Dechreuwyd tanio tuag at yr ellyll, ond yn wahanol i ddannedd bach miniog Melana, doedd y bwledi ddim fel petaent yn medru torri trwy'r croen, ond yn hytrach yn suddo i mewn iddo ac yn aros yno. Roedd hyn yn peri poen i'r ellyll, wrth reswm, ond doedd o'n ddim o'i gymharu â pheiriant sain Brwgaij. Ambell waith llwyddai bwled i dreiddio at organau'r bwystfil llwyd, a phryd hynny clywid rhu o boen cyn iddo ailymroi yn fwy mileinig fyth i chwipio a gloddesta ar gynifer o'r milwyr ag y gallai. Gwelodd Terog ei fod yn colli gormod o'i ddynion, a gwaeddodd ar ei filwyr, ''Nôl!'

Ciliodd y fintai'n ôl yn flêr, y rhan fwyaf ohonynt bellach yn wlyb at eu crwyn – gan gynnwys Engral, a oedd wedi baglu ar ei hyd sawl gwaith yn ei banig i ddianc rhag crafangau'r bwystfil.

Llonyddodd Galfarach, a chan godi ambell gorff i fwydo arno, suddodd yn ôl dan y dŵr i lyfu'i friwiau ac aros am yr ymosodiad nesaf.

79

Ac er condemnio o'r Duwiau weithredoedd Marlis, rhai a
deimlent eiddigedd tuag at Dduwies Serch.

COFANCT: PENNOD 22, ADNOD 7

Roedd Pili ar ei phen ei hun pan ruthrodd Brwgaij i mewn
i'r llannerch gyda Merfus yn ei freichiau.

'Be sy 'di digwydd?' meddai Pili. 'Melana 'di colli'i
thempar eto?'

'Ennyd i'w wastraffu nid oes,' meddai Brwgaij gan ruthro
i'r caban gerllaw. Difrifolodd Pili a dilyn Brwgaij i'r caban.
Gwelodd ei fod wedi gosod corff Merfus ar ei hyd ar lawr,
a'i fod yn tyrchu ymhlith ei boteli'n wyllt fel petai'n ceisio
dod o hyd i rywbeth. Roedd lliw erchyll ar Merfus ac roedd
yn hollol lonydd, fel pe bai wedi'i barlysu.

'Be sy'n matar arno fo?' holodd Pili.

'Nid yr awron!' gwaeddodd Brwgaij, gan chwilio drwy'r
silffoedd fel dyn o'i gof.

Trodd Pili ar ei sawdl a gadael y caban, a gweld Sbargo'n
hebrwng Melana, a edrychai fel pe bai wedi gweld ysbryd.

'Be gythral sy'n mynd 'mlaen yn y lle 'ma?' gofynnodd,
gan redeg atynt.

Yn araf, gosododd Sbargo Melana i eistedd ar wely o
ddail.

'Neith rhywun plis ddeud rwbath wrtha i?' gwaeddodd
Pili arnynt.

Edrychodd Sbargo arni.

'Paid â gweiddi. Ma Melana mewn sioc.'

'Be – eto?' meddai Pili.

Gwylltiodd Sbargo.

'Elli di fod o ddifri am unrhyw beth, Pili? Mae Merfus

wedi cael ei wenwyno. Mi allai o farw. Ella'i fod o wedi marw'n barod!'

'Hei, hei, hei,' meddai Pili. 'Mond trio cal rhywun i ddeud rwbath wrtha i ydw i. Sut digwyddodd o?'

'Dwi'm yn gwbod,' meddai Sbargo. ''Di Brwgaij ddim 'di deud fawr ddim wrtha inna chwaith. Paid â'i gymryd o'n bersonol,' meddai'n goeglyd.

'Wna i ddim siŵr,' meddai Pili gan anwybyddu'r coegni. 'A' i i dwymo chydig o ddŵr, ia? Panad gynnas 'sa'r peth gora i Melana ar hyn o bryd.'

'Dwn 'im os dio'n syniad da i styrbio Brwgaij tra mae o'n trin Merfus,' rhybuddiodd Sbargo.

'Gad ti Brwgaij i mi,' meddai Pili a cherdded yn dalog tuag at y caban pren.

Eisteddodd Sbargo a'i fraich am Melana, yn ceisio sgwrsio hefo hi yn y gobaith y byddai'n dadebru wrth roi ei meddwl ar bethau eraill. Yn raddol, dechreuodd Melana ateb ei gwestiynau a bywiogi ychydig. Toc daeth Pili'n ei hôl atynt â thair paned yn ei llaw.

'Hwdwch,' meddai, gan estyn paned i Sbargo a Melana.

'Oes 'na rwbath allwn ni'i neud?' gofynnodd Sbargo.

'Nag oes,' meddai Pili. 'Mae Brwgaij wedi dod o hyd i'r botel roedd o'n chwilio amdani. Os nag 'di honno'n gweithio, does 'na'm byd fedar neb 'i neud, mae arna i ofn.'

Wrth glywed hyn dechreuodd Melana wylo unwaith eto. Edrychodd Sbargo'n hyll ar Pili a phlygodd honno'i phen, wedi sylweddoli'i chamgymeriad. Eisteddodd y tri yn rhyw hanner yfed, ond yn bennaf yn disgwyl am unrhyw arwydd o newyddion da o gyfeiriad y caban. Toc, edrychodd Melana ar Pili, ac meddai mewn llais marwaidd, diemosiwn:

'Roeddan ni'n mynd i garu pnawn 'ma, a wnaethon ni ddim. O d'achos di.'

Roedd y ffaith nad oedd unrhyw emosiwn yn ei llais yn peri bod y cerydd yn fwy llym na phetai Melana wedi gweiddi arni a'i tharo drosodd a throsodd.

'Melana, dwi 'di deud 'i bod hi'n ddrwg gen i.' Wyddai Pili ddim beth arall i'w ddweud. Synhwyrodd fod Sbargo'n edrych arni hefyd, a chododd i osgoi llygaid ceryddgar y ddau. Ar hynny, daeth Brwgaij i'r golwg yn nrws y caban. Neidiodd y ddau arall ar eu traed ac edrychodd pawb arno'n ddisgwylgar.

'Y gwenwyn sydd anorchfygol,' meddai Brwgaij ag ochenaid. 'Rhaid cyrchu'r sidanfil a fu'n gyfrifol, er creu gwrthwenwyn. Yr unig obaith i Merfus.'

'Am faint fydd o fyw hebddo fo?' holodd Melana'n ddagreuol.

'Nid llesol gofidio am hynny'r awron, Melana. Ni a gyrchwn y llannerch lle digwyddodd, a thi a ddynoda'r union sidanfil a'i gwenwynodd. Nid oes lle i anghywirdeb. A gytuni?'

'Chwilio am y peth glas a melyn 'pigodd o? Iawn . . .' meddai Melana. 'Wna i unrhyw beth i helpu.'

'Da hynny. Sbargo a Pili . . .'

Chafodd Brwgaij ddim cyfle i orffen y frawddeg oherwydd i sŵn ffrwydriad nerthol nid nepell oddi wrthynt foddi'i lais yn gyfan gwbl. Clywid darnau o rywbeth yn glanio yn y coed uwch eu pennau ac o'u cwmpas.

Edrychodd pawb ar ei gilydd mewn braw. Fel arfer, Pili oedd y gyntaf i roi eu meddyliau mewn geiriau.

'Be gythral oedd hwnna?'

80

Ac meddent wrthynt eu hunain: 'Paham na phrofaf fi yr hyn a brofodd Duwies Serch? Canys teg o bryd ydyw Dyn, a mi a ymserchais ynddo.'

COFANCT: PENNOD 22, ADNOD 8

Buan iawn y penderfynodd Terog y byddai gorffwys yn rhoi mwy o fantais i'r ellyll nag iddyn nhw. Ond hyd yn oed o ruthro ar yr ellyll, ni allent fod yn saff y llwyddent, ac yn sicr byddai llawer mwy o'i filwyr yn cael eu colli. Roedd sefyllfa enbyd yn gofyn am fesurau enbyd. Edrychodd ar ei ddynion a gweld bod ambell wyneb yn llawn sêl yr Archest o hyd, er gwaetha'r holl dystiolaeth yn erbyn ei wirioneddau. Penderfynodd Terog ddewis milwr ifanc â llygaid tanbaid gleision, a galwodd ef ato.

'Enw a rhif?' gorchmynnodd.

'Tri tri pedwar saith naw Selith, syr!' gwaeddodd y bachgen.

'Tri tri pedwar saith naw Selith, heddiw cei roi dy enw ar frig rhestr anrhydeddau'r Cira Seth, a thrwy hynny brofi dy fod yn un o weision gwerthfawrocaf yr Archest. Wyt ti'n fy neall?'

Pefriai llygaid y milwr a rhoes wên sydyn i Terog, cyn cofio'i fod i syllu'n syth yn ei flaen yn ddiemosiwn.

'Syr!' gwaeddodd.

Camodd Terog tuag ato, a gosod chwe wy candryll yn ei wregys fesul un.

'Wyt ti'n gwybod beth sy'n cael ei ddeisyf gennyt?' holodd Terog.

'Syr!' gwaeddodd y bachgen.

'Oes gen ti unrhyw beth i'w ddweud?' holodd Terog.

'Diolch am yr anrhydedd, syr!' gwaeddodd Selith.

A diolch am allu dynion i ddal i gredu yn wyneb pob tystiolaeth i'r gwrthwyneb, meddyliodd Engral iddo'i hun.

'Tri tri pedwar saith naw Selith, rwyf yn dy ddyrchafu'n is-gapten yn y Cira Seth am dy wrhydri y dydd hwn. Boed i'r Un Gwir Dduw gynnal dy freichiau drwy gydol dy orchwyl.'

'Amen,' meddai'r milwr ifanc, yn sefyll yno â'i falchder yn amlwg.

'Reit, i ffwrdd â chdi 'ta,' meddai Terog ychydig yn ddiamynedd. 'Sgynnon ni ddim drwy'r dydd.'

Trodd Selith ac ymlwybro drwy'r Cira Seth draw i gyfeiriad y llyn lle llechai Galfarach. Arhosodd y milwyr eraill yn ddigon pell er mwyn tanio at yr ellyll o safle diogel. Yn araf a thawel, gollyngodd Selith ei hun i'r dŵr. Roedd ei ofn yn amlwg bellach ond ymlaen yr âi serch hynny. Am eiliad edrychai'n debyg nad oedd y bwystfil am ddangos ei hun y tro yma, ond fel y cyrhaeddodd Selith ganol y llyn, cynhyrfodd y dyfroedd a daeth Galfarach i'r golwg eto a'i groen yn llawn bwledi a chreithiau bwledi. Taniodd y milwyr tuag ato i geisio cyfleu'r syniad eu bod i gyd am ymosod arno eto. Rhuodd y bwystfil a chlywodd Selith ei anadl ffiaidd yn dod tuag ato. Gallai weld gweddillion rhai o'i gyd-filwyr yn dal yn sownd yn ei ddannedd anferth. Yn hytrach na'i ddychryn, gwnaeth hyn Selith yn fwy penderfynol fyth a dechreuodd weiddi fel dyn o'i gof. Dyfynnai adnodau lu o'r Archest wrth i'r creadur ddechrau gafael amdano a pharatoi i'w fwyta. Edrychodd Selith i mewn i'r safn anferth oddi tano ac am eiliad diflannodd ei hyder. Paid â gwneud cawl o hyn, meddai Terog wrtho'i hun – does 'na'm chwaneg o wyau candryll ar ôl. Ond fel y disgynnai Selith i mewn i'r geg, caeodd ei lygaid a dechrau dyfynnu'r Archest unwaith eto. Diflannodd i safn yr ellyll, a'r peth olaf a wnaeth wrth suddo i'r drewdod a'r tywyllwch oedd pwyso'r botwm coch ar ei wregys.

Ffrwydrodd y bwystfil i bob cyfeiriad, gan dasgu cymysgedd o ddŵr ynghyd â darnau o filwyr, perfeddion, organau, esgyrn a charthion Galfarach dros filwyr y Cira Seth. Gorweddai darnau o dentaclau yma ac acw ar lawr, a hyd yn oed ym mrigau'r coed. Codai stêm o'r llyn ac roedd mwg y ffrwydriad yn gwmwl llwyd uwch eu pennau.

Cododd Engral, Terog a'r milwyr yn araf ar eu traed ac edrych ar ei gilydd.

'Da iawn,' meddai'r Uwch-archoffeiriad. 'Da iawn wir – be oedd ei enw fo eto?'

81

Yna Jero, mewn ing, a siaradodd â Thormon gan ddywedyd: 'Edrych, frawd, ar ganlyniad gwaith dy ddwylo. Y Duwiau a aethant yn ddiog ac a osodasant eu serch ar Ddyn a'i enynnau amhurion – ie, hyd yn oed dy wraig dy hunan. Paham y dygaist y distryw hwn arnom?'

COFANCT: PENNOD 23, ADNOD 1

Rhuthrai anifeiliaid o bob lliw a llun mewn braw o gyfeiriad y gors a thrwy'r llannerch, heb boeni pwy na beth a safai ynddi.

'Cira Seth yn sicir!' gwaeddodd Sbargo.

''Dan ni'm yn gwbod hynny, nacdan?' meddai Pili.

'Ddudis i na fasa Nhad yn ildio, 'do?' meddai Sbargo. 'Be 'dan ni'n mynd i' neud?'

'Ma'n rhaid 'ni ddianc,' meddai Pili.

'Beth am Merfus?' meddai Melana.

'Pili a ddywed wirionedd,' meddai Brwgaij.

'Haleliwia,' meddai Pili. 'Mae o'n bosib felly, yndi?'

Anwybyddodd Brwgaij hi.

'Rhaid ichi ffoi, fy nghyfeillion. Anweledig wyf yn fy nghoedwig, ond chwychwi a ddelir yn union. Ewch! Fy eithaf a ymdrechaf dros Merfus.'

'Ond dwyt ti ddim yn gwbod pa sidanfil i chwilio amdano!' meddai Melana.

'Glas ynghyd â melyn yn addurn arno,' meddai Brwgaij.

'Glas tywyll,' meddai Melana. 'O, plis ffindia fo!'

'Fy ngair a roddaf,' meddai Brwgaij. 'Yn awr, ewch!'

'Ond ma'r Cira Seth yn teithio'n llawar cynt na ni!' meddai Sbargo. 'Sut fedrwn ni obeithio dianc rhagddyn nhw?'

Meddyliodd Brwgaij am ennyd. Yna sylweddolodd fod yr ateb yn syth o'i flaen.

'Ataliwch ef!' gwaeddodd gan amneidio at anifail blewog o faint Pili. Ufuddhaodd Pili a Sbargo, a synnu, o'r eiliad y cawsant afael ynddo, nad oedd yn gwneud unrhyw ymdrech i ddianc rhagddynt.

'Ac eto!' gwaeddodd Brwgaij, gan bwyntio at anifail arall tebyg a redai'n wyllt i'w cyfeiriad. Y tro yma ymunodd Melana yn y corlannu, a sylweddoli nad oedd gan yr anifeiliaid lawer o'u hofn.

Daliodd Brwgaij drydydd anifail a'i roi i Sbargo.

'Brochfilod. Mynydd Aruthredd a gyrchwch yn chwim arnynt,' meddai Brwgaij. 'Ewch!'

Neidiodd Sbargo a Pili ar gefn yr anifeiliaid yn syth, ond tywysodd Melana ei brochfil hi at Brwgaij.

'Gafael yn hwn,' meddai.

'Pa beth a wnei?' meddai Brwgaij, ond roedd Melana wedi rhedeg i'r caban. Bu saib fechan, yna daeth yn ei hôl a cherdded at Brwgaij.

'Gwna dy orau drosto fo,' meddai, gan roi cusan ar ei foch.

'Ti wyddost y gwnaf,' meddai Brwgaij.

'Reit, awê!' meddai Sbargo. Neidiodd Melana ar gefn ei hanifail. Edrychodd Brwgaij arnynt. Edrychodd y tri ar Brwgaij.

'Sut 'dan ni'n eu cael nhw i gychwyn?' gofynnodd Pili.

82

*A Jero a aeth i Fynydd Aruthredd, ac a ddywedodd wrth y
Duwiau: 'Ai dyma fwriad Ea a'r Chwech pan drosglwyddasant
gyfrifoldebau'r bydysawd i ni? Canys ein gwaith ni chyflawnir
mwyach, a'n dwylo a'n meddyliau a feddalasant.'*

COFANCT: PENNOD 23, ADNOD 5

Prin y clywsant y sŵn ond gwelsant y mwg yn codi o'u
blaenau. Caledodd wyneb Satana.

'Y Cira Seth yn rhoi pethau ar dân eto, aiê?'

'Dyna'u ffordd, Satana. Dim parch at neb na dim,' meddai
Radog.

'Ddim fel ni lofruddion, nagia?' meddai Satana a gwên
fach yn ei lygaid.

'Ma 'na anrhydedd yn perthyn i lofrudd weithiau,'
atebodd Radog. 'Does 'na'm anrhydedd o fath yn y byd yn
perthyn i'r giwed hunangyfiawn yna. Ma cyllell llofrudd ar
draws eu gyddfau'n rhy dda iddyn nhw!'

'Dwi'n dueddol o gytuno,' meddai Satana, 'ond mi fydd
yn rhaid i gyllell wneud y tro, beryg. Be wyt ti'n ddeud,
swyddog marchnata?'

Edrychodd Gerech arno drwy lygaid cul.

'Y marw sy'n bwysig, nid y dull,' meddai.

'Hmm,' meddai Satana, gan ystyried hyn. 'Ddyliat ti
sgwennu llyfr, 'sti.'

Trodd i annerch y cwmni.

'Reit!' gwaeddodd er mwyn i gymaint o'r dorf â phosib
fedru ei glywed, er mai cyfran bitw o'r dorf gyfan fyddai
hynny. ''Dan ni'n amlwg yn mynd i'r cyfeiriad cywir, a 'dan
ni'n amlwg yn eu dal nhw. Felly tân arni!'

83

*Oes Dyn a ddaeth, ac a aeth ymaith. Oni chymerwch yn ôl yn
awr yr awenau, a bod yn Dduwiau?*

COFANCT: PENNOD 23, ADNOD 6

Wedi iddynt gyrraedd y coed, ffurfiodd milwyr y Cira Seth
linell hir. Gallent glywed sŵn cythrwfl yn y pellter, a llawer
o frigau'n cael eu torri a dail yn ysgwyd yn wyllt. Clywsant
sŵn adar yn crawcian yn aflonydd ac anifeiliaid yn udo
mewn dychryn, ond nid arhosodd neb i wrando'n astud.

Cyrhaeddodd yr hyn oedd ar ôl o'r Fyddin Sanctaidd y
llannerch a gweld y caban pren. Amneidiodd Terog ar i
bedwar o'r milwyr fynd yn nes a gwnaethant hynny'n
ddistaw. Yna, ar amnaid Terog, torrodd y pedwar drwy'r
drws a saethu i bob cyfeiriad nes clywid sŵn poteli'n malu'n
siwrwd. Camodd un o'r milwyr i'r caban a chadarnhau nad
oedd neb o'i fewn.

Mae'r milwyr yma wedi blino, meddyliodd Engral.
Hoffwn i mo'u croesi pan fyddant mewn hwyliau fel hyn.

Symudodd y cwmni ymlaen drwy'r llannerch, gan edrych
o'u cwmpas ac i fyny am yn ail. Gwelsant olion y wledd o'u
blaenau. Cyrhaeddodd Terog i archwilio'r tir o gwmpas yn
fanylach.

'Roeddynt yma neithiwr,' meddai wrth Engral. 'Mae
rhywbeth neu rywun wedi eu dal yn ôl yma. I ba bwrpas,
does gen i ddim syniad.'

'Pa ots i ba bwrpas,' atebodd Engral. 'Rydym yn dod yn
nes gyda phob cam – dyna sy'n bwysig.'

Ar hynny, clywsant ru enfawr. Y bwystfil du oedd yno,
mewn tymer mileinig am fod rhywrai'n ceisio'i ddiorseddu
fel brenin y goedwig hon. Neidiodd o bellter tuag at ei

elynion newydd yn eu lifrai coch a du, a darnio tri ohonynt â'i bawennau anferth. Ond, yn anffodus, doedd ei groen ddim mor wydn â chroen Galfarach, a chafodd ei bledu â bwledi drosodd a throsodd nes ei orfodi i suddo ar ei liniau. Parhawyd i danio ato yn ei wewyr; yn araf ac yn amlwg mewn poen arteithiol, disgynnodd ar ei ochr a llonyddodd pob symudiad yn y corff cyhyrog.

'Mae'n well i hwnna fod heb gyffwrdd blaen ei fys yn fy merch i,' meddai Engral.

Ar y gair, clywsant sgrech uchel yn y pellter o'u blaenau. Edrychodd Engral a Terog ar ei gilydd.

'Yr ydym yn nes nag y tybiem,' meddai Engral wedi'i gyffroi.

'Ymlaen! Yn gyflym!' meddai Terog. 'Daliwch i fod ar eich gwyliadwriaeth!'

Symudodd pawb ar eu hunion o'r llannerch, gan adael i'r bwystfil gymryd ei anadl trafferthus olaf cyn i'w fywyd ddod i ben.

84

A Grael a ymbiliodd â'i gŵr, gan ddywedyd: 'Paham y'm gadewi oherwydd anghydfod rhyngom ni? Canys Mynydd Aruthredd yw dy gartref ac o fewn ei gwmpas y mae gofod i bob barn.'

COFANCT: PENNOD 23, ADNOD 9

Roedd y tri'n cael cryn drafferth i reoli'r brochfilod. Yn lle rhedeg mewn llinell syth, roeddynt yn igam-ogamu ar draws ei gilydd i bob cyfeiriad. Byddai'r sefyllfa wedi bod yn ddoniol pe na baent mewn cymaint o berygl. Yna, ar ôl tro rhy sydyn, taflwyd Melana oddi ar ei brochfil hi a rhoddodd sgrech.

'Mae hyn yn anobeithiol!' gwaeddodd. 'Mi fyddai'n haws gen i gerdded!'

'Sgennon ni'm amsar i gerddad!' meddai Sbargo. 'Ma nhw reit y tu ôl i ni. Glywist ti'r saethu 'na?'

Roedd Melana wedi clywed sŵn y gynnau ond wedi ceisio peidio â'i gydnabod, rhag ofn mai Brwgaij a Merfus oedd y rhai roedd rhywun yn saethu tuag atynt. Nid oedd am ystyried goblygiadau hynny.

Yn rhyfeddol, wedi i Melana syrthio ni fanteisiodd y brochfil ar y cyfle i ddianc, ond yn hytrach troes yn ei ôl a cherdded tuag ati gan ddisgwyl iddi ailddringo ar ei gefn. Neu ei chefn. Ni allai Melana fod yn siŵr o ryw'r anifail, ond teimlai'n gysurus iawn â'r emosiwn a dderbyniai ganddo. Roedd yn anifail cariadus iawn, meddyliodd, a ffyddlondeb yng ngwead ei gyfansoddiad. Fel hi ei hun, meddyliodd. Teimlodd bang o dristwch eto ynglŷn â thynged Merfus, ynghyd ag euogrwydd oherwydd iddynt ei adael yn nwylo dyn nad oeddynt prin yn ei adnabod, ac a oedd ychydig bach

254

yn ecsentrig, a deud y lleiaf. Am ennyd, ystyriodd droi'n ôl. Oedd hynny'n syniad da? Oedd, penderfynodd.

'Mi ydw i am fynd yn ôl,' meddai wrth Sbargo a Pili.

'Dwi'm yn meddwl bod hynny'n syniad da,' meddai Sbargo.

'Pam?'

Nodiodd Sbargo at rywbeth y tu hwnt iddi.

Trodd Melana i edrych. Welai hi ddim byd ar y dechrau, ond yna synhwyrodd fod rhywbeth coch yn symud drwy'r coed. Ac un arall.

'O mam,' meddai Melana, gan neidio ar gefn ei brochfil a'i annog i gychwyn. 'A plis rheda mewn llinell syth y tro yma!'

85

Ond Jero oedd ddisyfl ac a fynnodd, ped arhosai, y byddai iddo yntau gael ei lygru gan haint diogrwydd.

COFANCT: PENNOD 23, ADNOD 10

Daeth y waedd o'r blaen fod yna dri'n ceisio dianc – bachgen a dwy ferch.

Sbargo, Lenia, ac felly dim Merfus, meddyliodd Engral. Tybed beth ddigwyddodd iddo? Ond nid oedd hynny o lawer o ddiddordeb iddo. Y peth pwysicaf oedd fod ei fab a'i ferch wedi cael eu gweld. O'r diwedd roedd yr helfa'n dynesu at ei therfyn.

'Ar eu holau!' gorchmynnodd Terog. 'Peidiwch â phoeni am gadw'r llinell. Eu dal nhw yw'r nod bellach!'

Dechreuodd y milwyr redeg yn ysgafn yn eu blaenau ar gyflymder a fyddai'n caniatáu iddynt gynnal eu hegni cyhyd ag oedd modd. Byddai disgwyl i hyn fod wedi peri trafferth i Engral fedru cadw i fyny â nhw, ond roedd yr adrenalin a bwmpiai drwy'i gorff o wybod bod ei blant bellach bron o fewn tafliad carreg iddo wedi plannu rhyw egni newydd ynddo. Canolbwyntiai gymaint ar beidio â bod yn rhy bell y tu ôl i weddill y milwyr fel na sylwodd ei fod wedi rhedeg yn union heibio i ddyn blewog a bachgen glas a orweddent ar eu hyd y tu ôl i foncyff coeden anferth.

Pellhaodd y milwyr a thawelodd sŵn eu traed. Yn ofalus, cododd Brwgaij a gwrando'n astud eto. Gallai glywed galwadau'r milwyr yn cilio'n raddol yn y pellter. Cydiodd ym Merfus a'i osod yn ofalus dros ei ysgwydd. Yna rhedodd i gyfeiriad y llannerch aur fel dyn â chŵn y Fall ar ei ôl.

86

A Jero a adawodd Fynydd y Duwiau hyd ddiwedd amser, a Grael ydoedd ddiymgeledd.

COFANCT: PENNOD 23, ADNOD 12

O'r diwedd roedd Sbargo, Pili a Melana wedi dechrau meistroli eu brochfilod. Roedd dau reswm am hyn: roedd y tir wedi mynd yn fwy serth a'r anifeiliaid yn gorfod arafu eu cam, a hefyd roedd Melana – o bawb – wedi darganfod ei bod yn haws rheoli'r brochfilod drwy afael yn eu clustiau a defnyddio'r rheiny i lywio.

Ac felly y dringodd y tri nes cyrraedd terfyn y coed a gweld anialdir o'u blaenau.

'Pa ffordd?' holodd Sbargo.

'Yn ein blaenau i ben y bryn 'na, ia?' awgrymodd Pili.

Carlamodd y tri yn eu blaenau. Nid oedd tyfiant i'w weld yn unman yn awr, dim ond rhyw ffeg mwsoglyd nad oedd iddo fawr o werth cynhenid, ond a oedd yn dir caled a da i drafaelio arno. Cyrhaeddodd y tri ben y bryn gan ddisgwyl gweld mwy o'r tir moel yma o'u blaenau – a dyna gafwyd.

Ond y tu hwnt i'r anialdir tonnog, codai mur llwyd o binaclau danheddog a'u coronau'n wyn gan eira. Ymestynnent i fyny, i fyny ac i fyny eto, yn serth a bygythiol. Oni bai fod y Cofanct yn datgan fod y Gromen Aur uwchlaw'r Wyneb cyfan, buasai rhywun yn taeru bod y pinaclau'n ddigon uchel a miniog i dorri'n syth drwyddi.

Safodd y tri heb fedru yngan gair am gryn amser. Roedd hyd yn oed Pili, am y tro cyntaf ar y daith, yn gegrwth.

'Mynydd Aruthredd,' meddai Sbargo ymhen hir a hwyr. Teimlai fod hynny'n ddigon o ddisgrifiad ynddo'i hun, ac roedd yn sicr, petai Merfus gyda nhw, mai dyna'r cwbl a fyddai yntau wedi'i ddweud hefyd.

87

A'r Duwiau a ymgynghorasant, gan ddywedyd fel hyn: 'Y mae Dyn, drwy gyfathrachu â'r Duwiau, wedi anghofio ei briod le ar Ergain. Pa hyd eto nes y gwelir ei draed ar dir sanctaidd Mynydd Aruthredd?'

COFANCT: PENNOD 23, ADNOD 15

Rhuthrodd milwyr cyflymaf y Cira Seth allan o'r goedwig a'u gwynt yn fyr. Methent gredu sut na fydden nhw, a'u safonau ffitrwydd uchel, wedi llwyddo i ddal y tri ifanc bellach. Trodd eu rhwystredigaeth yn anghrediniaeth o weld nad oedd y bwlch yn lleihau dim, ond yn hytrach wedi cynyddu, a bod y tri ffigwr bellach yn sefyll ar ben y bryn o'u blaenau. Yna wedi i'w llygaid gynefino ychydig â'r pellter, sylweddolodd un ohonynt pam nad oeddynt wedi llwyddo i'w dal.

'Maen nhw ar gefn anifeiliaid!' gwaeddodd. 'Pasiwch y neges yn ôl cyn i bawb adael y goedwig!'

'Maen nhw ar gefn anifeiliaid!' gwaeddodd un ar ôl y llall nes i'r neges gyrraedd yn ôl at Engral a Terog. Safai pawb yno'n stond, yn edrych ar ei gilydd.

'Wel peidiwch â sefyll yn fanna!' gwaeddodd Terog arnynt. 'Daliwch chithau rai o'r anifeiliaid yna!'

88

Teg ydyw i Ddyn fyw yn yr isfyd gan adael yr Wyneb i'r Duwiau.

COFANCT: PENNOD 23, ADNOD 16

Cyrhaeddodd Brwgaij y llannerch aur gan obeithio'i fod wedi dod â phopeth fyddai ei angen er mwyn medru trin Merfus. Gosododd ei gorff yn ofalus ar garped o ddail, yna estynnodd ei rwyd yn barod i chwilio am y sidanfil glas tywyll â'r patrwm melyn.

Ond ni fedrai ddod o hyd i'r un o'r ddau liw. Roedd yn rhaid iddo fod yn un o'r rhai prinnaf, meddyliodd yn chwerw.

Crwydrodd o amgylch y llannerch gan anwybyddu'r sidanfilod amryliw eraill. Yn wahanol i Merfus, gwyddai fod pob un ohonynt yn wenwynig ac yn gallu bod y tu hwnt o fileinig pe tybient fod rhywun yn ymosod arnynt. Dyna pam fod eu lliwiau mor llachar – er mwyn rhybuddio unrhyw ddarparymosodwr i gadw draw. Gwyddai hefyd fod eu gwenwyn ymysg y math mwyaf marwol o blith yr holl greaduriaid a drigai yng Nghoed Astri.

Wrth gwrs, nid ei ddal oedd ei unig broblem. Byddai'n rhaid iddo hefyd geisio osgoi cael ei bigo ei hun, oherwydd nid oedd dim sicrach nag y byddai'r sidanfil yn troi'n filain pe llwyddai i'w gael i'w rwyd, ac nid oedd gan Brwgaij yr amser i geisio'i dawelu. Byddai'n rhaid mynd amdani a chymryd siawns y byddai ei law ef yn gyflymach na'r colyn marwol. Yna byddai'n rhaid godro'r gwenwyn ohono, ei hidlo a'i gymysgu yn y canrannau cywir â'r hylifau eraill oedd ganddo, ei chwistrellu i wythïen Merfus, a gobeithio bod yr holl arbrawf yn mynd i weithio ac nad oedd hi eisoes yn rhy hwyr.

Safodd Brwgaij yn stond a gollwng y rhwyd ar lawr yn benisel.

Roedd hyn yn amhosib.

A'r un a elwid Torfwyll Fawr, y Dyn cyntaf, a arweiniodd ei bobl
o Garedroth, tref y Gweithwyr, i grombil Ergain dan orchymyn
y Duwiau.

COFANCT: PENNOD 24, ADNOD 1

'Be gythral ddigwyddodd yn fama 'ta?' holodd Radog.

'Mi fytodd un peth yn ormod, ddudwn i,' meddai Satana, wrth edrych ar y llanast o gwmpas y gors. 'Hollol nodweddiadol o'r Cira Seth i ddefnyddio gordd i dorri cneuen.'

Symudodd y criw oedd ar flaen y lliaws drwy'r gors i'r llyn. Dringodd Satana allan yr ochr draw ac annerch ei ganran fechan arferol o'r gynulleidfa ddiddiwedd.

'Gyfeillion! Dach chi wedi gweld lled y goedwig 'ma. Dwi isio llinell yn ymestyn o un pen i'r llall. 'Dan ni'n mynd drwyddi efo crib mân, a does 'na neb na dim yn mynd i lithro trwy'n dwylo ni. Dallt?'

A rhai o'r Duwiau Distadl a aethant gyda Dyn i drigo yn y
Crombil, canys ni ddeisyfent eu gwahanu.

COFANCT: PENNOD 24, ADNOD 4

Daliai Sbargo, Pili a Melana i syllu'n fud ar y mynydd o'u
blaenau. Roedd hyd yn oed hyder naturiol Pili wedi cael
cnoc.

'Sut gythral ydan ni'n mynd i ddringo hwnna?' meddai'n
dawel.

Bu bron i Melana dagu.

'Y . . . sgiws mi. Ti *yn* tynnu 'nghoes i, dwyt? Ei ddringo
fo?'

Edrychodd at Sbargo am gefnogaeth ond roedd hwnnw'n
dal i syllu ar y mynydd llwyd fel petai'n ei astudio'n fanwl.

'Dyna pam y daethon ni'r holl ffordd yma,' meddai. 'I weld
y Duwiau yn eu cartref. I brofi eu bodolaeth.'

'Wel, mae gweld eu cartre nhw o fama'n hen ddigon da
gen i,' meddai Melana. 'Mynydd Aruthredd – grêt. Mae o *yn*
aruthrol. Roedd y Cofanct yn deud y gwir.'

Trodd Sbargo ati'n frwd.

'Oedd. Mae'r Cofanct wedi deud y gwir am bopeth rydan
ni wedi'i weld hyd yn hyn. Ac os ydi pob peth arall yn wir
. . .'

Gadawodd y frawddeg heb ei gorffen, ond gwyddai
Melana'n iawn beth oedd yn ei feddwl. Safodd y ddau'n syllu
ar ei gilydd yn gymysgedd o gyffro ac ofn.

Yn sydyn, daeth gwaedd o du Pili.

'O, shit! Sbiwch!'

Edrychodd y ddau, a gweld bod Pili'n syllu yn ei hôl i lawr
y bryn. Gwelent nifer o'r Cira Seth yn dod tuag atynt ar

garlam. Roeddynt hwythau wedi dod o hyd i frochfilod i'w marchogaeth.

'Awê!' gwaeddodd Sbargo. Nid arhosodd i geisio dadlau â Melana, ac ni fwriadai hithau barhau unrhyw drafodaeth chwaith. Yn gam neu'n gymwys, roedd yn rhaid iddynt gyrraedd Mynydd Aruthredd ac esgyn i'w gopa cyn i'r milwyr yn y lifrai deuliw eu dal.

A rhai Dynion a geisiasant ddianc o'r Crombil gan anufuddhau i orchymyn y Duwiau, ond yn ofer y bu hyn gan i'r Duwiau eu maglu.

COFANCT: PENNOD 24, ADNOD 5

'Be sy?' holodd Satana wrth weld Sorgath yn rhedeg tuag ato a'i wynt yn ei ddwrn.

'Maen nhw 'di dal rhywun. Wyt ti isio i mi ei ladd o?'

'Mwy na thebyg,' atebodd Satana. 'Ond mi fasa'n syniad i weld oes ganddo wybodaeth yn gynta. Dio'n bell?'

'Nacdi, mond lawr fanna,' meddai Sorgath.

Rhedodd y ddau nes cyrraedd y fan lle dechreuai'r tir ddisgyn. I lawr â nhw eto nes cyrraedd y llannerch islaw. Gwelodd Satana gorff y bachgen yn gorwedd ar lawr.

'Merfus!' meddai. Gwgodd. Câi pwy bynnag a'i niweidiodd dalu'n ddrud.

'Lle mae o?' hisiodd wrth Sorgath.

'Draw fan'cw,' meddai'r llofrudd, ac arwain Satana yn nes at y nant. Yno, roedd nifer o ddynion yn dal gŵr blêr a blewog, a wingai yn eu herbyn gan weiddi rhywbeth am 'amser yn edwino'. Synnodd Satana o weld nad oedd yn gwisgo lifrai coch a du; synnodd hefyd o weld ei fod mewn cyflwr mor flêr. Ond yr hyn a'i synnodd fwyaf oedd y teimlad cryf ei fod yn ei atgoffa o rywun. Petai ond yn medru cofio pwy . . .

'Be ydi dy enw?' gofynnodd Satana iddo.

'Ni chofiaf,' meddai'r gŵr anhysbys.

'Gofalus, gyfaill. Mae dy fywyd yn hongian ar edefyn brau iawn. Byddai cynnig ychydig o wybodaeth yn helpu dy achos ar y pwynt yma.'

'Amser nid oes i'r perwyl!' gwaeddodd Brwgaij. 'Rheidrwydd yw achub Merfus!'

'Be – ydi o'n dal yn fyw?' meddai Satana.

'Ni wn, ond ymdrechu i'r eithaf sydd raid a chwychwi sydd rwystr i'm llafur!'

'Sut galla i fod yn siŵr dy fod ti'n deud y gwir?' meddai Satana'n amheus, gan edrych yn fanwl arno eto.

'Y gwir a ddatganaf!'

'Ble mae'r lleill? Be sy wedi digwydd? Wyt ti wedi'u lladd nhw hefyd?'

'Beth? Nac ydwyf! Eithr Merfus! Cynorthwywch fi i achub Merfus! A chwedyn cewch fy holi!'

Roedd hynny'n swnio'n ddigon rhesymol, ond roedd Satana'n dal yn barod am unrhyw dric. Roedd wedi gweld digon o gonmen ar hyd ei fywyd i ddysgu peidio ag ymddiried gormod mewn geiriau. Aeth yn nes at y creadur blewog a gosod ei gyllell ar ei farf flêr.

'O'r gorau, flewgi. Ond un cam gwag a fydd y blew 'ma sydd dros dy wyneb di ddim yn unrhyw fath o amddiffyniad i ti rhag llafn y gyllell 'ma.'

Arhosodd yn sydyn, gan syllu ar y llygaid a'r trwyn o'i flaen. Yna pwysodd y gyllell finiog yn erbyn boch y dieithryn a'i thynnu i lawr yn sydyn, gan ddiosg trwch o dyfiant. Gwnaeth yr un peth eto, ac eto, gan gyflymu ei symudiadau po fwyaf o'r tyfiant a dorrai.

O fewn ychydig, roedd y dieithryn wedi'i eillio'n flêr, a'i wyneb yn noeth i bawb fedru'i weld. Disgynnodd tawelwch dros y llannerch. Syllai Satana arno mewn anghrediniaeth.

'Na,' meddai. ''Di'r peth ddim yn bosib . . .'

92

A Thorfwyll, cyn ymadael â'r Wyneb, a orchmynnodd i'w
Ddynion gludo i'r Crombil yr holl aur a gasglwyd o'r Bryniau
Mwyn, er creu Dinas mor ogoneddus â dim ag a grëwyd dan
law'r Duwiau.

COFANCT: PENNOD 24, ADNOD 7

Roedd y Cira Seth wedi cymryd tipyn llai o amser i feistroli'u brochfilod nag y gwnaethai Sbargo, Pili a Melana, ac roedd y bwlch rhyngddynt wedi cau. Ond ddim ddigon.

O'i safle ar gefn brochfil Terog, gwelai Engral fod y tri o'u blaenau wedi llwyddo i gyrraedd gwaelodion y creigiau wrth droed y mynydd, ac yn y broses o adael eu brochfilod a dechrau hanner rhedeg, hanner dringo i fyny'r graig doredig. Gwyddai Engral y byddai'r dirwedd honno'n haws i'r milwyr oedd wedi hen ddygymod ag ymarfer ar greigiau tanddaearol Mirael nag y byddai i dri ifanc cymharol ddibrofiad, ond gwyddai hefyd na fyddai ef ei hun yn medru mynd ymhell iawn cyn y byddai'n rhaid iddo ildio oherwydd oedran a'i ddiffyg profiad dros dir o'r fath.

'Lenia!' gwaeddodd.

93

A phan gwblhawyd ei hadeiladu, hwy a'u henwasant hi Mirael,
y Ddinas Aur.

COFANCT: PENNOD 24, ADNOD 9

Fferrodd gwaed Sbargo o glywed llais ei dad.

'Dowch!' meddai, a gadael i Pili eu harwain i fyny dros y creigiau wrth fôn y graig. Dringodd y tri ar eu pedwar mor gyflym ag y medrent, ond buan iawn yr oedd y graig yn troi'n fwy serth ac yn llyfnach, heb fawr ddim i afael ynddo nac i sefyll arno.

Wrth gwrs, ni châi Pili lawer o drafferth gyda'r newid yn y dirwedd, ond roedd Sbargo, a Melana yn enwedig, yn dechrau mynd i drafferthion oddi tani ar y graig.

'Dos di heibio i mi,' meddai Sbargo wrth Melana, yn y gobaith y byddai gwybod bod rhywun y tu ôl iddi'n rhoi ychydig mwy o hyder iddi.

''Dan ni 'di mynd i le drwg yn fama,' meddai Pili, gan sylweddoli ei bod, yn ei brys, wedi'u harwain i le oedd ymhell y tu hwnt i allu'r ddau arall. 'A gwaeth ma hi'n mynd, ma gen i ofn.'

'Mae'n rhaid i ni ddal i drio!' meddai Sbargo.

'Ti ŵyr,' meddai Pili, a chwilio am y llinell orau i esgyn y graig lefn.

Gwnaeth Sbargo'r camgymeriad o edrych i lawr oddi tano a gweld fod y rhan fwyaf o'r Cira Seth wedi cyrraedd gwaelod y graig ac yn aros am orchymyn gan eu harweinydd ysbrydol. Gwelodd wisg yr Uwch-archoffeiriad wrth i Engral gamu oddi ar y brochfil. Galwodd ei dad arno.

'Sbargo! Paid â bod yn wirion! Mi gewch eich lladd! Lenia!'

Trodd Sbargo ac ailymroi i geisio symud i fyny'r graig. Suddodd ei galon o weld nad oedd Melana wedi llwyddo i symud fawr ddim yn ei blaen.

'Melana!' galwodd arni. 'Be sy?'

Edrychai'r empath fel petai mewn sioc.

'Merfus . . .' sibrydodd.

Teimlodd Sbargo'r don o alar a lifai tuag ato o gyfeiriad y ferch uwch ei ben. Brwydrodd yn erbyn y dagrau. Sut bynnag y gwyddai hi hynny, nid oedd ganddo unrhyw amheuaeth nad oedd Melana'n iawn. Roedd Merfus wedi colli'r frwydr.

'Melana, mae'n rhaid i ni ddal i symud,' meddai Sbargo'n egwan.

Ceisiodd Melana ymateb ond roedd ei hiselder fel petai wedi'i llethu'n llwyr.

Uwch eu pennau roedd Pili'n dal i geisio torri cwys, ond gwyddai Sbargo ei bod y tu hwnt i allu corfforol Melana ac yntau i gyrraedd Pili, heb sôn am gopa'r graig.

'Lenia!' gwaeddodd Engral eto, a thinc o wallgofrwydd yn ei lais. Trodd at Terog. 'Stopia nhw!'

Trodd Terog at ei filwyr, a chyfarth gorchymyn.

'Yn ofalus!' rhybuddiodd Engral.

Daliai Pili i ddringo'n reddfol gan ddibynnu ar gydbwysedd a llyfndra'i symudiadau yn hytrach na'i chryfder, ond wrth gymryd cip i lawr gwelai fod y bwlch rhyngddi hi a'r ddau arall yn mynd yn fwy. Yna'n sydyn ffrwydrodd y graig yn sglodion yn ymyl ei llaw dde, a chlywodd adlam y fwled bron yr un pryd â chlec y gwn islaw.

'Hei'r ff. . .!'

Boddwyd ei llais gan glec bwled arall, y tro yma'n taro'r graig ychydig uwch ei phen. Yna daeth clec arall, ac un arall. Sylweddolodd Pili eu bod yn fwriadol yn anelu uwch ei phen i'w rhwystro rhag dringo. Efallai y dylai deimlo'n ddiolchgar nad oeddynt wedi anelu'n uniongyrchol tuag ati hi, ond doedd fawr o hwyliau arni i fod yn ddiolchgar am ddim yr eiliad honno. Edrychodd i lawr ar Sbargo a Melana, a gweld yr anobaith a lanwai eu llygaid. Oddi tanynt roedd y milwyr yn y lifrai coch a du yn anelu gwn ar ôl gwn tuag ati.

'Olreit!' gwaeddodd, wrth i fwled arall hollti'r graig yn llawer rhy agos i'w thalcen. 'Blydi hel!'

Edrychodd o'i chwmpas yn wyllt, gan chwilio am achubiaeth o rywle.

94

A Phyrth Tywyllwch a Goleuni a seliwyd gan y Duwiau, fel na allai nag unigolyn na byddin o feidrolion eu hagor.

COFANCT: PENNOD 24, ADNOD 12

Gwelodd Engral ei ferch fach yn dringo i lawr yn araf at y ddau arall, ond doedd dim golwg fod y rheiny'n gwneud unrhyw ymdrech i ddisgyn i lawr o'r graig. Roedd y tri fel petaent yn pwyllgora yno – fel petai ganddynt ddewis ar wahân i ildio ac ufuddhau!

Wedi teithio cyhyd i chwilio am Lenia, roedd amynedd Engral wedi'i freuo hyd at yr edefyn olaf. Os oedd ei fab yn bwriadu ceisio'i herio eto, fe wnâi Engral yn siŵr mai hwn fyddai'r tro olaf.

'Sbargo!' gwaeddodd. 'Dwi'n dy orchymyn di am y tro olaf. Tyrd i lawr, a thyrd â dy chwaer efo ti.'

Nid oedd unrhyw ymateb o du'r pwyllgor ar y graig. Teimlai Engral ei waed yn codi i'r berw, ond fe'i hadfeddiannodd ei hun.

'O'r gorau, Terog,' meddai'n dawel.

'Syr?'

'Saetha fo.'

'Eich mab, syr?'

'Dio'm yn fab i mi!' poerodd yr Uwch-archoffeiriad.

Bu tawelwch. Trodd Engral i wynebu'i gapten.

'Pam yr wyt ti'n oedi?'

'Barchedig Un – gyda phob parch – rydych wedi teithio am ddyddiau lawer i geisio dod o hyd i'ch plant. Onid ydi hyn braidd yn fyrbwyll?'

Camodd Engral yn nes at Terog.

'Wyt ti'n cwestiynu fy awdurdod i, Terog?'

271

'Ddim o gwbl, syr . . .'

'Syr!' gwaeddodd un o'i filwyr ar Terog.

'Ddim rŵan!' cyfarthodd y capten yn chwyrn, cyn troi ei sylw'n ôl at Engral. 'Dim ond meddwl pa ddewis sydd ganddon ni dan yr amgylchiadau, syr – dyna i gyd. Pa niwed mae'r tri ifanc yma'n mynd i fedru'i wneud i ni? A ble gallant fynd heblaw dod i lawr o'r fan yna?'

'Nid dy swyddogaeth di ydi ystyried dewisiadau, Gapten,' meddai Engral. 'Dy swyddogaeth di ydi ufuddhau i'th Uwcharchoffeiriad yn ddigwestiwn. Rŵan, saetha fo!'

Ildiodd Terog yn wyneb y cysgodion o wallgofrwydd a lechai yn llygaid Engral.

'Barchedig Un . . .' meddai'n anfoddog.

'Syr!' gwaeddodd un o'r milwyr eto.

'Yn enw'r Un Gwir Dduw, beth sy'n bod, ddyn?' sgrechiodd Engral ar y milwr. Edrychodd hwnnw arno'n ofnus fel anifail wedi'i ddal mewn pelydr golau, a phwyntio'n grynedig at rywbeth.

Dilynodd Engral a Terog ei fys a chodi'u golygon at y graig y tu ôl iddo.

Roedd y tri ifanc wedi diflannu.

95

Eithr y Duwiau a allent dramwyo drwy'r Pyrth fel y mynnent.

COFANCT: PENNOD 24, ADNOD 13

'Dowch!' gwaeddodd Pili.

'O'n i'n ama bod 'na ffordd haws,' ebychodd Sbargo, gan ddilyn y butain i fyny'r grisiau oedd wedi'u naddu o'r graig. Dilynai Melana nhw'n fud, heb arwydd bod dim yn treiddio trwy'i meddwl o gwbl. O leiaf mae hi'n symud, meddyliodd Sbargo. Fe fyddai digon o amser i alaru am Merfus pan fyddent yn ddiogel. Ond wrth iddo ystyried y mater, meddyliodd tybed pa mor ddiogel y byddent. Pe llwyddent i gyrraedd cartref y Duwiau cyn i Engral a'i giwed eu dal, a fyddai'r Duwiau'n gwylltio o gael eu haflonyddu gan ddisgynyddion y rhai oedd wedi'u halltudio i'r Crombil ganrifoedd maith yn ôl? Efallai y byddai cael eu dal gan yr Uwch-archoffeiriad a'i Gira Seth yn fendith o'i gymharu â'r hyn oedd yn eu haros ar gopa'r mynydd.

'Lwc i ti'i weld o,' atebodd Pili. 'Taswn i'm 'di bod mor fyrbwyll yn cychwyn i fyny'r graig 'na, 'sa hi 'di bod yn dipyn haws arnon ni.'

'Dwi'n ama hynny,' atebodd Sbargo. 'Os nad oeddan ni 'di gweld gwaelod y grisia 'ma, fydd y Cira Seth ddim chwaith. Gobeithio fod hynny wedi prynu digon o amsar i ni gyrraedd y copa o'u blaena nhw.'

Yr oedd eu hanadl yn rhy fyr i fedru sgwrsio rhagor. Ymlaen â nhw'n dawel, yn uwch ac yn uwch i fyny'r grisiau serth a gordeddai i fyny drwy hafnau yn y graig, nes iddynt gyrraedd un hafn wastad, gul. Roedd y graig yn ymestyn ymhell uwch eu pennau o hyd, ond roedd eu coesau blinedig yn falch o gael tir gwastad am ychydig wedi'r dringo diddiwedd.

Trodd yr hafn yn dwnnel byr, a phan ddaethant allan i'r goleuni ar ochr arall y mynydd, gwelent bistyll grisial yn y graig uwch eu pennau. Disgynnai ei ddyfroedd glân yn fwa dros eu llwybr ac yna i bwll ar ymyl y clogwyn, cyn tywallt i lawr y dibyn ac ymlaen i afon Risial a'r môr y tu hwnt. Er eu brys a'u hofn, ni fedrent ymatal rhag aros i syllu'n gegrwth ar ei harddwch.

'Ffynnon Hara,' sibrydodd Sbargo.

'Llyn Pur,' meddai Pili. 'Roedd Merfus yn iawn felly.'

'Roedd Merfus yn iawn am lawer o bethau,' meddai Melana'n dawel.

Yfodd y tri o'r dyfroedd oer a glân, a theimlo'u hunain yn adfywio. Yn sydyn trodd Pili'i phen.

'Glywsoch chi rwbath?'

Ysgydwodd y ddau arall eu pennau. Ond doedd Pili ddim mewn hwyliau am ddadl.

'Dowch!'

96

A'r Ddinas Aur ydoedd dalp o ysblander.

COFANCT: PENNOD 25, ADNOD 1

Fel y gobeithiai Sbargo, roedd Terog wedi gorchymyn i'r Cira Seth ddilyn llwybr y rhai ifanc i fyny'r graig yn hytrach nag aros amdanynt yn y gwaelodion. Crwydrai Engral yn ddiamynedd o gwmpas gwaelod y graig tra dringai'r milwyr yn fedrus a didrafferth. Sut y medrent fod wedi diflannu? Oedd yna dwnnel o ryw fath? Ac os oedd yna, pam y byddai'r Duwiau wedi'i adeiladu mewn lle mor wirion? Oni fyddai'n fwy rhesymol tybio bod yna lwybr arall o'r copa i'r gwaelod, yn hytrach na'i fod yn darfod ynghanol nunlle?

Po fwyaf y meddyliai Engral am y peth, y mwyaf rhesymegol yr ymddangosai ei ddamcaniaeth, a phan glywodd waedd uwch ei ben a'r milwyr yn dechrau symud ar draws crib y graig tua'r dde, penderfynodd wneud yr un peth ei hun tua'r gwaelodion. Camodd o amgylch y graig a gweld fod yna risiau o garreg yn arwain o hafn gysgodol i fyny ac i fyny cyn uched ag y gallai weld.

Culhaodd ei lygaid. Os oedd Sbargo'n meddwl bod y Duwiau'n mynd i'w helpu i'w rwystro ef, Engral, rhag ennill Lenia yn ôl, roedd yn gwneud camgymeriad dybryd.

Gwaeddodd ar Terog, ac o fewn eiliadau roedd y Cira Seth yn llifo fel morgrug i fyny'r grisiau cul oedd yn arwain at Eisteddfa'r Duwiau.

A phawb oeddynt frodyr, yn cydweithio er lles eu cyd-Ddyn yn wyneb yr alltudiaeth a osodwyd arnynt gan y Duwiau.

COFANCT: PENNOD 25, ADNOD 3

'Dowch 'laen!' gwaeddodd Pili'n gryg wrth weld Sbargo a Melana bron â diffygio. "Dan ni bron yna!'

'Diolch byth,' ebychodd Sbargo a'i galon yn curo bymtheg y dwsin.

Dim ond un frawddeg yr oedd Melana wedi'i hynganu yr holl ffordd i fyny'r mynydd. Daliai i ymdrechu'n lew i gadw i fyny â'r ddau arall, ond doedd dim llawer o egni ar ôl ynddi bellach.

Roedd Pili hefyd yn gwybod na fedrai ddefnyddio'r un frawddeg gelwyddog fel abwyd iddynt gario 'mlaen am lawer hirach eto. Cyn bo hir fe fyddai'r cwestiynau'n dechrau, a hithau'n gorfod cyfaddef nad oedd ganddi syniad faint pellach oedd ganddynt i ddringo. Wedyn y byddai'r protestio'n dechrau. Wedyn y caent eu dal. Ac nid oedd hynny'n opsiwn.

Roedd rheswm yn dweud y dylent fod yn bur agos i'r copa bellach, ond gan eu bod mewn hafn drwy gydol yr amser ni allent weld ymhellach nag ychydig lathenni uwch eu pennau ar unrhyw adeg. Am bob degllath y byddent yn dal i ddringo'r grisiau, gwyddai Pili y byddai'r Cira Seth yn teithio dwbl hynny o leiaf.

Roedd yn rhaid iddynt gyrraedd y copa, a hynny'n fuan, neu byddai'n ddiwedd arnynt.

98

Ond brawdgarwch Dyn nid ydoedd hirhoedlog, a'r Ddinas Aur
a droes yn ddinas ranedig.

COFANCT: PENNOD 26, ADNOD 1

Roedd Engral wedi ymdrechu ymdrech deg ond roedd yn diffygio, ac yn ymwybodol ei fod yn dal y milwyr yn ôl.

Wrth iddynt gyrraedd Ffynnon Hara, cymerodd yr Uwch-archoffeiriad ddracht o'r dŵr ac yna gorchymyn i Terog a rhai o'r milwyr fynd yn eu blaenau er mwyn teithio'n gynt. O'u gweld yn ufuddhau'n union a dirwgnach, teimlodd Engral bang sydyn o euogrwydd nad oeddynt wedi cael cynnig torri'u syched yn y ffynnon cyn ailgychwyn ar eu taith. Ond dan yr amgylchiadau, roedd cyflymder yn bwysicach nag esmwythdra.

Ac oherwydd i chwi adael ffyrdd daioni a brawdgarwch, yr
Arglwydd Tywyll a gymerth berchnogaeth o'r greadigaeth.

COFANCT: PENNOD 27, ADNOD 3

''Dan ni bron yna!' gwaeddodd Pili am tua'r degfed tro.

'Paid â deud clwydda!' gwaeddodd Sbargo arni.

'Wir rŵan!' gwaeddodd Pili, ychydig gwannach y tro yma.

'Os ti'n deud hynna *un* waith eto, dwi'n stopio,' meddai Sbargo.

Dyna ni felly, meddyliodd Pili. 'Dan ni'n mynd i gael ein dal a ninnau fodfeddi o'r copa.

Yna'n sydyn a bron yn ddiarwybod iddynt, roeddynt wedi gadael yr hafn, a'r grisiau wedi troi'n llwyfan o eira. O'u hamgylch i bob cyfeiriad roedd golygfeydd i gipio'r anadl, ac uwch eu pennau doedd dim byd ond awyr denau, oer.

''Dan ni 'di cyrraedd y copa!' meddai Sbargo'n anghrediniol.

'Ddudis i, 'do?' meddai Pili'n ddiniwed.

Wedi'r sioc gychwynnol o fod wedi cyrraedd y copa, roedd un arall yn eu haros o weld eu bod yn sefyll ar un pinacl o blith cadwyn o binaclau gwynion ar ffurf coron anferth, a'r pinaclau hynny'n amgylchynu ceudwll crwn. Yn y ceudwll safai adeilad ar ffurf y Gadeirlan ym Mryn Crud, dim ond ei fod tua theirgwaith mwy ac yn binaclau cywrain ag addurniadau ysblennydd o'i gopa i'w sylfaen.

Cyflymodd calon Sbargo. Roedd popeth yn wir felly. Nid beibl crefyddol mo'r Cofanct, ond llyfr hanes! A phob gair ohono'n gofnod o ddigwyddiadau hanesyddol mewn iaith a ymddangosai bellach yn ddieithr wedi treigl y canrifoedd. O fel y byddai Merfus wedi gorfoleddu yn yr eiliad yma, meddyliodd, a'r boen o golli'i gyfaill yn ogystal â Lenia yn ei daro o'r newydd.

'Dowch,' galwodd Sbargo'n floesg ar y ddau arall wrth gychwyn rhedeg i lawr y llethr. 'Gadwch i ni orffan hyn.'

Edrychodd y ddwy ferch ar ei gilydd, a pha ofn bynnag oedd yn eu calonnau, nid oedd eu hwynebau'n ei fradychu. I lawr y llethr â'r tri – a'r eglwys, wrth iddynt nesáu tuag ati, fel petai'n tyfu'n uwch ac yn uwch o'u blaenau.

'Dowch, dowch!' gwaeddodd Sbargo. 'Bron yna!'

'Ha ha,' ebychodd Pili.

Torrwyd ar eu hwyl gan lais dieithr uwch eu pennau.

'Arhoswch!'

Trodd y tri i weld capten y Cira Seth a thua deg o'i filwyr ar y pinacl yr oedden nhw newydd fod arno, pob un â'i wn yn anelu'n syth amdanynt.

100

Ac ni fydd nac unigolyn na byddin, na byw na marw â'r grym i'w goncro.

COFANCT: PENNOD 27, ADNOD 4

Erbyn i Engral a gweddill y Cira Seth gyrraedd y copa, roedd Sbargo a'r merched wedi'u hamgylchynu gan filwyr Terog. Clywodd Engral ebychiadau ei filwyr o weld yr eglwys enfawr a gwyddai fod ganddo lawer o waith egluro o'i flaen, ond câi hynny aros am y tro. Cael Lenia'n ôl yn ei freichiau oedd yn bwysig.

Disgynnodd Engral yn eiddgar at y lleill, gyda'r milwyr yn ei ddilyn. Byddai popeth yn iawn; fe feddyliai am rywbeth i dawelu amheuon ei filwyr – roedd gafael yr Archest yn ddigon cryf arnynt. Ond aeth ias i lawr ei gorff wrth edrych ar yr eglwys fawreddog yr astudiodd ef a'i frawd gymaint arni pan oeddynt yn ddarparoffeiriaid ifanc. Hon oedd Eisteddfa'r Duwiau, ac roedd ef yma gyda milwyr arfog! Sut oedd y Duwiau'n mynd i deimlo ynglŷn â hynny?

Ond fel y nesâi at Terog a'i garcharorion, buan iawn y ciliodd unrhyw boendod ynglŷn â'r Duwiau o'i feddwl, oherwydd roedd hi'n amlwg fod rhywbeth mawr o'i le. Safai ei fab mabwysiedig gyda dwy ferch o'i flaen. Nid Lenia oedd yr un o'r ddwy.

'Lle mae hi?' cyfarthodd i gyfeiriad Sbargo. Nid atebodd hwnnw.

'Lle mae dy chwaer?' gofynnodd Engral eto.

'Yn ddigon saff rhagddoch chi,' meddai Sbargo, ag atgasedd yn llenwi'i lais.

'Lle mae Lenia!' gwaeddodd Engral fel dyn yn colli'i bwyll.

'Wedi marw!' sgrechiodd Sbargo arno.

'Na,' meddai Engral. 'Ti'n deud clwydda. Lle mae hi? Lle mae hi?'

'Dwi'n edrych fel taswn i'n deud clwydda?' bloeddiodd Sbargo gyda holl ing ei cholli yn ei lais. 'Mae Lenia wedi marw!'

'Na!' gwaeddodd Engral. 'Lle mae hi? Be wyt ti wedi'i neud iddi hi?'

'Hi nath!' gwaeddodd Sbargo. 'Crogi'i hun. I gael dianc oddi wrthoch chi unwaith ac am byth!'

'Na!' llefodd Engral wrth iddo sylweddoli fod pob gair a ddeuai o enau Sbargo yn wir. 'Lenia! Lenia!'

Syrthiodd ar ei liniau o flaen ei fab, wedi ymgolli yn ei wewyr, ond doedd Sbargo ddim wedi gorffen.

'Doedd ganddi nunlla i droi wedi iddi sylweddoli bod popeth roeddach chi wedi'i ddeud wrthi ar hyd ei bywyd yn gelwydd. Yr union ddyn y dylai hi fod wedi gallu troi ato, ac mi oedd o'n ei threisio hi. Ddydd ar ôl dydd ar ôl dydd!'

Roedd Sbargo'n brwydro i ddal ati i siarad gan gymaint ei ddagrau.

'A dyma'r dyn rydach chi i gyd yn ei ddilyn fel rhyw dduw!' sgrechiodd ar y Cira Seth, cyn iddo yntau syrthio'n swp ar ei liniau, yn ddrych o osgo ei dad.

Am eiliad roedd popeth yn llonydd. Yna daeth llais Engral yn dawel a phendant.

'Daliwch o.'

Symudodd dau o'r Cira Seth at Sbargo a'i dynnu i'w draed, tra cododd Engral ar ei draed yntau a golwg y Fall ar ei wyneb. Ond cyn iddo gael cyfle i roi unrhyw orchymyn pellach, daeth llais arall.

'Arhoswch!'

Trodd Engral i edrych ar Terog.

'Be wyt ti'n neud?'

Edrychodd Terog ar ei Uwch-archoffeiriad.

'Mae milwyr y Cira Seth yn atebol i mi,' meddai.

'Ac mae capten y Cira Seth yn atebol i'w Uwch-archoffeiriad!' cyfarthodd Engral.

'Ddyliai neb fod yn atebol i ti, y mochyn uffar!' gwaeddodd Pili, gan neidio ato. Trodd Engral yn frawychus o sydyn a rhoi dwrn iddi nes iddi syrthio drwy'r awyr yn glewt i'r llawr, gan daro'i phen yn galed.

'Pili!' gwaeddodd Sbargo a rhedeg ati, ond roedd Pili'n llonydd.

Trodd Engral yn ôl i edrych ar Terog.

'Meddwl yn ofalus iawn cyn ateb, Gapten. Wyt ti'n herio dy Uwch-archoffeiriad?'

Gwnaeth Terog fel y gorchmynnodd Engral. Cymerodd ei amser ac edrych o'i amgylch ar yr eglwys, ar gorff llonydd Pili, ar Sbargo, ar ei filwyr, ac yna ar Engral.

'Ydw,' meddai'n dawel. 'Arfau i lawr, filwyr.'

Edrychodd y milwyr ar ei gilydd yn ansicr, ond yn raddol ufuddhaodd pob un i'w orchymyn.

Ysgydwodd Sbargo ei hun yn rhydd o afael y ddau filwr, ac wynebu'i dad.

'A be neith y bwli rŵan 'ta – rŵan fod hyd yn oed ei filwyr ei hun yn ei weld am yr hyn ydi o?'

Edrychodd Engral arno â holl gasineb y blynyddoedd yn cronni yn ei fynwes.

'Cael gwared o'r un sydd wedi achosi'r holl drwbwl yma unwaith ac am byth,' meddai, â malais lond ei lais. 'Mi ddudis i wrth Neoma o'r cychwyn cyntaf mai camgymeriad oedd dy gymryd di o dan ein to.'

'Cyn ei gorfodi hi i gario babi i'w lawn dymor gan wybod y byddai hynny'n ei lladd hi?!' gwaeddodd Sbargo.

'Sbargo, paid!' rhybuddiodd Melana. 'Mae ei galon yn dywyll.'

Camodd Engral at un o'r milwyr a chwipio'i wn o'i ddwylo mewn un symudiad sydyn. Edrychodd y milwr at Terog am arweiniad ond nid ymatebodd hwnnw.

'Am 'yn lladd i?' gwaeddodd Sbargo. 'Waeth i chi hynny

ddim. Dach chi 'di lladd Mam a dach chi 'di lladd Lenia. Waeth i chi orffen y gwaith ddim, Uwch-archoffeiriad yr Archest!'

Camodd Engral ato a chodi'r gwn yn araf. Syllodd Sbargo'n fud arno, a thân yn ei lygaid. Arhosodd y ddau felly am rai eiliadau, gyda'r lleill i gyd yn dal eu hanadl.

Yna'n sydyn trawodd Engral Sbargo'n galed yn ei wyneb gyda'r gwn. Cyn i Sbargo gael cyfle i ymateb roedd Engral wedi'i daro eto ac eto. Roedd yn ei golbio fel peth gwallgof bellach, a gwaed yn ffrydio o'r archollion oedd dros gorff ei fab, ac nid oedd unrhyw arwydd fod Engral am ymatal.

'Gwnewch rywbeth!' sgrechiodd Melana ar Terog, ond ni symudai'r capten.

'Mater teuluol ydi hwn,' meddai.

'Na!' gwaeddodd Melana. Ceisiodd hithau gipio un o ynnau'r milwyr, fel y gwnaeth Engral, ond yn ofer.

Erbyn hyn roedd Sbargo wedi syrthio i'w liniau yn wyneb y pastynu ciaidd, a'r gwaed wedi llenwi'i lygaid fel ei fod yn cael trafferth gweld. Siglai yn yr unfan, bron yn anymwybodol. Safai Engral uwch ei ben, yn fyr o wynt ond â'r storm bellach yn dechrau cilio, a'r boddhad o fod wedi gwneud i Sbargo ddioddef cyn ei gosb eithaf am ei gamweddau yn llenwi'i wyneb. Cododd y gwn yn araf a'i ddal gyferbyn â phen Sbargo.

'Yn enw'r Archest a phob peth sy'n sanctaidd,' meddai, 'yr wyf fi drwy ras yr Un Gwir Dduw yn dy ddienyddio di, Sbargo Machellog . . .'

Ni chafodd gyfle i fynd ymhellach. Cyn i neb sylweddoli beth oedd yn digwydd, roedd Engral wedi gollwng y gwn a syrthio i'w liniau gyda gwaedd o boen. Erbyn i'r Cira Seth sylweddoli mai wedi cael cyllell yng nghefn ei law yr oedd, roedd ffigwr tywyll wedi rhowlio heibio iddynt yn osgeiddig, ac wedi glanio y tu ôl i Engral gan rwygo'r gyllell o'i law a'i dal wrth ei wddf mewn un symudiad llyfn.

'Twt twt – ro'ch chi'n wynebu'r ffordd anghywir, bois bach,' meddai llais a adnabu'r ddau ifanc.

'Satana!' meddai Melana gyda syndod llwyr.

'Filwyr!' meddai Terog. Cododd y Cira Seth eu gynnau.

'Hei hei – mater teuluol 'di hwn, fel dudoch chi,' meddai Satana wrth Terog. 'Gynnau i lawr, plis.'

Ystyriodd Terog ei eiriau.

'Beth bynnag, mae 'na fwy ohonon ni nag sy 'na ohonach chi,' meddai Satana.

'Doniol iawn,' meddai Terog gan edrych o'i gwmpas – a sobri. Ym mhobman o amgylch y ceudwll roedd cannoedd o drigolion y Gattws, yn llofruddion, yn lladron, yn helwyr ac yn weithwyr cyffredin, yn llifo i lawr y llethrau o bob cyfeiriad. Gwyddai Terog yn syth nad oedd ganddynt obaith.

'Arfau ar lawr,' meddai'n flinedig.

Ufuddhaodd y milwyr, ac fel y cyrhaeddodd trigolion y Gattws atynt, cymerwyd nhw'n gaeth un ac oll.

'Reit dda,' meddai Satana. 'Haws nag o'n i'n 'i ddisgwl, deud gwir.'

'Rwyt ti'n fyw!' meddai Melana.

'Fel y gweli di,' meddai Satana gan roi winc arni.

'Be wyt ti'n feddwl, "mater teuluol"?' holodd yr empath.

Edrychodd y llofrudd i lygaid yr Uwch-archoffeiriad a wingai gan bwysau'r llafn miniog ar ei wddf.

'Wyt ti am ddeud wrthi?' gofynnodd Satana. 'Frawd?'

'Brawd?' ebychodd Melana mewn anghrediniaeth. Syllodd yn hurt ar y ddau, gan chwilio'n ofer am unrhyw fath o gysylltiad rhwng yr Uwch-archoffeiriad yn ei regalia crand a'r llofrudd hirwallt yn ei garpiau blêr. Ac eto, gwyddai'r empath yn ei chalon fod Satana'n dweud y gwir.

'Brawd mewn enw'n unig,' atebodd Satana. 'Does 'na'm byd mae o 'di 'i neud i mi wedi bod yn frawdol iawn erioed, naddo'r hen foi?'

Rhoddodd slap fach chwareus ar foch Engral.

'O'n i'n meddwl dy fod ti wedi marw,' ysgyrnygodd Engral.

'Ddwywaith o leia,' meddai Satana'n sionc. 'Ond fel y gweli di, mi oedd edrych ymlaen at y diwrnod y cawn i sefyll wyneb yn wyneb â chdi yn 'y nghadw i'n fyw.'

'Fedri di brofi dim,' chwyrnodd Engral.

'Paid â chwara hefo fi, frawd,' meddai Satana, a thinc o ddur yn ei lais bellach. 'Mi roist ti derfyn ar fy ngyrfa i fel darparoffeiriad addawol oherwydd eiddigedd, ac oherwydd bod yr ofn y baswn i'n dial arnat yn dy fyta di, mi drefnist i ladd Telair, Gasyllt a Chrom a 'ngyrru i i bydru i'r Geudwll!'

'Ond does 'na neb yn dod allan o'r Geudwll yn fyw!' meddai Engral. 'Mae'r lle yn llawn llofruddion!'

'Wel, mi ddysgais i fod yn llofrudd gwell na'r un ohonyn nhw, Engral,' atebodd Satana, 'gan na ches i barhau i astudio'r Cofanct. Rhaid i ddyn wneud rhywbeth hefo'i fywyd. A sôn am hynny, mi wyt ti wedi gwneud yn o lew i ti dy hun, yn do? Uwch-archoffeiriad ar grefydd newydd. Un heb lawar o hwyl na dychymyg yn perthyn iddi, rhaid cyfadda – yn gyson â chymeriad fy mrawd bach. Yr holl flynyddoedd yn astudio'r Cofanct er mwyn dyfeisio'r nonsens Archest 'ma, Engral? Be oedd yn mynd drwy dy feddwl di, d'wad?'

'Chwardda di, Satana,' poerodd Engral. 'Mae yna rymoedd na wyddost ti na neb arall yma ddim amdanynt.'

'Fel be, Engral?' chwarddodd Satana. 'Dy Un Gwir Dduw gneud di? Lle mae o'n byw – yn fama efo'r lleill?'

'Paid â chellwair â mi, frawd,' chwyrnodd Engral. 'Pan fydd y Cysgodion yn codi, fe fyddwch yn difaru'r dydd y cawsoch eich geni.'

'Cysgodion, aiê?' gwenodd Satana. 'Dyna sgen dy Archest di i'w gynnig i ni? Dydi rheiny'm yn swnio'n llawer o hwyl chwaith. Mi stica i at y Cofanct, dwi'n meddwl!'

'Mae'r Cofanct yn gabledd!' meddai Engral yn wyllt. 'Celwydd bob gair!'

'A be 'di hon y tu ôl i ni?' sibrydodd Satana yn ei glust. 'Hud a lledrith?'

'Dydi adeilad yn profi dim byd. Ym mhle mae'r Duwiau eu hunain?'

'O'n i'n meddwl 'sa chdi byth yn gofyn,' gwenodd Satana.

Edrychodd ar res flaen ei gynulleidfa a oedd bellach yn gannoedd, a gweld yr wyneb y chwiliai amdano.

'Eich Ardderchocaf?' galwodd arno.

Camodd Brwgaij yn betrus tuag atynt, wedi'i eillio'n lân. Edrychodd Engral arno'n ddiddeall, ond yn sydyn adnabu yntau'r wyneb oedd o'i flaen.

'Na!' ebychodd ag arswyd.

'Uwch-archoffeiriad,' meddai Satana'n dawel. 'Ga i dy gyflwyno i Tormon fab Amoth, Duw Gwyddoniaeth?'

Aeth ochenaid uchel drwy'r dorf. Edrychai Engral fel dyn oedd wedi gweld drychiolaeth.

'Brwgaij?' meddai Melana'n syn wrtho. 'Duw?'

'Meddent hwy,' meddai Brwgaij. 'A chydnaws yw â'r egin cof sydd gennyf.'

'Felly mi lwyddist ti i achub Merfus?' holodd Melana'n obeithiol, ond gwyddai'r ateb cyn iddo ddweud dim.

'Galaraf, Melana. Yr hyn oedd wneuthuradwy, myfi a'u gwneuthum. Ond pob meddyginiaeth ydoedd ofer.'

Safai Melana yno'n dawel a'r dagrau'n rhedeg i lawr eu gruddiau.

'Oedd o . . . mewn poen?'

'Gwenwyn y sidanfil a lonydda'r gwaed. Terfyn Merfus ydoedd gyfan gwbl dawel,' atebodd Brwgaij.

Estynnodd rywbeth o'i garpiau a'i osod yn llaw Melana. Wylodd Melana'n hidl o weld y copi bach blêr o'r Cofanct yn ei llaw.

'Ei anrheg i'w gâr. Ei ddymuniad olaf ydoedd dy hapusrwydd, ac mai diangen yw wylo o'i blegid,' meddai Brwgaij yn garedig.

'Be? Oedd o'n ymwybodol?' gofynnodd Melana'n anghrediniol.

'Yn wir,' meddai Brwgaij yn syml.

'Mi gawson ni gyfle i esbonio iddo fo 'i fod o'n fêt i un o'r Duwiau,' meddai Satana. 'Mi oedd sylweddoli fod y Cofanct yn wir wedi'i lenwi â hapusrwydd. Mi a'th efo gwên ar ei wyneb – fel dudodd o, nid pawb sy'n cael gweld ei Dduw cyn iddo fo farw.'

'Cysured Melana,' meddai Brwgaij. 'Merfus a rodia gyda'm tad Amoth.'

Anadlai Melana'n drwm ond cymerodd gysur o'u geiriau.

'A sôn am yrru pobol at Amoth,' meddai Satana'n sionc, 'fe ddaeth dy awr dithau, Uwch-archoffeiriad. Unrhyw eiriau olaf?'

Cododd Engral ei ben yn araf i edrych ar ei gynulleidfa.

'Melltith arnoch chi i gyd,' meddai'n dawel. 'Melltith ar eich crefydd henffasiwn, fy mrawd calon-feddal, yr erthyl yma a elwais yn fab i mi, a'r ddwy ferch a gerais am fy ngadael! Eiddo'r Cysgodion a fyddwch – rhagddynt nid oes dihangfa!'

'Neis iawn,' meddai Satana. 'Byr ac i'r pwynt. Chenj o'r nonsens arferol ti'n bregethu i dy gynulleidfaoedd, dwi'n siŵr. Barod?'

Edrychodd Engral arno â'i holl ddirmyg.

'Gwna dy waethaf, lofrudd,' meddai, gan bwysleisio'r gair.

Edrychodd Satana i fyw ei lygaid, ac ni welai rithyn o edifeirwch ynddynt. Meddyliodd am Telair, Gasyllt a Chrom; meddyliodd am yr uffern roedd wedi'i ddioddef yn y Geudwll; meddyliodd am y myfyriwr llawn delfrydau gafodd ei ddiarddel ar gam; meddyliodd am bob rheswm dan haul pam y dylai dynnu llafn ei gyllell ar draws gwddf ei frawd. Hwn oedd y dydd yr oedd wedi byw iddo ers blynyddoedd maith.

Ond ni fedrai lofruddio'i frawd.

Methai Satana â chredu'i lwfrdra. Yr arch-lofrudd yn

methu cyflawni'r llofruddiaeth hawsaf un? Gwnaeth ymdrech arall. Erbyn hyn roedd chwys ar ei dalcen a chryndod yn ei law. Gyda bloedd o rwystredigaeth, gollyngodd y gyllell i'r llawr.

'Fedra i ddim!' gwaeddodd. 'Mae o'n frawd i mi!'

'Maddeuant sydd drysor rhinweddol,' meddai Brwgaij.

'Dwi'm 'di madda i'r diawl – methu'i ladd o ydw i! 'Dan ni o'r un gwaed!'

Camodd Satana o flaen Engral ac edrych arno gyda thristwch, fel pe bai'n eu cofio ill dau yn eu plentyndod a rhyw atgof o hapusrwydd y dyddiau cynnar yn chwarae yn ei feddwl.

''Dan ni o'r un gwaed . . .' meddai eto'n dawel. Edrychodd Engral i fyny'n araf i wyneb ei frawd, a'r olwg yn ei lygaid yn un amhosib i'w ddirnad.

''Dan *ni* ddim!' gwaeddodd Sbargo, gan gydio yn y gyllell oedd wrth ei ymyl ar lawr a'i phlannu ym mron Engral, cyn syrthio'n swp ar ei hyd o'i flaen.

Edrychai llygaid Engral fel petaent am ffrwydro yn ei ben. Brwydrodd am anadl a cheisiodd afael yn y gyllell, ond roedd ei gorff mewn sioc ac yn gwrthod ufuddhau i'w ymennydd. Yna daeth ton o wylltineb i wthio'r sioc o'r neilltu. Gyda bloedd o artaith, rhwygodd y gyllell o'i gorff nes i'r gwaed ffrydio allan, a chyda'i anadl olaf plannodd hi yng nghefn y corff llonydd o'i flaen cyn syrthio'n farw drosto.

'Sbargo!' sgrechiodd Melana.

Rhedodd Satana a Brwgaij ato a gwthio corff yr Uwch-archoffeiriad o'r neilltu. Rhedodd Melana draw atynt.

'Mae hi'n agos i'r ysgyfaint,' meddai Satana. 'Fedra i'm clywad anadl.'

'Na!' meddai Melana'n bendant. 'Cheith o'm marw!'

'Dwi'm yn gwbod fedrwn ni neud dim byd iddo fo,' meddai Satana.

'Mi ydw i,' atebodd Melana. 'Dilynwch fi! Brwgaij . . .'

'Tormon,' cywirodd Satana.

'Tormon – tyd ti â Pili. Does 'na neb arall yn cael marw heddiw!'

101

A'r sawl a droedia Fynydd Aruthredd a wyneba lid y Duwiau,
ac ni chynigia'r Wyneb unrhyw loches iddo.

COFANCT: PENNOD 27, ADNOD 8

Rhannodd y dorf i adael i Melana ddringo'n ôl i gopa Mynydd Aruthredd, gyda Satana a Tormon yn ei dilyn gan gario cyrff llonydd Sbargo a Pili. Dilynodd y ddau Melana'n dawel i lawr y grisiau nes daethant at Ffynnon Hara.

'Rho fo i mewn,' meddai Melana wrth Satana.

'Ti'n meddwl gneith hyn weithio?' meddai'r llofrudd.

'Mae Ffynnon Hara'n iacháu pob claf,' meddai Tormon wrth osod Pili ar lawr. 'Fe ddywed rhai . . .'

'. . . fod Hara'i hun yn trigo yn y dyfroedd,' gorffennodd Satana. 'Ia, ia – ella bod chdi'n Dduw, Tormon, ond mi o'n inna'n dipyn o arbenigwr ar y Cofanct yn fy nydd hefyd, cofia!'

Gosododd gorff Sbargo ar ymyl y pwll. Yna, wedi cyfrif i dri, chwipiodd ei gyllell o gefn Sbargo a'i wthio dros ei ben i'r dyfroedd.

Arhosodd pawb fel delwau. Lledodd cochni'r gwaed drwy'r dŵr ond doedd dim golwg o'r corff yn codi i'r wyneb.

''Sa well i mi fynd ar ei ôl o?' holodd Satana. ''Sa'n bechod 'sa fo'n boddi'n ddyn iach.'

Yn sydyn cynhyrfodd y dyfroedd a chododd Sbargo allan o'r dŵr, gan edrych yn syn ar y lleill tra ymladdai am ei wynt – ond nid mor syn â'r rhai oedd yn ei wylio. Nid yn unig roedd y gwaed wedi'i olchi ymaith o'i gorff, ond hefyd ei glwyfau i gyd ynghyd ag archoll y gyllell yn ei gefn.

'Sut dois i i fama?' holodd Sbargo'n ddiddeall.

'Dw't ti'm isio gwbod,' atebodd Melana.

Edrychai Satana mewn rhyfeddod ar drawsnewidiad Sbargo.

'Mae hyn yn rhyfeddol,' meddai.

'Mae Ffynnon Hara'n iacháu pob claf,' meddai Tormon eilwaith.

Cafodd Melana syniad sydyn.

'Ydi o'n werth inni nôl Merfus? Ella . . . ella basa fo'n gweithio . . . ella basa fo'n ei wella fynta.'

Fe wyddai'r ateb cyn i Tormon ei roi iddi.

'Mae'n ddrwg gen i, Melana. Mae Ffynnon Hara'n iacháu cleifion, ond ni all atgyfodi'r meirw.' Rhoddodd ei law ar ei hysgwydd mewn cydymdeimlad, a nodiodd Melana'n dawel.

'Mae'n ddrwg gen inna hefyd, Melana,' meddai Sbargo. Yna estynnodd am ei grys, a thynnu allan ohono gwdyn bychan ac edrych yn ddwys arno.

'Mi ga'th Hara'i cham-drin hefyd, Lenia,' meddai, â deigryn yn ei lygad. 'Mi edrychith Hi ar d'ôl di rŵan.'

Tywalltodd gynnwys y cwdyn ar y dyfroedd crisial. Safodd pawb yno'n dawel am ychydig, yn gwylio'r dŵr a'r llwch yn ymdoddi'n un.

'Wel,' meddai Satana, 'mi neith y dŵr anhygoel 'ma les i Pili beth bynnag, ar ôl y glec gafodd hi . . .'

Edrychodd y pedwar o'u cwmpas at y fan lle gorweddai Pili.

Ond doedd hi ddim yno.

102

A'r Dialydd a gyfyd o fan lle na ddisgwyliech, ac angau a'i dilyna hyd derfynau'r greadigaeth.

COFANCT: PENNOD 27, ADNOD 13

Rhuthrodd y gŵr yn rhyfeddol o chwim i lawr ochr y mynydd, o ystyried pa mor serth oedd y tir ac nad oedd ganddo risiau i hwyluso'i daith. Roedd wedi gorfod aros yn hir i gael gafael arni, ond roedd hi'n werth yr aros. Fe gâi'r lleill archwilio'r Gadeirlan, ond ei orchwyl ef oedd gwneud pres allan o Pili Galela. Y peth cyntaf i'w wneud oedd darganfod cuddfan lle gallai gael ei ffordd gyda hi cyn gynted â phosib. Wedyn, pan fyddai pethau wedi tawelu, fe gâi ei rhoi ar waith ar yr Wyneb yma yr oedd pawb mor awyddus i symud i fyw iddo. Yr un drefn mewn lleoliad newydd, ac efallai ambell i hen gwsmer yn y Gattws, pwy a ŵyr? Yr oedd angen ehangu ei farchnad yn feunyddiol.

Roedd yr arian a ddaeth Sidell iddo yn annisgwyl, yn enwedig pan ddeallodd o ble daeth yr arian. Ond os oedd Sidell wedi disgwyl cael ei gwobrwyo am ei brad, fe gafodd hi fwy o sioc pan dynnodd Mwrch ei gyllell ar draws ei gwddf. Roedd Sidell yn mynd yn rhy hen, beth bynnag – cystal iddo gymryd yr arian fel ei hanrheg ymddeol iddo. Ond Pili Galela ar y llaw arall – fe fyddai hi'n ffynhonnell incwm taclus iawn iddo am flynyddoedd.

Rhyw freuddwydion fel hyn oedd yn treiglo drwy'i feddwl wrth iddo ddisgyn yn llithrig i lawr ochr y mynydd. Ni chlywodd smic o sŵn Satana nes ei bod hi'n rhy hwyr, a'r llofrudd rywsut wedi glanio drwy'r awyr o'i flaen gan sefyll yn ei ffordd. Llwyddodd y ffoadur i atal ei gam cyn iddo gyrraedd ato, a safodd yno'n syllu ar Satana mewn anghrediniaeth.

'Rho hi i lawr,' meddai hwnnw, heb dynnu'i lygad oddi ar Pili. 'Yn ofalus.'

Ceisiodd y gŵr feddwl am unrhyw ystryw fel y gallai gael y llaw uchaf ar Satana, ond roedd yn ei adnabod yn rhy dda. Ufuddhaodd.

'Wel, wel,' meddai'r llofrudd yn dawel. 'Gerech. Fy swyddog cyhoeddusrwydd.'

Syllodd Gerech yn sarrug arno.

'Neu, o dy alw wrth dy enw iawn, Mwrch Algan.'

Dychrynodd Gerech. 'Sut gwyddet ti?'

'Mwrch Algan,' meddai Satana eilwaith, gan ddechrau symud tuag ato. 'Y gŵr sydd wedi bod yn cam-drin Pili Galela.'

Llyncodd Gerech yn galed. Doedd pethau ddim yn mynd yn dda.

'Deuda un peth wrtha i, Mwrch. Ydan ni'n perthyn?'

Edrychodd Gerech yn hurt arno. 'Nacdan?' meddai'n gymysglyd.

Gwenodd Satana'n fileinig.

'Da iawn,' meddai, gan estyn ei gyllell yn araf.

103

A'r Dialydd ni wêl angau ei hun, canys yr Hebryngwr a wylia ei gam yn ffyddlon.

COFANCT: PENNOD 27, ADNOD 14

Roedd y gair am y digwyddiadau ar Fynydd Aruthredd wedi saethu fel trydan yn ôl drwy Goed Astri, drwy dre'r Gweithwyr, drwy'r twnnel i lawr i'r Crombil, drwy'r Gattws ac yn ôl i Fryn Crud. Roedd hynny o filwyr y Cira Seth oedd ar ôl wedi cael eu gorchfygu gan y fyddin flêr o'r Gattws, a chyfran helaeth o'r Mur Mawr eisoes wedi'i ddymchwel. Bu dathlu mawr ar sgwariau Mirael a rhyddhawyd yr holl garcharorion, gan gynnwys Paruch a Simel. Camodd y ddau allan a gweld y rhialtwch ar hyd strydoedd y Ddinas Aur, ond ni allent rannu llawenydd y bobl yr eiliad honno.

'Degawdau o baratoi gofalus, ac mae Engral wedi llwyddo i ddinistrio'r cyfan!' meddai Simel yn wyllt. 'Oes yna rywbeth fedrwn ni ei wneud i achub Ergain?'

Ysgydwodd Paruch ei ben yn drist.

'Mae'n dyddiau ni drosodd, Simel. Mae Ergain wedi'i cholli. Yr unig beth allwn ni ei wneud ydi anfon un llai amlwg o'r Chwech i'r Wyneb, a cheisio anfon neges at Mardoc ar y Blaned Las cyn gynted â phosib i'w rybuddio fod y cynllun dan fygythiad.'

'Fe ofala i am hynny,' meddai Simel. 'Os oes yna unrhyw un o'r Cysgodion heblaw ni'n dau yn dal yn fyw.'

Edrychodd Paruch arno fel gŵr a oedd wedi colli pob blas ar fywyd.

104

A phan ddêl Dydd Dial, y Dialydd a saif yn erbyn y rhai drygionus, a hwy a ddifethir.

COFANCT: PENNOD 27, ADNOD 16

Pan ymunodd Satana a Pili gyda'r lleill y tu allan i'r Gadeirlan, gwelsant nad oedd neb wedi trafferthu i symud corff Engral. Er i Satana fethu plannu'r gyllell ynddo, ni fedrai yntau deimlo unrhyw gydymdeimlad tuag ato.

'Waw, sbia arnach chdi!' meddai Sbargo wrth Pili, o'i gweld yn ddi-glais a di-glwyf am y tro cyntaf ers iddynt gyfarfod.

'Da 'di'r dŵr 'na 'de?' atebodd hithau gyda gwên slei.

Edrychodd Sbargo o'i gwmpas. Wel am giwed! meddyliodd. Y Duw, y llofrudd, y butain, yr empath a mab yr archoffeiriad oedd ddim yn fab iddo. A'r cwbl ohonynt ar fin cyfarfod â'r Duwiau!

'Barod?' holodd Satana.

Nodiodd pawb.

Gafaelodd Satana yn y bwlyn anferth ar ddrws y Gadeirlan. Griddfanodd wrth ymdrechu i'w droi. Ddigwyddodd dim.

''Da ni 'di bod yn fama o'r blaen, yn do?' meddai. 'Sbargo?'

Gwenodd Sbargo, a chamu yn ei flaen at y drws. Gafaelodd yn y bwlyn a'i droi'n hollol ddiymdrech. Agorodd y drws enfawr gan riddfan, a gwelsant ysblander nas gwelsent erioed o'r blaen.

'Ti gododd hon?' meddai Satana'n wylaidd wrth Tormon.

Roedd y Gadeirlan yn fôr o oleuni ac aur, yn rhagori ganwaith ar yr eglwys ym Mryn Crud ac unrhyw ymgais arall gan ddyn i geisio efelychu'i Dduwiau.

Ond roedd hi'n gwbl wag.

Cerddodd y pump yn ofalus drwy'r adeilad mawreddog. Yn y muriau ar y naill ochr a'r llall roedd drysau i gynteddau addurniedig a chywrain, a'r rheiny yn eu tro'n arwain at ystafelloedd byw ysblennydd a moethus. Sylweddolodd pawb fod y Gadeirlan yn balas hefyd – yn gartref i'r Duwiau eu hunain – ond roedd hi'n ymddangos nad oeddynt yno.

"Sna neb yma!' meddai Satana. 'Ma'r Duwiau 'di marw!'

'Neu wedi gadael,' meddai Sbargo.

'Gadael?' meddai Pili. 'I be 'san nhw'n gadael? Ac i ble?'

'Halafal,' meddai Tormon heb oedi.

Edrychodd y lleill arno.

'Be?' meddai Melana.

'Halafal,' meddai Tormon eto gyda phendantrwydd.

'Halafal,' ailadroddodd Sbargo, yn deall. 'Sut wyt ti mor siŵr?' gofynnodd i Tormon.

'Ni wn,' meddai hwnnw. 'Ond yr wyf yn siŵr.'

'Halafal,' meddai Sbargo. 'Planed Pleser. Mae 'na sôn amdani yn y Cofanct. "A'r Duwiau nid oeddynt am rannu Halafal â neb ond eu hetholedig rai." '

' "Ac ni ranasant yr wybodaeth ynglŷn â'i lleoliad, ond ei bod y tu hwnt i'r Blaned Las",' ategodd Satana â chyffro yn ei lais.

Roedd Sbargo a Satana wedi cyffroi fwy fyth, a gwaeddodd y ddau ar yr un pryd, ' "A Duw Gwyddoniaeth ydoedd gychwr tan gamp, ac Ergain ydoedd ddiogel dan ei gapteiniaeth!" '

"Di'r ddau yma'n drysu 'ta be?' meddai Pili. 'O'n i'n meddwl mai fi oedd yr un ga'th glec ar ei phen.'

'Reit!' meddai Satana. 'Ar eu hola nhw!'

'O – ha ha,' meddai Pili.

'Be sy?' meddai Satana. "Dan ni'n gwbod lle i fynd, mae gennon ni long, ac ma gennon ni gapten!'

'Be ti'n fwydro?' meddai Pili.

'Mae o i gyd yn y Cofanct!' meddai Satana'n hapus. 'Os 'dan ni am ffeindio'r Duwiau, mae'n rhaid i ni fynd i Halafal.

Os 'dan ni isio mynd i Halafal, mae'n rhaid i ni anelu am y Blaned Las yn gynta!'

'Ac ma raid i ni gael Duw Gwyddoniaeth yn gapten!' meddai Sbargo. 'Wrth lwc, ma gennon ni un yn fan hyn.'

'Eich gwas, gyfeillion,' meddai Tormon yn wylaidd, yn mwynhau'r brwdfrydedd ddigon i ymuno yn yr hwyl.

'Efallai fod ganddon ni gapten,' meddai Melana, 'ond does ganddon ni ddim llong, nagoes?'

'A-ha!' meddai Sbargo. 'Dyna lle ti'n anghywir! "A Bregil fab Ergan a ddywedodd: Boed inni deithio'r bydysawd ac adeiladu rhyfeddodau mewn mannau lluosog, fel y gwnaethom ar Ergain. A Duw Gwyddoniaeth a roes i weddill y Duwiau y gallu i deithio i fydoedd eraill." '

' "Ac efe a symudodd fynyddoedd," ' meddai Satana.

' "Weithiau un haul, weithiau ddau"?' gofynnodd Sbargo.

'Newch chi stopio malu cachu a jyst *deud* wrthon ni?' gwaeddodd Pili.

Gwenodd Sbargo ar Tormon.

'Dduw Gwyddoniaeth, deud wrthyn nhw!'

Rhoes Melana wich.

'Dwi'n gwbod! Y blaned ydi'r llong!'

'Be?' meddai Pili.

'Mae Tormon, rywsut, wedi dyfeisio ffordd o symud y blaned gyfan o le i le!' meddai'r empath.

'Callia, wir dduw,' meddai Pili. 'Y blaned gyfan?'

'Ma hi'n iawn!' meddai Sbargo. 'Ddyliat ti fod wedi talu mwy o sylw i dy Gofanct pan o't ti'n hogan bach.'

'I be – i gael fflio planeda?' holodd Pili'n sych.

'Awê 'ta!' gwaeddodd Satana. 'Capten, lediwch y ffordd! Cy'd â bod hynny'n iawn hefo chi, wrth gwrs . . .' ychwanegodd, gan gofio gyda phwy roedd o'n siarad.

Arweiniodd Tormon nhw i ben draw'r ystafell enfawr. Wedi iddynt gyrraedd y pen draw, gwelsant fod yno risiau yn arwain i ystafell y tu hwnt i allor yr eglwys.

'Boed imi atgof o'r modd i hedfan yr hen gyfaill,' meddai Tormon wrtho'i hun, gan eu harwain i lawr i'r ystafell.

Dilynodd y lleill ef i mewn i ystafell yn llawn sgriniau a deialau a phob mathau o fotymau, switsys a mapiau o'r sêr.

'O mam bach!' meddai Melana.

'Cŵl!' meddai Pili.

Pwysodd Tormon fotwm neu ddau, ac yn sydyn goleuodd yr holl sgriniau a'r offer oedd o'u cwmpas. Clywid sŵn grwndi ysgafn yn dynodi fod rhywbeth o'u hamgylch yn prysur ddod yn fyw.

'O mam bach!' meddai Melana eto.

Cynyddai'r sŵn wrth i Tormon orffen symud lifrau, a gwneud ei baratoadau terfynol.

'Ymwregysu fyddai ddoeth – efallai nad hollol lefn fydd y daith,' meddai Tormon.

'Grêt,' meddai Pili. 'Dreifar cachu. Jyst be 'dan ni angan.'

Symudodd Tormon fab Amoth lifar gloyw, ac yn araf, araf, dechreuodd yr ystafell, y Gadeirlan, y mynydd, yr Wyneb, y Crombil, y Gromen Aur ac Ergain gyfan symud ar gwrs a fyddai yn y pen draw yn eu harwain at y Blaned Las – neu fel y galwai rhai hi, y Blaned Adnoddau.

Neu fel y galwn ni hi – y Ddaear.